魔女のお茶会

木野　かなめ

ステキブックス

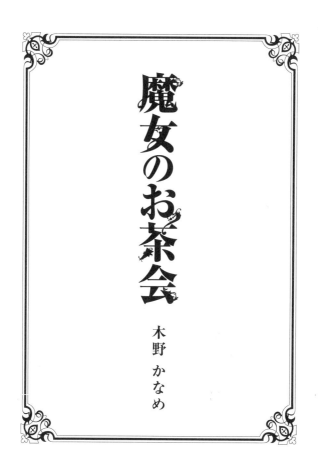

装　丁　中田舞子
イラスト　つるしまたつみ

疾風《はやて》は春の祖《そ》となるも　そのひと吹きに春あらじ
珂雪《かせつ》は冬の祖となるも　そのひとひらに冬あらじ――

「どうしたの、ぼうっとして」

そう声をかけられ、燕《つばめ》はハッとわれにかえった。

目の前には一台の円卓。琺瑯《ほうろう》のカップからは、静かな湯気が立ち上っている。

「早くどうぞ。貴女の心のように、冷めちゃわないうちにね」

向かいに座っている魔女の悪態が、燕の胸に突き刺さる。少し背筋を伸ばして神妙にすると、向かいの魔女はシニカルに微笑んだ。

「フフッ、冗談。だってよそ見ばかりしているんだもの、貴女」

たしかにそのとおりかもしれない。燕はつい、絶景に目を奪われてしまっていたのだから。

ここは――『魔女のお茶会』。

惑星アニンの上空百キロに浮かぶ空中庭園だ。このお茶会のために設けられた複数のテーブルは一様に、白く巨大なボードの上に乗っている。その様子はちょうど、結婚式の披露宴会場に似ていた。眼下に望むは、そのほとんどがシアンブルー。遙かなる彼方が、星特有の緩やかな曲がりを見せる。ざわ、ざわと揺らめく海の鼓動。ふと斜め上を眺めると、二つの月も視野におさまった。

青碧色《せいへきしょく》のリーフスと、泥炭《でいたん》がごとく茶に燻《くすぶ》ったハーバル。

アニンの供をするこの衛星たちが、ゆっくりと、手を振るように虚空を漂っていた。

「ごめんなさい。えっと……」

燕は謝罪をしながら、さっき教えてもらったはずの相手の名前を探ってみる。

「胡蘭麗《フーランレイ》よ。ちゃんと覚えてね、零式燕《ぜろしきのつばめ》さん」

彼女は絹のような黒髪を頭の上で縛っている。眼鏡の奥には銀に煌《きら》めく瞳。見た目は少女みたいにあどけない。だけどたしか二百五十六歳と聞いたから、自分よりは少し年上の人だ。

「あ、おいしい」

それは、蘭麗の淹れてくれたお茶への素直な感想だった。淡黄色《たんこうしょく》からは想像もつかない香ばしさ。ほっぺの内側が絞られていくみたい。舌を泡立たせる。ほっこりとした温かみを身体に落とす。

「気に入ってくれた？　これはね、水仙茶《すいせんちゃ》っていうのよ」

「なんだかさっぱりしますね」

「でも実は水仙って、毒なのよね」

ゴクン、と喉音《のどおと》を一つ。もう半分くらい飲んでしまったけど……。

「毒を飲ませるわけないじゃない。どうも貴女には、注意深さというものが足りないようね」

蘭麗は苦笑して、お茶請けのお菓子を籠から出した。表面に鮮やかな紋様《もんよう》が描かれたこのお菓子、たしか名前は月餅《げっぺい》といったような。厳しそうな雰囲気を纏う蘭麗という魔女ではあるが、こうやってお菓子をくれるからには、燕を強く嫌っているわけではなさそうだ。

「いただきますね」

燕は松の実入りの餡を胃におさめ、満足げな息を一つ。

そんな燕の様子を、蘭麗が興味深そうに見つめていた。

「貴女とは初めてお茶を飲むわね」

「そうですね。蘭麗さんはどんなところを担当されているのですか？」

「水害が厳しいところよ。毎年決まった場所に雨が降らないから、雨量《うりょう》の計算が立たないの。人間の治水工事だけではお手上げ状態。だから人間のために、水量をコントロールしてあげているの」

次に燕は、自分が担当している国の情報を話した。

燕の担当する国は四季豊かではあるが、地震が頻発していること。中には震度七を数える巨大なものもある。これは今始まった話ではなく、この国の大地が古来より脆弱であるがゆえなのだ。そのため燕は魔法で地盤を固めなければならない。

魔女のお茶会は、こうやって魔女同士が担当する国や地域の情報を交換する場所だ。

三十六日に一度、衛星のリーフスとハーバルがともに満月となる日に開かれている。日程の合う魔女だけが近くのお茶会に参加し、誰と同席してもかまわない。はるか昔の魔女たちが始めたものだったが、誰かが自ら治める土地の茶葉《ちゃば》を持ち寄ったことで、いつしかこの会合は『お茶会』と呼ばれるようになった。

　燕がひととおり話し終えたところで、蘭麗はぼんやりとした笑みを浮かべた。

「ところで貴女、人間の味方？　敵？」

「えっ……」

　いきなり、なんだろう。あまりにも敏感な話題だ。

　燕は深く息を吸って熟考。数年前に起こった『魔女狩り』という言葉を思い出す。

　魔女はその寿命の長さや魔法を使えるという特性により、人間たちからは尊敬半分、違和感半分といった感じで見られてきた。それでも基本的に、人間とは良好な関係を築いてきたといえる。特に彼らの教えてくれる料理というものはすばらしかった。いつも人間は旨いものを考え出す。魔女にとってアイスクリームやハンバーグの登場はそれこそ、歴史的な大事件だった。

　しかしそんな人間たちがなぜか突然、魔女に牙を剥き始めた。

「うーん……」

　悩み悩むも答えは出ない。もちろん狩られて嬉しいわけはないのだけど、人間たちとはうまくやっていきたいというのが燕なりの本音だったのだ。

「もういいわ」

　蘭麗は冷ややかな目で、そっと言った。

「即答できない、という答えをもらえてあたしは充分よ」

「……ごめんなさい」

「気にしないで。さぁ、お茶の続きを楽しみましょ？」

難問はなんとか過ぎ去ってくれたらしい。そして燕が便宜的《べんぎてき》な笑みを浮かべた、その時だった。

「たいへん、たいへん！　みんな聞いて‼」

誰かの切羽詰まった声が、こけつまろびつ遠方より届く。

「リーフスとハーバルの逢魔掃討《ジャム・ホルヴァル》が始まっちゃったよ‼」

ガタン。燕は円卓に手をついて立ち上がる。先ほどの声は緊急に満ちており、すぐにあちこちからざわめきが押し寄せてきた。

ついに、来るべき時が来てしまった——。

リーフスとハーバル。この惑星の衛星を模した名前は、魔女たちのグループをさす。リーフスは人間との共生を望むグループ、一方のハーバルは人間を淘汰しようと望んでいるグループだ。

二派の激突はいつ起こってもおかしくはなかったが、燕はどこか一枚の薄膜《うすまく》を隔てたように状況を捉えていた。いつかいつかと言いながら、結局なにも起こらない。きっと、そうなんだと。そして、そうあるべきなのだと。

リーフスとハーバルのほとんどが燕と同じように感じていたはず。だからこそこうやって今も、魔女のお茶会は両者が入り交じった状態で定期的に開かれているのだから。

しかし燕はここで、強大な魔力の激突を感じた。肌で。髪で。そして、瞼の奥で。

事態は間違いなく進行している。すぐにここに届くような影響ではない。おそらくは、アニンの裏側近く。七人のリーフスと六人のハーバルが互いのいのちを狙っている。

「これ、だめだよ!!」

「ごめんなさい、私帰ります!!」

「どいてよ……ちょっと！　どいてっ!!」

巣穴をつつかれた蟻のように、各地の魔女がボードから飛び降りていく。目指すはそれぞれの担当する国なのだろう。燕も、すぐに状況を確認しに戻らねば。

「蘭麗さん、私……」

言って、見て。自らの身体に、えもいわれぬ異常を覚える。


銀のナイフが燕の手の甲を貫き、円卓に突き刺さっていた――。

「あ、えっ……?」
ひと呼吸を置いて――悲鳴を上げようとして――声を妨げる弁と化す、喉――来ない。痛みは、まだ来ない。ただおぞましき異物感。あるはずのない骨が一本、増えたような。

来ないで……。

来ないで来ないで来ないで来ないで来ないで来た来た来た来た来た来た来た来た来た来た来た来た来た来た来た!!　口の中の唾がぬるくなっていく。膝に震えが到達。縫い目の細かい網をかぶせられたように、視界は闇に侵食される。そして、揺らめく。

限りある映像の中で燕は見た。手の甲からプップツと、組織液の泡が立つ。遅れて赤がやって来る。ズキンズキンズキンズキン。鈍痛《どんつう》しかない。円卓にはたちまち、血溜まりが広がっていった。

「ああ、いやぁ……」

どうしよう。このまま手を引けば筋《すじ》が破壊されてしまう。だから動いてはならない。ただちには、動いてはならない。だけど、動けないということはつまり……。

「貴女、ハーバルにはなれなかったみたいね。残念だけどさよならだわ」

そう言って蘭麗は、余白を含んで微笑んだ。童顔には似合わない、妖しさに彩られた横長の目。どうしてさっきまで甘いお菓子をつまんでいた手のひらに、いやらしいぬるぬるが潜りこんでくるのだろうか。逃げなきゃ。……逃げなきゃ。

『我が身委ねる母なる大地よ、葉擦《はず》れの声よ――』

自らの全てで念じる。どうか、間に合って。

「あら、詠唱ね。大技のようだわ」

蘭麗は動かない。ただ腕組みをしたまま、燕の様子をじっと見つめている。

『森羅《しんら》の生命を乗せて、集え』

燕は無事な方の手を挙げる。手のひらに、アニンから漆黒の粒が集まってくる。やがて粒子は尖った岩へと変化し、その切っ先を蘭麗へと向けた。

『峨々《がが》なる刃で、敵を貫け――――っっ!!』

ゴウウン、と空気を切り裂く大岩が、抜き付けの瞬撃を放った。

はたして岩は飛閃し、蘭麗の腹部へと直撃する。肉のひしゃげる音と同時に、蘭麗の身体が後方へとスライドした。その口端からたちまちに生じる、紅い華。

はあっ、はあっ……。燕は息も整わぬうちに、銀のナイフを手の甲から引き抜いた。ブシュッと血飛沫が上がり、燕の白衣《はくい》を死の色に染める。だけど大丈夫。意識はまだ、保っていられている。

「ぐ、く……」

蘭麗の軋む声とともに、燕の思考も元に戻っていく。

「いい……ま、魔力だわ……。やっぱり、あたしの見立てに間違いはなかったのね」

ぺろり、と舌舐めずりをする蘭麗。

燕はとんでもないことをしたと感じた。

いくら咄嗟の反撃だったといえ、蘭麗という一人の魔女に大怪我を負わせてしまった。

だけど蘭麗は、うひひひひ、と笑った。

『龍が如く希望を押し流す水に告ぐ。敵の慧眼《すいがん》を、黒く塞げ――』

それは瞬き一つの間だった。

鉤爪《かぎつめ》のように尖った幻想の手が、残像をのこす迅《はや》さで燕の胸部へと忍びこみ、心臓を掴取《かくしゅ》する。

「貴女の罪悪感を頂戴するわ。そして貴女はここであったことを全て忘れる」

燕はひとことも返すことができない。ただ、荒ぶる呼気に申しつけを送るのみ。

内臓を――連れていかないで、と。

「貴女はこの戦争の鍵になる魔女。今封じこめた罪悪感は、あたしがいずれ解き放ってあげる」

忘れたくない。忘れたくはない。だけど。

「束《つか》の間の遊泳を楽しみなさい。あたしの意思で、貴女に自由を差し上げましょう」

目の前が黒ずむ。愛しい人の笑顔を、想った。

最後に見た光景は――ただの一つ。お茶会を開くためのボードの中心に設けられた柱石《ちゅうせき》。そこに刻まれた、古くから伝わる魔女の諺だけだった。

疾風は春の祖となるも　そのひと吹きに春あらじ
珂雪は冬の祖となるも　そのひとひらに冬あらじ――

零式燕。空漠に、堕ちる。

第一章──遠野華茂《とおのかも》は、恋に遊ぶ──

「うぬぬぬぬぬぬ……」

気合いを溜める。つい、声が漏れる。もう血管が破裂しそうだ。だけど、なんのこれしき！

「せりゃ────────っっ‼」

遠野華茂が両腕を十字に広げると、天上の黒雲《くろくも》はザバーッ！　と霧散した。そのまま微妙な調整で魔力を操る。黒い塊はあっという間に透明へ。

やがて春らしいあいの風が、遠くの連峰へと吹き抜けていった。

ここは山間《さんかん》の小さな集落。街道に出るまでは険しい藪道《やぶみち》を通っていかねばならない。十字に区切られた田んぼを十数枚越えると、村の端までたどり着く。日々丁寧に雑草を刈り取ったこの広場で、華茂はいつもの役目を担うと決めていた。

「……ぜいっ。ぜいっ」

肩で息をする。しんどかったけどやり遂げた。これでなんとか、一服できそうだ。

今、華茂が魔法で祓《はら》ったのは──『穢《けが》れ』。

穢れというのは、この惑星アニンを取り囲む存在だ。ちょうど、アニンが黒袋《くろぶくろ》で包まれている様子を想像してくれればわかりやすいと思う。だけど穢れは、舐めてかかっていいものではない。

これがアニンを覆えば、恒星からの熱が遮断され、アニンは死の星へと化してしまう。それを防ぐのが魔女の役割であり、魔女ってそもそも、アニンが穢れに対抗するために生みだした存在だとか、なんとか。魔女学校ではたしかそんなふうに習ったはず。たしかたしか。しかしこの穢れというやつは、祓っても祓っても定期的に発生してくれるのだから困りもの。ぶっちゃけ、しんどい。

「華茂ちゃん、おはぎできたって！」

村の誰かが華茂を呼んだ。おはぎ……か。実に心地よい響きが耳をくすぐる。

しかし華茂は二百三十歳だというのに、村人たちからいまだに「ちゃん」付けで呼ばれている。少しモヤモヤするところなのだけど、魔女の成長は十八歳くらいで止まってしまうし、仕方ないといえば仕方ないのだろうか。

「おーい、早くおいでよー」

みんなは遠くから、華茂に優しく手を振ってくれている。

うず高く積もる、春の香り。どこかで犬が早朝のひと鳴きを上げた。

だからまあ、しんどくてもいいか、と思う。華茂は村の人々に愛されている。それは実感としてわかる。華茂は農業も炊飯も知らずにバカにされてばかり。だけどみんなは、魔女の華茂を特別扱いしない。人間たちとの暮らしは、華茂にとって当然の日常だ。

「うん、行く！」

まさに走り出そうとした、その時だった。

「――――!?」

上空から、強い魔力の気配。黄色の稲妻が爆《は》ぜるとともに、一体の影が華茂の眼前に垂直降下してきた。突然の闖入者《ちんにゅうしゃ》に身構える華茂――だが。

「遠野ぉ、お前は相変わらずだね」

「え……い……」

「人間に優しくしてもらってうぬぼれるなよ? 本当は心で笑われているかもしれないんだぞ?」

「い……イア師匠じゃないですかぁぁぁぁぁぁぁ!!」

「どうやらその声はやっぱり、遠野みたいだな! このぉぉぉぉ!!」

イア＝ティーナ。深紅のドレスを纏ったこの魔女は、二百十年ほど昔……華茂が魔女学校に通っていた時に指導をしてくれた伝説的魔女だ。歳は千歳を重ねるというが、あまりに怖すぎてその話題を振ったことはない。主に電気を扱う魔女で、一国分の電力量を提供しているとか。その大魔女イアの繊細な指が、華茂のボブカットをごしごしと撫でつけた。

そしてイアは、ドレスのコサージュを揺らして空のように笑う。彼女は人間との共生を望むグループ――リーフスの先導者的存在である。ちなみにめたくそに美人だ。瀟洒《しょうしゃ》な鼻筋に、切れ長の黒瞳《こくどう》。インテークの利いた長い髪は、魔女たちの間でも憧れの対象となっている。

「イア師匠、ご無沙汰しています。今日はなんでここに来たんですか?」

「ああ、それそれ」

イアは人差し指を立てて、左右に二振りほど往復。それから華茂の両肩をガシッと掴んできたものだから、華茂は思わずびくついてしまった。

「遠野を、最強の魔女にしてあげようと思ってね」

イアの簡単な言葉が、時間の流れを縫い止めた。

淡い雲の行進だけが、今がリアルなのだと告げている。


メジロが土間《どま》に飛んできて、首をふりふりさせたと思ったらまた飛び立った。

まだ、朝の寝ぼけも残る頃。ついさっきまで穢れを祓っていた華茂としては、布団を敷いてもうひと眠りしたいところである。

「なんだ、この部屋？」

だけどイアが華茂の家の座敷を半目で見渡してくれるものだから、心臓はドキドキ。正座した膝の上で手を握りながら、華茂はずうっと下を向くしかなかった。ささくれだった畳と和机に、イアの真紅のドレスはどこかしらミスマッチだ。

「あれは遠野が描いたのか？」

「へ、へいっ！」

若干ヤバめな返事をしてしまう。イアが訊いているのは、座敷の壁一面に貼られた人物絵の数々のことだろう。

「つ、つ、燕さんを描いてみました。はい……」

「零式《ぜろしき》なのか、あれ。全然違うじゃないか……零式の鼻はもっと高いだろう」

そんなことを言われても。

華茂は一生懸命に筆を走らせたのだが、いかんせん才能というものがなかった。

「で、その零式はどこにいるんだ？」

「お茶会があるので昨晩出て行きました。多分もうすぐ帰ってくるはずですが……」

「そりゃ残念だ。だけどやっぱり、どうやっても似てないな」

ガックリとへこむ。しかしそんな華茂に、イアはちょっと面白い話を聞かせてくれた。

どうやら大陸の方では電波というものを使って、遠隔地に声を飛ばす文化が発生したらしい。魔女学校で蒸気の発明とやらを習ったが、それと同じようなものだろうか。遠隔地に声を届けられるということはすなわち、誰かの一方的な話を不特定多数が聞けるということ。そしてその理屈を利用した『ラジオ』なるもので物語の朗読が開始されたところ、優れた画家が物語の登場人物を布に描いて販売しているとか。そういう画家たちは『絵師』と呼ばれている。絵師ねえ……へえ。

いやぁ、よくわからない国の担当にならなくて本当によかった。

この国は、そしてこの村は、たいそうのどかだ。

春は、沈丁花《じんちょうげ》の馨《かぐわ》しさを息に乗せ。夏は、麩《ふ》のような新月を見上げ。

秋は、神送りの風が肌を乾かせ。冬は、熾《おき》の爆《は》ぜる音に過去を想う。

華茂は穢れを浄化した力をもって四季を呼び寄せ、そして祈願のための火を点し続けるのだ。

それでいい。それで……。

「で、遠野は零式のことが好きなのか？」

「……んへ？」

いきなり訊かれて、耳がピーンと張り立つ。頬は従順な熱を帯びていく。

「ナンノコトデショウ？」

「隠さなくていいだろう。人間と結ばれる魔女もいれば、魔女と魔女で永遠を誓う奴らもいる。別に普通じゃないか」

「ソウデスカネ？　フツーナンデスカネ」

「うんうん、普通。遠野は零式のどんなところが好きなんだ？」

イアの笑みが、どんどんどんどん悪くなっていく気がする。

「えっと、その……燕さん、きれいだし」

「零式はたしかに美人だ。それで？」

「ご飯つくってくれるし」

「お前もつくれな。助けてやれよ」

「息してるし」

「そりゃ、するだろうな！」

わ、もしかして叱られる？

華茂が覚悟した瞬間、イアは「あっはっは！」と高らかに笑った。

「それは羨ましいなぁ、零式が」

「そう、ですか？」

「人間と人間、人間と魔女、魔女と魔女。色んな関係があるけどさ、やっぱり他人って自分とは違う存在なんだよ。食いモンの好き嫌いの違いとか、朝が強い奴とか弱い奴とか、元気な奴とか大人しい奴とか。そういうのあるじゃないか。遠野と零式だって、違うところはあるだろう？」

言われてみれば。華茂は虫と遊んで地面に寝ころび、どろんこになっても平気だ。しかし燕はきれい好きだから、やんわりとお叱りを受けてしまうこともある。

「でも、そんな違いを超えてお前は零式を求めているんだ。それって、ちょっとした奇跡だぞ」

なんだか大それた言葉だけど、イアが言えば自然に聞こえるから不思議だ。

とはいえそれは、大魔女イア＝ティーナがすごい人だからなんだろうな。ふらりとやって来たと思ったら、華茂の秘中の秘をすぐに見抜いてしまうなんて。

まさか燕にバレちゃいないだろうな。もしバレていたら、その、もう……。

「さ。その、奇跡を起こす話をしようか」

イアは両手をパーン！　と合わせ、魔女の置かれた現況を語り始めた。

数年前に始まった、魔女狩り。一部の人間たちは空撃砲《くうげきほう》を使用し、魔女に戦斧《せんぷ》を放った。何人かの魔女が犠牲になったと聞いたが、華茂は実際に魔女狩りというものを見たことがない。しかしその異常事態に対し、魔女が二つの派閥に分離したことは知っている。

人間との共存を望む、リーフス。人間の駆逐《くちく》を目指す、ハーバル。

その二派が、局地戦とはいえついに衝突に至ったらしい。魔女同士で傷つけあうなんてまったく想像がつかない。あの、一緒にお茶を楽しんでいる魔女同士で戦なんて……。

「魔女狩りなんて実に馬鹿げた話なんだがな……とはいえ、必要なんだよ。力が」

イアは気鬱な声で言って、首筋をポリポリと掻いた。

「これからどうなるかはわからん。もちろん私としてはリーフスとハーバルの戦いを止めたいと思ってる。だけど、どうなるかわからないからこそ、力が必要なんだよ」

そしてイアの人差し指が、ビシイ！　と華茂に向けられた。

「だから遠野、お前を最強の魔女にしてやる」

「そ、そんな……わたし、だめですよ……」

団扇《うちわ》のように手で仰ぐ。魔女学校の成績は、ビリから数えた方が早かったのだし。

「お前には資質がある。なに、師匠の私が言ってんだ。とりあえずやらせてくれよ」

次から次にとんでもない話を聞かされ、頭が緩やかに痺れる。それでも師匠の言うことは絶対なのだ。結末がどんな形なのかはわからない。しかし、断るという行為はもっとも危険度が高い。

「ではまず、うつ伏せになれ」

やむなし。華茂はなすがままに、命令を聞く。

するとイアは華茂のふとももに手を伸ばしてきた。

……あ、これ。指圧かな。

「おお、凝ってるなぁ」

気持ちいい。朝から頑張って穢れを祓ったもんね。効く効く。眠くなって、きた、なぁ……。

――ビリビリビリビリビリビリビリビリビリビリ!!

「にゃっはぁぁぁぁ――――ッッ!?」

悶絶。それは鍬《くわ》を振り下ろすがごとく刹那にしてやってきた。

痛い痛い痛い痛い!! ふとももの皮がちぎれる! いやこれ、絶対やばいやつ!!

「し、ししょお!」

腰をくねらせ、おしりを突き出す。しかしその突き出したおしりをイアにがしっと掴まれた。

「動くな遠野。今、お前の魔力を開放してやってんだ。我慢我慢。ほら、よい子だから」

「だめですだめです! うわああああああ!! ちぎれるっ! だめだめだめ!」

のたうつ。押さえつけられる。痛覚信号はご愁傷様の域へ。意識を半分飛ばしながらの五分が経過し、そこでようやくイアは手を離してくれた。

「よし、魔力の開放成功だ。遠野、今から村を十周ほどしてこい」

なのに、狂った命令はまだ続く。

「は、はぁぁ？　今すぐですか⁉　無理ですよ、こんな脚で……」

「ばっか。ちゃんと魔力を巡らせるためだ。歩いてもいいから。がんばれ」

そんなこと言われても、脚の感覚がない。このまま歩いたら確実にこける。村の人たちに笑われるだけならまだマシ。子供たちにいたずらされたり、鳥に頭をつつかれたりするかも……。

「遠野は優しい人間と暮らせているみたいだからな！　なにかあったら助けてもらえ！」

華茂の背中が、水面《みなも》に生じた波紋のように泡立つ。

さっきのメジロがまたやって来て、（大丈夫？）とたずねるように首を傾げた。


馬鹿だった。

ひじょーに、馬鹿だった。華茂はなんというかもう、後悔の境地にたどり着いていた。

イアに呼び出されたのは、村の端から徒歩二十分の滝の前。露出岩《ろしゅつがん》に腰かけ、空中で脚をブラブラとさせてみる。跳ね上がる白水をぼんやり眺めながら、この一ヶ月の出来事を思い出していた。

まず初日。これはとんでもなかった。華茂は足腰が立たず、十メートルを進むたび派手に転んだ。手をついて四つん這いになるも、そこから力が入らない。顔中から大粒の汗が吹き出る。目と口を限界まで見開き、意識を落とすことだけは避けた。案の定、村の子供や暇な大人が華茂の周囲に黒山をなしているようだったが、彼らの声の振動がわずかに鼓膜に届くくらいだった。なにを言っているのか、全然わからない。気力を振り絞り、起き上がることができた。すぐに、またこけた。

そのまま村を十周だなんて、まずできる気がしない。それでもイアの命令を守るため、華茂は零時までかけて十周を成し遂げた。何人かの大人は松明《たいまつ》をもって華茂の道を示してくれた。十周が終わってから一瞬で意識がブれ、気づいたら次の朝だった。次の日は、十五周を命じられた。

歩く距離は長くなっていったものの、次第に脚に力が入るようになってくる。そろそろイアの試みも終わりかと思った一週間後、次は腕にあの（ビリビリビリ!!）をやられた。その腕を使い、モッコクの樹で懸垂《けんすい》を百回やれという。華茂は何度も地に落ち、擦り傷を負った。その擦り傷を、イアが回復魔法で治す。頭がぼうっとして、ニヘラニヘラと笑えてくる。燕はなんでまだ帰ってこないのかなぁ。「お。零式のこと、考えてんだな」とイアに指摘されて、びっくりして。

また枝から落ちて、涙がポロリ。

「もう許してくださいよぉぉぉぉ!!」

脚、腕ときて次はなにをされるかわからないので、ついに泣きを入れた。

「なに言ってんだ、まだまだこれからじゃないか」

「これ、から！　って！　わたしなにか悪いことしました？　でしたらこのとおり謝りますのでどうか……どうかご勘弁おぉぉぉぉ……」

直角に腰を折るも、イアは涼しい笑みを浮かべるのみ。いや、怖い怖い怖い。

「んー……。あ、あれがいいな！」

イアが指先をクイクイと動かすと、大地は鈍く鳴動。土の中から巨大な奇岩《きがん》が現れた。これ、相当深くまで埋まっていたやつだ……。

『黒鬼幽谷《こっきゆうこく》の古《いにしえ》は深し。鳶《とび》は近づかず、鷹《たか》は烈として羽ばたき去る。大門《ダイバーン》の決壊はこれに有り。全霊《ぜんれい》たれ、烈風《レストレズム》!!』

風切り音が聞こえたと同時、独楽《こま》のような二つの竜巻が生じる。その竜巻は周囲の空気を巻きこんで真空状態を現出。空気たちが閉じようとした隙間に、大岩が突っこんだ。

「え、えっ?」

岩が唸りを上げて華茂を襲う。燕の魔法に似ているが、加速度が比べものにならない!

「打ち壊せ、遠野!!」

イアの一喝。

華茂の身体は勝手に動いていた。肘を引いて、迎撃の構え。ためらう時間は一秒もない。

目尻をキッ、と上げる。イアは無理なことを命じない。だから――、やれる!

(火龍《ひのたち》!!)

拳に炎熱を点し、打ち抜く。渾身の右ストレート。息を止めたまま、自分は鉄の塊になったものだと思いこんで勝負に出た。

すると岩は。軽々と。――爆砕《ばくさい》、した。

「わ……」

なんか、めっちゃ……、きつもちいい!!

「わたしすごくないですか⁉　すごいすごいすごいすごいすごいわたしかっこいい‼」

「だろー？　やっぱりな、もうお前最強だぞ！」

「わたしすごい！」

「よっ、世界一！」

「セカイイチ！」

「うわはははははは‼」

二人で同時に、イエイ、と勝利のブイサイン。空中で手を合わせ、謎のダンスを踊る。

踊る。踊る。踊りまくる。セカイイチ！　セカイイチ！　セカイイチ――。

……そしてそれが、大いなる間違いの始まりだった。

透明な聴覚が華茂を現実に引き戻す。滝の音の隙間に、ツグミの軽い鳴き声が潜んでいるようだ。

どうして華茂はイアに乗せられてしまったのか。命令は命令だとしてもだ。少しでも嫌がるそぶりを見せたら、手加減くらいはしてもらえたのではないか。しかし華茂の心が凱歌《がいか》を上げてしまったものだから、脚、腕に続き、背中、腹――果ては頭にまであの奇妙な魔法をかけられた。

頭までやってしまったのだ。今日はいったいなにをされるのか……、

「待たせたな、遠野」

上の歯と下の歯を合わせて慚愧《ざんき》に耽《ふけ》る華茂の肩を、イアがポンと叩いた。

「イア師匠……」

華茂が斜め上を振り向くと、イアは柔らかく笑みながら華茂の隣に座った。

しばし、秒針のない時間が二人を支配する。

……言うんだ。言うんだ言うんだ。もう最強になりましたからって。だから、これまでたいへんお世話になりました、ありがとうございましたって――。

「全然最強じゃないぞ、遠野」

言われて華茂は、鼻先で小さな息を吸い込んだ。イアはこちらの心を、読んでいる。

「ぶっちゃけた話、お前の能力はまだ半分しか開花してない。だから今日、仕上げをやるんだ。お前の一番大事な部分を咲かせてやる」

イアは笑っているようで、笑っていない。今まさに、集大成を送りこむ。そんな決意に満ちた表情をしている。

でも、一番大事な部分……それって、なんだろう。

「それって」

華茂がひとこと目を発するのと、空が急な暗雲に覆われるのは、同時だった。

本当に一瞬だったんだ。雲が集結するそぶりはどこにもなかった。青にドバッと墨をこぼしたように、全天の色が牙を剥いた。辺り一面に瘴霧《しょうむ》が立ちこめる。靄気《あいき》が、雷鳴を呼ぶ。迸《ほとばし》る――強大な魔力。華茂も魔女のはしくれ。その絶対的存在感に、全身の肌がぷつぷつと粟立っていく。

「こんにちは。あたしでございましょう」

慌てて立ち上がった華茂たちの前に、片側を三つ編みにまとめた長い髪があった。

フォグブルーのロングドレス。その魔女は手のひらを耳のそばで立てたかと思うと、そのままスッと腹部へ移動させる。

「ごきげんいかがでしょうか。イアに、遠野さん」

知っている。華茂は、この魔女のことを知っている。いや、華茂だけじゃない。おそらくほぼ全ての魔女は、今目の前で鷹揚《おうよう》に笑むこの魔女のことを知っている。

いうなれば、魔女の中の魔女たる存在。その名は――、リリー＝フローレス。

「あ、あ、あたしが、推参でございましょう」

目をパチクリとさせる華茂。

ゆ、有名人だ。有名人が来た。もしかして自分の修行を見学に来てくれたのだろうか？

「リリーさん、わたし、知ってます！　ずっと会いたいって思ってたんです！　ほんとにほんとにリリーさん……」

脇をワクワクとさせて駆け寄ろうとする華茂を、

「なんですよ、ね……？」

イアが、腕を伸ばして止めた。その手が震えている。大魔女の、麗しき手のひらが。

わけが、わからない。

リリー＝フローレスという魔女について語るのであれば。

人間社会に与えた影響への言及を、避けて通ることはできない。

華茂が魔女学校で習った『蒸気』という発明。実はこれには、リリーが深く関係している。

蒸気を発明したのは人間自身だ。しかし蒸気をもって産業改革を成し遂げるためには、国中に安定した火力を提供する必要があった。それを可能にしたのが、この魔女――リリーである。彼女は圧倒的な火量をもって、ただの島国を世界の一等国に押し上げた。リリーの担当する国の首都では、いたるところに彼女を模した像を見かけることができる。人々は朝昼晩、息をするようにリリーへと尊敬の念を送る。華茂の知る限りではたしか、リリーの国は魔女狩りに反対派のはずだ。

誰よりも人間に貢献し、底なしの魔力を有する希有《けう》な魔女――。

「遠野、だめだ。今のお前ではリリーに勝てない」

なのにイアは、眉根を寄せた横顔で警告らしきものを送ってくれる。

勝てない？　勝つもなにも、華茂がリリーと戦うわけないのに……。

ぬるい風が吹き、そこかしこの藪をさざめかせる。

「なぜ来た、リリー。どうやってここがわかったんだ」

「これだけの魔力の高まりがあれば、あたしの微睡《まどろ》みを破ることなど必定」

「ばかな……。遠野の魔力はまだその域に達していない。遠野以上の魔力をもつ魔女など、この世界《アニン》のあちこちにいるはずだ！」

「うふっ。力とは、その時点のものだけをさしません」

「そうかお前……魔力の上昇を感知したのか」

イアは爪をギリッと噛む。

「見逃してくれ、と頼んでもだめだろうな」

「ええ。遠野さんはあたしたちにとって、面倒なリーフスに育ってくれそうですから」

「いい加減、それ、やめないか!!」

半身に構え、下から拳を突き上げるイア。しかしリリーは、射殺すような視線をイアに送るのみ。

「リーフスとかハーバルとか!!　今は魔女同士が一枚岩にならなきゃいけない時だろ。……いや、仮にだ。思想を二つに分けるというのは止められないとしよう。だが実際にぶつかってどうする。お前は魔女の悠久の歴史に、初の汚点を残したんだぞ!」

そこへ、強烈な落雷。逆光になって、リリーの表情をうかがうことはできない。

「汚点とは、心外。その点が全面に広がれば、麗しき漆黒を形成することでございましょう」

だからただ、影と化した口元がそうこぼしている。

——と。影が、揺らいだ。

リリーの唇がアシンメトリーに歪む。首はこころなしか、傾いているように見える。

雷が不意にやむ。風が、声を抑える。

リリーのロングドレスは、銀のインゴットがごとく屹立《きつりつ》した。そしてリリーは、五指で顔を隠す。

いたいけに。赦すように。生きとし生けるものに、お詫びをするように。

五指を外し。そこに映ったのは。

——修羅。

「逢魔掃討《ジャム・ホルヴァル》でございますッッ!!」

リリーが地を蹴ったかと思うと、イアとの距離は瞬く間に零《ゼロ》に達す。

それは上半身から突っこむ、錐状《きりじょう》の強襲だった。指は鉤《かぎ》に。立てた爪で、イアの喉を一直線に狙う。イアは咄嗟に自らも手を広げ、両者の指と指は轟音とともに絡み合った。

「リリー、貴様……!!」

イアは歯を食いしばり、押し負けまいとしながら苦しそうに漏らす。

「泡と化した魔女たちは語っているのでございますよ。あたしに人間を皆殺しにしてほしいと！　あたしに復讐を遂げてほしいと！　皆、絢爛《けんらん》なる天上の国より望んでございましょうよ!!」

「遠野、に、逃げ、」

言い終わりを待たず、リリーの蹴りがイアの横腹に炸裂。イアは血泡《けっぽう》を吐き、地擦《じず》りに吹き飛ばされた。トーン、と軽やかな片足のステップはリリー。入り身転身、またも疾風《はやて》のごとき迅《はや》さでイアを追撃する。

『時の流れを示す道《ユース》、首魁《デルボルン》と化し、運命を簒奪《さんだつ》せよ――』

手のひらの上に複数の炎弾が現出、リリーは肩を鋭くひねることにより、イアの落着点《らくちゃくてん》に炎弾をつるべ落としに放った。大地に火柱が立ち、土塊《つちくれ》が舞い上がる。

「イア師匠!!」

叫ぶ華茂の前に、ブオン、とリリーの実像が生じた。その瞳には、炎が宿っている。

「あたしは静寂を好むのでございます」

こめかみ付近を平手で払われる。ただそれだけのことで、華茂の視界は暗転した。その黒が過ぎ去るや、異常な景色が訪れる。唸る闇雲、木々の群れ――滝煙。全てが、激しく円を描いている。

ゴバッ、と鈍い音とともに滝壺に着水。よもや水と接触したとは思えない音だ。背骨が悲鳴を上げた。皮膚が破れたかと思った。四肢に力が入らない。だけど、このままじゃ。

「プハッ!」

無理に息を吹き出し、身体を縦にする。岩陰の向こうから異常な熱波が回折《かいせつ》してくる。イア、イアはどうなった。イアが危ない。

「だ、だめだよっ!!」

水面に拳の側面を叩きつける。すると、拳が水を弾く感覚を覚えた。

水の中に取りこまれていくのではない。自分の力は明らかに、異質な物質を押しのけている。

「えっ」

その勢いを得て、飛翔。濡れた身体から水分が抜けていく。無数の大粒が、華茂から雨のように降って落ちた。眼前。俯瞰《ふかん》した景色が広がる。昼間だというのに夜の底に似た、深い闇。地の果てには薄らと晴れ間が見える。落雷が、上手に華茂の身体をかわしていく。空中で二回転だ。直ちに透明な羽根がこぼれていく。地面への接近が加速度を増す。奥歯を強く噛んで、脚を伸ばした。

ズダッ！　膝を曲げて前傾へ。ごろごろごろと転がり、立ち上がったところはまさに灼熱地獄の爆心地であった。リリーが、ゆっくりとこちらを振り向く。

「あなた、いつの間に」

ゲホッ、ゲホッ、と咳きこむ。喉を手で押さえたまま上目で睨むと、そこには驚愕の面持ちをしたリリーの姿があった。

「おかしいわ。あなたの魔力では、あの一撃で終わったはずでございます」

「終わってないから、ここに……ゲホッ！　いるんだけど？」

「では、効率的ではございませんが、もう一度終わりましょうか」

「あなた、敵、なんだね」

――どうする。どうやってこの強大な魔女を倒せばいい？　さっきの攻撃は致命的だった。イアは無事なのか。少なくとも、相手が死んでもおかしくない振る舞いを、この魔女はやったのだ。

華茂は腰だめに構える。さっきの拳の威力は、イアが開花させてくれた能力だったのだろう。だったらあれをぶちこむしかない。拳でも、あるいは蹴りでもかまわない。リリーをこちらの射程圏に誘いこむ。そして、邀撃《ようげき》だ。

そう決意する華茂の頬を、すずろ風が無感動に撫でた。

わずかに斜《しゃ》をなす山肌の向こう、一陣の風が、炎の壁を左右に押し開けていく。

「……師匠」

イアは煤だらけになり、片目を閉じている。その前髪から、血がポトポトと滴り落ちた。

『宙《チース》を彷徨《さまよ》う者を捉えたら、時津《ときつ》の風に感謝せよ。宙《チース》を汚《けが》す者を崩したならば、旅ゆく薫風《くんぷう》に剣を贈るべし——』

イアが腕を八の字に操る。周囲の風は、一点を目指して吸いこまれていく。これは魔法学校で華茂がイアに師事していた時、一度だけ見せてもらったことがある。イアの、一射絶命《いっしゃぜつめい》の秘技。

そういえばいつだったか、燕と語ったことがある。大魔女イア＝ティーナと、同じく大魔女、リリー＝フローレス。もしも戦えばどちらが勝つだろうかと。それは神々の決戦のごとく夢のような話ではあったのだけど、燕はたしかにこう言っていたはず。力強く。そして、自信に満ちた声で。

イア師匠に決まっているでしょう——と。

『突き刺せ時空《ソルエ》——————ッッッ!!』

空間の高負荷が剣と化した。それは、触れる者全てを絶命させるであろう、強電の剣。

その剣が通り過ぎると、一泊を置いて、樹木の幹に、ザン！　ザン！　ザン！　と爪痕が走った。

電気が空気中の塵に小爆発を与え、その勢いが幹に伝わったのだ。ジグザグの傷がこう告げている。

（笑いなさい。一瞬で心臓を止め最期を迎えられることを。そしてゆっくりと瞳を閉じなさい）と。

轟音が――やむ。心臓の位置から、粘性のある血がこぼれていく。

いのちを、少しずつ、少しずつ、元いた自然へと還《かえ》していく。

「…………!!」

身体に風穴を開けたのは。イアの、方だった。


指一本だった。

リリーの指先から発せられた砂の奔流《ほんりゅう》が、イアの心臓をいとも容易く穿《うが》った。

「ぐはっ！」

血を吐き、危険な倒れ方をするイア。華茂の膝に、無数の震えが走った。

あれはたしかに……イア本来の力だった。仮に華茂がリリーの位置に立っていたら、間違いなくあの剣に身体を貫かれただろう。しかしリリーは、表情を変えることなくただの指一本でイアの魔法を吹き飛ばした。どういうことなんだ。なにが起こったんだ。イアとリリーの魔力は拮抗していた……いや、燕の言うようにイア優位だというのが魔女たちの間の支配的な考えだった。だが。

「戦いを知らぬ机上のあなたと、常にリーフスを仮想して技を研鑽してきたあたしの魔力。いつまでも同じであるはずがないでございましょう。証拠は今、示しましたが」

そこでリリーはようやく、ぬるりと笑う。

イアは応えない。それどころか、ピクリとも動かない。

「イア師匠!!」

華茂の身体が心に追いついた。つま先で走り、指を伸ばしてイアの元へと急ぐ。

そんな、嘘だろう。華茂は魔女学校で六年の間、イアに師事を受けた。イアはいつも食堂で大盛りのカツカレーを席に運び、べろりと舌なめずりをしていた。華茂が廊下で燕を追いかけ、イアにゲンコツを入れられたこともある。職員室では机の上に脚を乗せ、あられもない姿で豪快な居眠りをしていたイア。そこにいて、当たり前だったはずの、イア。

だけどやはり。今の一撃は致命傷だ。華茂の息が荒くなる。イアを抱き起こすも、彼女の首から上はだらりと腕の向こうに落ちこむだけだった。

「師匠……師匠?」

するとイアの眉毛が、ピクピクと動いた。

「遠野……」

「師匠！　すぐ……すぐに、お医者様のところへ……」

「いや、無理、だろう……」

イアは絞り出すように言う。無理というのは、リリーがこのまま見逃してくれないという意味なのだろうか。あるいは、この傷ではもう……。そういう、意味なのか。

華茂は土の上にイアをそっと横たわらせ、立ち上がる。

目尻からこぼれそうな涙を親指の根っこで払い、リリーへと向き直った。

「……そこ、どいてよ」

「不可能でございます」

「どうして」

「イアは仕留めました。ですがまだ、あなたがいるでございましょう」

「どういう、こと……?」

「もちろん、関係する者は全て滅していただく。当然の理でございます」

——違う。違う違う違う違う違う違う違う違う。それはそうだろう。リリーの立場と目的からすれば、イアと華茂は見逃さない。それはそうなのだろう。

だがッ!! 華茂が聞きたかったのはそんな回答ではない!! どういうことか——、どういうことかって? それはリリーが今しがたぬかした、ふざけた言葉への疑念に他ならない!!

仕留めた……。『リリー』が『イア』を、仕留めただと?

華茂の脳裏に、かつての職員室での情景がよみがえる。窓の向こうに咲いた、ムラサキハナナ。窓を開けるイア。雨上がりの香り。遠方の雲は橙色に焼かれ、帰りそこねた雨粒が、軒からぽつり。

イアは机からキャラメルをひと粒取り出して、華茂にそっと渡してくれた。

（ほかの奴には内緒だぞ）

（は、はい……！）

（いい夕暮れだぜ。神さんの奴、魅せてくれるねぇ）

豊かな胸を持ち上げるように腕を組み、はにかんだ、イア。

心を奪われてしまいそうな、あの笑顔を――、

「そこをどけええええええええつええええええ――――ツッツ！！！！」

飛ぶように大地を蹴った。

二足目から三足目で直ちにギアチェンジ。ただ目指す。目の前の敵を。リリーを戦闘不能に陥らせることなく、イアの救出はありえない。わかっている。わかっている。

『吹けよ青嵐《せいらん》、巻き上がれ乱風《らんぷう》。小さき者が天を仰いだ時、その目に希望が映りこむように。我が名において、紺碧《ブルー・アンド・ブルー》に命ずる！』

華茂の駆ける後に土飛沫《つちしぶき》が舞う。

（く）

ガクガクと揺れる視界の中、リリーの像が近接する。

（ら）

リリーはとぼけた笑みを一つ浮かべ、胸の前で両手を広げた。

（ええええツッツ!!）

腰をひねったまま、跳ぶ。華茂のローリングソバットが扇の形を描く。一撃で決める。股関節を極限にまで広げる。外すことは許されない。

しかしリリーはかわさない。華茂のかかとを掌でポーンとひと押し。華茂の蹴りを流すことですなわち、完全な防御を成し遂げた。——がッ!!

『火龍《ひのたち》!!』

つま先から炎を放つ。リリーの顔面へ一直線。焔《ほのお》はリリーに着弾するやいなや、ボオウン! と音を立てて爆噴した。

ニヤァ……。リリーの嗤《わら》いがそこにある。リリーはまたしても掌一つで炎を防いでいる。数拍前に響いた音は、リリーの顔ではなく手が炎を押し返した音だったのだ。

ここで。華茂は。息を吸って、吸って、吸って——、

(……この一瞬!!)

吐くッ!! 空中でほぼ横寝の体勢となった華茂。地面に風魔法を浴びせ、その反動で身体を立て直す。その進行方向に、空間が流線を描き上げる。

烈風を纏《まと》わせた拳を、リリーに向かって力いっぱいに振り抜いた。

——、——ズバッ!! ——、

首を上げ、喉を開け、高速で後方へと倒れこむリリー。華茂の拳は当たらなかった……。

いや、正確には……。リリーの頬に一条の切傷《せっしょう》を入れるにとどまるのみであった。

ガシッ！　そしてその腕をリリーに掴まれる。リリーの瞳が、熱狂に煌めいた。

「今のは……見事でございました!!」

それは、まごうことなき賞賛の言葉だった。

皮肉でもなんでもない、華茂に対する本物の敬意を乗せた言葉。

……そう。華茂は走りながら風魔法の詠唱をとなえていた。しかしその魔法はあくまで二枚腰。いったんは炎魔法で攻撃すると見せかけておいて、その隙を風で打ち払おうという算段だったのである。そして華茂の狙いどおり、リリーは油断していた。一瞬の隙ができていた。だから一連の流れは全て、華茂のプランに従ったものだったといえる。なのに……。

リリーは華茂の腕を強く握ったまま、引き寄せる。それは肩が抜けるかと思うくらいの力だった。華茂は厳しい痛覚に思わず、片目を閉じる。もう一方の目にリリーの高く整った鼻が映る。その上では、端麗なまなこが華茂の反応を待ち受ける。「惜しい……」と、リリーは漏らした。

「今日が無事に過ぎていれば、あなたは脅威になりえたかもしれません。ただ、一日が。このたったの一日が、今の拳があたしを貫けるかどうかの違いだったのでございましょう」

「きょ、今日が……？」

「イアはあなたの能力の仕上げを行おうとしていたはず。惜しみなさい。心から後悔をしなさい。たったの一日だったのでございます。あァ……惜しかった……」

今頃になって恐怖がやってくる。腕を振り払おうとした。しかしリリーは簡単な所作で華茂の肩関節を極める。抵抗すれば抵抗するほど、身動きがとれなくなっていく。リリーがその気になれば、きっと一秒で関節を外されるだろう。痛みが怒りと思考を奪っていく。死にたくない。

死にたく、ないよ。

「生きる屍になりなさい、遠野さん──」

リリーがピン、と人差し指を立てる。その指先から、砂の粒が細い螺旋を描き、円柱状に立ち上る。これはさっき……イアに撃った魔法、だ。

「今からこれであなたのこめかみを貫通させ、脳を壊してあげます。どうぞ、おやすみなさい」

「や、やめ、て。やめてぇ……」

しかしそこで。だった。

「…………??」

リリーの手が、ピタリと止まった。

「……何者?」

リリーが低く呟く。華茂のことなどどうでもいいといった感じで、顎を上げる。

異常の答えは上空にあった。たしかに誰かが、こちらを目がけて急下降してきている。

まさか……! その可能性が頭をよぎる。いやこれはおそらくそうだ。……いけない、来てはいけない、絶対にあなただけはここに来てはいけないっ……!

玄雲《げんうん》の一点が渦を巻く。その中心において、小さな破裂が起きた。なびく雲を片手で払い、彼女はやって来た。麗美《れいび》を極めた瞳を、強くつり上げて。

「なにを!!」

彼女は頭を下に、遙か後方へと音速を置き去りにしていく。

「しているのですかぁ――――――――ッッ!!!!」

その姿はまさに雷霆《らいてい》。

零式燕《ぜろしきのつばめ》が今、天頂より来着する。


燕は片脚を伸ばした体勢で、ザシュウ! と着地。

同時に空気を手で薙ぎ払う。たちまち水の刃が現出し、リリーの腕を切り裂こうとした。リリーは余裕の笑みで華茂を放る。華茂は受け身もとれず、背中から地面と接触した。

「やはり零式さん、でしたか」

リリーはまるで予想していたように言う。

燕は迷うことなく華茂の前に回りこみ、華茂を腕で護る体勢をとった。

「華茂、大丈夫ですか?」

「うん……なん、とか」

そう返しはしたが、華茂の袴は泥まみれだ。肩に激痛を覚える。敗者の要素を全て詰めこんだような姿が、そこにあった。

「あなた、リリーさんですよね？　どうしてここに？　それに、華茂と……」

燕はチラリと横目でイアを見る。依然として出血が止まらない、イアの胸。

「イア師匠に危害を加えて。どういうつもりなんですか？」

その質問を聞いてリリーは、唇を波形《なみがた》に震わせた。

「どういうつもり……」

「そう！　どういうつもりかって訊いているんです!!」

「うふふふふ!!」

リリーは口に手を添え、愉快そうに笑う。

「さすがは蘭麗《ランレイ》！　すばらしき魔力！　あなた、なにも覚えていないのですね？」

「え？」

「手の甲をご覧なさい。もちろんその間、あたしはなにもいたしません」

燕は言われたとおり、眼球を斜め下に動かす。華茂も同じ箇所を見た。燕の手の甲には裂傷の治癒された痕《あと》が残っている。

「……これ……は？」

「謎は謎のままとする方が望ましい謎解きもあるのでございます。あたしは今、あなたを葬るつもりはございません。さぁ、全てを忘れてここから立ち去るのです」

「そんなこと……」

燕が低空より――、

「できるわけがないでしょうッ!!」

地面を滑り飛ぶ！　止める暇などない。それは完全意思に基づいた、燕渾身の飛翔だった。

『氷《ラクト》の音楽《ディッフェ》が聞こえるかしら。その先端で貴女の胸を突くかしら。私は横から眺めていましょう。氷《ラクト》が貴女を仕留め損ねた時、青の刺突《ホルン》を贈れるように――』

中空に、一本の槍が現れる。あれは氷だ。氷の槍だ。

燕が片手を挙げて投擲《とうてき》のモーションをとると、たちまち氷槍《ひょうそう》は燕と同じ速度で疾り出した。

稲妻の光が照って、まるで宝石みたい。

燕はつま先でトッ、と着地する。リリーの排撃領域《はいげきりょういき》へと侵入。両者の間合いはもはやわずか。

燕はくるりと背中を向け、後ろ回し蹴りを放った。

「……フッ」

リリーはこれを、腕を組んだままスウェーでかわす。そこへ燕は遠心力を生かしたまま、前蹴りを一つ。これも外れる。燕のすらりとした長い脚は、ただ空気を噛むのみ。

『氷舞《ひむら》!!』

燕が腕を振ると、たちまちに氷槍がリリーに襲いかかった。斜め上方からの急襲。リリーは片脚だけで跳躍し、銀杏の樹の幹を蹴る。三角跳びだ。氷槍は当然のごとく、リリーを突き刺すことなくあさっての方向へと走っていく。

「!!」

しかしここでリリーの顔色が変わった。

リリーが地面に降りると同時のタイミングで、燕が中段回し蹴りを撃ってきている。リリーに防御体勢をとる暇はない。だが、それならそれでリリーはおそらく、

「ならば、飛ぶのみでございます」

やはり。リリーは着地を諦め、もう一度浮上した。四メートルくらいの高さまで上がられては、さすがの燕でも届かない。

「零式さん、もう諦めなさい。実力差がありすぎます。これではまるで蟷螂《とうろう》の斧ですわ」

「その差があるから……生まれる隙もあるでしょうッ！」

この時。リリーはその気配にまったく気づいていなかったと思われる。

知っていたのは――、術者の燕と、リリーの背後を臨むことのできた華茂だけだった。

リリーのロングドレスの裾に、一点の穴が空く。

その穴は次第に大きくなる。異物の侵入を予告している。リリーの右目が、ひくついた。

「うっ！」

リリーが空中で半回転ひるがえる。しかしその異物――去ったはずの氷槍はリリーのロングドレスを刺し破り、また、ストップした。リリーのふとももが露わになる。

リリーが強く歯を噛むと、ふとももの表面からブシャッ！　と鮮血が吹き出した。

「あなた……やりますわね」

氷槍の先端はまたもリリーの方を向く。これこそ燕の誘導型魔法——『氷舞《ひむら》』だ。

「さすがは大魔女ですねッ！　はあっ!!」

燕も地を離れ、リリーの高度へと達する。まずは跳び蹴り。それをかわせば、氷槍がリリーの予想移動地点を強襲する。蹴りの乱打に『氷舞』の二重攻撃。これにはリリーもたまらないのだろう、かわすのではく、パシッ！　パシッ！　と手で払いのける動作も増えてきた。燕はとうとう、リリーの手を使わせたのだ。それでもリリーにはまだ、獰猛《どうもう》な笑みが残る。これはすなわち、リリーが完全な窮地に立っているわけではないというなによりもの証左《しょうさ》だった。

「ならば攻撃を半減させるのみ!!」

リリーは魔法で、棒のようなものを出現させた。握り、ブン、と振る。それはまさに円月がごとき動線。リリーは燕に視線を向けたままで、後方に迫る氷槍を真っ二つに割ってみせた。

しかしリリーの眼球は左右にせわしなく動いている。なにかを探しているような激しさだ。そしてその反復は、ある一点で止まった。

「そこでございますねっ！」

指先で棒をくるくると数回転させ、ひと突き。腕のしなる、ビシイ！　という音が華茂の鼓膜に届いた。その刹那。

ジュッ……、ワアアアアアアアアアアア——!!

なんと大量の湯気が爆《は》ぜ、辺り一面は数瞬《すうしゅん》の霧に包まれた。

「水でございますね」

リリーは、そっとささやく。

「水での攻撃と見せかけ、実は本命の水の刃を配置していた。ですが間抜けなことに、あなたの詠唱そのものがヒントになっていたわけでござい、ま、」

リリーの詰まった言葉の先に、
岩が飛来していた。

その岩弾は霧の奥から突如として現れ、リリーの肩口を打ち抜——、

『峨々《がが》なる刃で、敵を貫け——』


——、く寸前、リリーの棒によって弾かれた。

鈍い音が立った。その後に残ったのは気持ちの悪くなるような静寂。やがて、落雷の音、一つ。

「なるほど。そんな魔法も、使えるのでございましたね」

「ど、どうして、今のを……」

燕の声は半ば、裏返っている。

「今のを跳ね返せるわけがありません。また、どうして私の水が湯気になってしまったのですか。

その棒はいったい、なんなのですか……」

「お教えしましょう。ですが少し、躾《しつけ》をさせていただいた後に――」

「えっ」

ぎゅるるるる。燕の放った岩弾がブーメランのようになって戻ってくる。バギィ！　と音を立て、四つの欠片へと分離。それぞれの欠片はUの字型の輪っかへと変化し、燕の四肢を襲った。

「きゃあっ！」

燕はその枷に引っ張られる形で墜落していく。そして両手両足を大きく広げた格好で、地面へと縫い止められた。燕がいかにもがこうが、Uの字型の輪っかは地面に刺さったまま動かない。大地に磔にされてしまった燕の前に、音もなくリリーが降りてくる。

「しかし……ここにも優れた才能が。驚いたでございますよ、ほんとうに」

リリーが指で風をなぞると、そこに一挺《いっちょう》の楽器が現出した。

「燕さん！　燕さん！　燕さんっ!!」

まだ立ち上がることもかなわない華茂は、上半身を起こして叫ぶだけ。そして思う。

魔女学校に通っていた時、遠くの国の魔女に教えてもらったことがある。あの楽器の名前は――、バイオリン、といったはずだ。リリーは漆黒のバイオリンを顎に当て、演奏のポーズをとった。

先ほど操っていた棒を、バイオリンの弦に添えるリリー。

雷光が激しくなった。光と影の狭間に結ばれるリリーの像は敵ながら華麗そのものであり、華茂はぞくりとした感覚を覚えた。あの棒は、バイオリンを奏でるための弓だったのだ。

華茂の肩と腰に鈍い痛みが流れる。うっ、と声を漏らす。肩の関節など外れてもいいと思った。

なぜ自分の身体は痛みを感じているのか。痛みなど、感じざるをえないのか。

自分の肉体に憤怒する華茂の前で、リリーの演奏が開始された。

疾風《はやて》は春の祖《そ》となるも　そのひと吹きに春あらじ
珂雪《かせつ》は冬の祖となるも　そのひとひらに冬あらじ――

バイオリンの高くきしんだメロディが響く。その音に合わせて歌うリリー。もしこれを平時に聴いていたならば、華茂はその音色の美しさに酔いしれたことだろう。だが――。

「ああっ！　ああううっ!!」

聞こえてきたのは、燕の金《かな》を切る声。自由の利かないその身体は痙攣《けいれん》し、激しく上下する。

「燕さん！」

なぜ動かない、この腕。

「燕さんっ!!」

なぜ大地を踏んでくれない、この脚。

「やめて……やめ……やめろぉおぉぉぉあおぉあぉぉぉぁお!!」

イアに教えてもらった技は、なんのためにあるの。なにが「世界一」だ。愛しい人をたった一人、護ることもできない、無力な自分。壊れるくらい、奥歯に強烈な圧をかける。それでも目の前で、燕はのたうっている。麗しく禍々しい、七分音符の流れの中で。

蹂躙されている。陵辱されている。華茂の、大好きな、人が。

悔しくて悲しくて……涙が、滲《にじ》んだ。——その時だった。

「遠野……」

数メートル離れた場所から、華茂の背中に声が飛んできたのは。

首から上だけで振り返る。紅い血液に染まったイアの唇が、静かに開いた。

「お前なら……でき、る」

「イア師匠!? だめです、喋っちゃだめです!!」

「なぜなら、お前、は……すでに知っている、から……」

そこまで言って、イアはまた荒い息を吐き始める。

今、イアは「知っている」と言った。なにを。この惨めな自分が、なにを。

「あぐあぁぁぁぁぁっ!!」

背後からの悲鳴で、華茂はまた燕の状況を確認する。

なんとリリーは、高いヒールの靴で燕の腹部を踏みつけていた。

「ご存じですか? 音というものは振動によって成り立っています。そして振動は、力。今あなたの血液は、沸騰に向かって歩を進めているのでございますよ」

それはつまり、燕の全身で血管が茹だり始めているということを意味する。悦びを歌い上げるような、バイオリンの調べ。リリーの優雅な演奏は、そのまま終幕《フィーネ》を迎えた。

「これぞ、黒魔法――『青銅の Sleepless《スリープレス》・Night《ナイト》』。拍手を!!」

リリーはバイオリンを握ったままの手首同士を簡単に合わせる。それはまるで、透明の観客に拍手を要求するような仕草だった。下方には、煩悶《はんもん》を露わとさせる燕の肢体。

プチン――。華茂の頭で、なにかが一本切れた。痛みはない。痛みなど抹殺した。運命の時間を全うしなければならない。華茂は、ゆっくりと、立ち上がる。

「ん……?」

とぼけた声を出す、あの標的へ。一歩、一歩。また一歩。頭はまだ、うなだれたまま。足下を見る。自分の意思を超えたなにかが、華茂の身体を突き動かしている。華茂の全身から、白い靄が吹き出した。空気と肌に含まれた水分が、われ先にと華茂から離脱していく。

逢魔掃討《ジャム・ホルヴァル》。全てを、今から、終わらせる。


幸せだな、って思っていた。多くのものを望んだことはない。

朝、起きたら。味噌汁の香りがする。トントントンと、まな板を叩く包丁の音がする。静かな湯気が、台所から座敷へと潜りこんでくる。

（おはよう、華茂）

（むにゃぁ……おはよう、燕さん）

（もうすぐご飯ができますからね）

（ありが、とう。じゃあわたし、お花見てくるね）

柄杓を持って土間を出て。福寿草と朝顔に水をやる。うーん、と背伸びをすれば、村の人たちが笑顔で挨拶をくれた。日和風《ひよりかぜ》が山肌を滑り、野草たちを同じ方向へと波打たせる。

それが華茂の全てだった。そしてその全てを愛していた。ここがよかった。ここだけが、よかったのだ。なのに目の前の魔女――リリーは、華茂の心に土足で踏みこんできた。数少ない、華茂の宝物。それが、ぬかるむ汚泥へと沈められてしまった。

ゆえに――、刮目《かつもく》。

「墜《お》とすのはイアだけと決めていました。ですが、あなたにも無礼討ちが必要でございますね。後憂《こうこ》はここで、断っておくことにしましょう」

リリーの持つ弓の先、爆炎が天上へと吹きあがる。

『時の流れを示す道《ユース》、首魁《デルボルン》と化し、暫時の悪運に口吻《くちづけ》なさい！』

そして焔《ほのお》は、華茂を目がけて進撃した。ごう、ごう、と音を立てて近づくあの世の音。その流れに、華茂の身体は容易く呑みこまれた。眼前が茜色に変わる。急速な温度変化が華茂の皮膚の水分を奪い、細胞を変形させてやろうと企てをはかる。

しかし非情なるトンネルは、わずか数秒で抜けた。ただ、それだけだった。

「……ほう？」

再び見えてくる、リリーの姿。その眉がわずかに斜《しゃ》をなす。雷鳴が音を増す。だが落雷はない。

「いったいどんなトリックを用いられたのでしょう？　防御魔法でもかけてあった？」

じゃり、じゃりっ。一歩、一歩、前へ。急がなくていい。奴は華茂のいのちを奪うまでこの地を離れることはない。その間に力を溜めるのだ。大魔女の中枢を破壊する、一撃のために。

「ではデザートを、どうぞ」

リリーが弓でX字を描くと、その中間点に砂塵が生じた。

そうだ……あれこそがイアを穿ち、華茂のこめかみを狙ったリリー必死の魔法――。

「あの世で何度も反芻《はんすう》できますように!!」

ついにリリーは、その魔法の正体を言い放った。

『五臓六腑の間欠泉《ジャクリアン》ッッッ!!』

リリーが華茂へ弓の先端を向ける。砂塵は殺意を纏い、華茂へと瞬撃を開始した。

それはまさに、連続の弾丸。砂の光線だ。しかし華茂にはよける気などなかった。そして、よける能力もなかった。ザザッ！　と音が聞こえたら、そこはもう致命の領域。暗闇の劇場で焚《た》かれたフラッシュのように、目の前の景色がコマ切れで流れる。

砂塵は／　華茂の肩口を／　えぐろうとして／　どこまでもえぐろうとして／

えぐることができなくて……、

――鈍痛《どんつう》。

華茂はぐうっ、と顔をしかめる。これで左腕は使えなくなった。感覚がない。バランスを損なった身体は華茂に、斜め三十度の視界を与える。右手で肩を押さえ、アキレス腱に言い聞かす。

準備はできたか、と。

だ……。

「だぁあぁぁぁぁああぁぁぁぁぁぁあぁ――――――――ツッツ！！！」

華茂のきびすと地面の接点が、ボコォ!! と陥没した。歯を食いしばる。瞳孔を開く。

「ば、ばかなっ」

リリーはバイオリンと弓で八相《はっそう》に構える。その麗しい顔には、ひと筋の脂汗。

華茂は右腕を引く。行く。

「身の程を知りなさい、下女!!」

弓の先端から次々と炎弾が放たれる。着弾の半瞬前を華茂は突き抜ける。次々と火柱が立った。

それらは華茂の道を指し示す燭台として機能する。あの炎の真ん中に――、リリーがいるんだ!!

そしてその時……。声が聞こえた。気がした。いや、それはたしかに届いた、華茂への鼓舞。

(大切なものを、教えていなかったな)

イアの、声だった。

（でもお前は自分で、それを見つけられた）

だから華茂は確信することができた。

（もうわかっているよな、遠野……）

今から、自分は——やれるのだと!!

（ハートさ、ハート）

涙が、目尻を水平方向に流れた。

『火龍《ひのたち》————っっ！！！！』

上半身から、リリー目がけて突っこむ。引いた拳に、華茂の全てを乗せて。

「あ、あなたごときの魔力など……」

バイオリンと弓で身体を護る、リリー。

聖炎を纏った拳が——、二つの防具の隙間に下方より潜りこみ——、
バ、ゴオオオッッッ!! リリーの鳩尾にめりこんだ。リリーの身体が一瞬前屈みになり、すぐにのけぞったまま後方へと滑り出す。彼女の手から、バイオリンと弓が空中に放られる。
リリーは衝突によって生じた速さのまま、モッコクの幹へと激突。

「ぐふうっ!!」

そこでもう一度、頭を前に倒し——リリーは——、地に、墜《お》ちた。

……終わらせた。そう思い揺らいだ意識は、遠くからの呼びかけによって引き戻される。

「華茂ちゃん!?」

あれは。村の人間合わせて十五人くらいが、崖の上からこちらを見下ろしている。

……そうか。今は、みんなが山に入る時間だった。

「みんな、いけない！」

「華茂ちゃん大丈夫!?　燕さんもいるよな！」

「だめ、だめっ！　早く村に帰って!!」

「おい皆、手当てしに下りるぞ!!」

応《おう》ッ!!　と、野太い声が重なる。

そんな、それはだめだ。ここに来てはいけない。みんなまで危険に晒すなんて……。

「ほ、う?」

振り向いた。声の主は間違いなくリリーだった。

ここから、コンマを争うせめぎ合いが開始される。

華茂は跳足一発リリーを押さえにいくが、その寸毫《すんごう》の間を縫ってリリーは九時の方向へとステップを入れる。バイオリンと弓を拾い、空を見上げる。リリーが崖の上へ飛翔してから華茂がそれに続くまで、一秒もの遅れを許してしまった。

――スタッ。リリーが村人たちの前に到達。遅れて華茂。ためらうことなくリリーに焔を放った。

これをリリーは弓で消し飛ばす。心に戸惑いがある今、華茂は中途半端な魔法を撃ってしまった。

なにをしているる。なにを焦っているんだ。

「な、なんだ、あんた？」

前方の村人が拳を構えながら訊く。

「人間……ども、め」

リリーが弓を、ゆっくりと掲げる。

——いけないっ!!　華茂の回し蹴りが、リリーの空いた脇腹に接近。だがリリーは後方宙返りでこれをかわす。華茂の心臓が、激しく脈打つ。

「そういえばあなたはリーフス。人間の味方でございますものね」

リリーの唇が三日月状に変化したと思ったら、たちまちに白い歯が全て現れた。

「ぶち殺して差し上げましょう!!」

よもやリリーのものとは思えない、荒い言葉。その本気度を感じとった華茂は村人たちの前に立ち塞がる。大丈夫だ。今の自分ならやれる。来い、リリー。

しかしリリーの次の行動は、華茂の予想を容易に裏切ってくれた。リリーは崖の上から身を躍らせると、こちらの方を凝視しながらうつ伏せになって飛び去っていく。

なぜ、攻撃を仕掛けてこないのか……？

やがてリリーは川の浅瀬へと降り立った。雷雲の瞬きが水面に反射し、それはまるで黄と金の舞踏のようでもあった。

サッ――。リリーが、バイオリンに弓を当てる。

「哀れな皆様に、せめてもの鎮魂歌《レクイエム》を――」

キイッ、とひと音が響き。すぐにもの哀しいメロディが山中を支配した。

「うがあッ!!」

自分の身を抱くようにして地面に転がる村人たち。

「熱い!!」

「ぎゃあぁぁあぁ!!」

次々に悲鳴が轟く。これは……リリーの黒魔法『青銅のSleepless・Night』の発露により、みんなの血液の温度は今、どんどん上昇しているのだ。

苦悶の表情を浮かべる村人たち。彼らはもう、声を上げる余力もなくしている。

どうする――。選択肢は、一つしか、なかった。

「やめろぉおおぉぉぉぉおおぉぉぉぉ――――――ッッッ!!!!」

華茂も崖から飛んだ。

目指すは当然、リリー。飛行の勢いを乗せ、奴に炎の拳をくらわせてやるしかない!!

すると、なぜだ。

リリーが演奏をやめた。それは、華茂が突貫を開始した直後のことだった。

「来ましたわね。イアの、最後の弟子」

リリーは嗤《わら》っている。それは明らかに、こちらの失態を捉えたような笑み。

「あなたが人間を護るために向かってくることは予想してございました。そして空中では身動きがとれないことも。あなたはまだ、飛行技術すらおぼつかない。あなたが滝壺から飛んできた時、あたしは確信したのでございますよ――」

リリーの手から、バイオリンと弓が消える。

必然、自由になった両手の五指を、華茂の方へと向けた。

『五臓六腑の間欠泉《ジャクリアン》!!　十殺《じゅっさつ》ッッ――！！！』

全ての指先から、砂の竜巻が発射。それらは華茂を目がけて螺旋を描く。しかし華茂の身体は自由が利かない。回避できない。ただ、リリーの計略へと飛びこむのみ。

だけど、怖くなんて、なかった。

不思議だ。自分がやれるだけのことをやる。そう決めたら、怖くなくなるなんて。

まったく、不思議なことだった。

（ハートさ、ハート）

もう一度聞こえた。遠くに横たわるイアの姿が――次第に透明になり――最後の言葉を残して――

――無と――化した。……それでも。華茂は、腹を、括ったのだ。

龍と化した、拳。

振り抜いた。それが全てだった。昏の内側に激しい風が突き刺さる。目は、閉じない。

華茂は砂弾を止めたのではない。砂弾を、遠方へとはじいたのでもない。

華茂は砂弾を——撃ち返したのである。

ありとあらゆる砂が、炎を纏い、マグマとなってかつての主人に襲いかかる。

「ひっ」

そんな間抜けな言葉が、大魔女リリーの終着駅だった。

ゴオッ、ズウゥゥゥゥゥ——————————シン！！！！　死神と化した炎弾は、リリーの腹部をぶち破った。リリーは大きく目を見開いたまま膝から崩れ……ついに……消滅した。

ザガッ!!　と、強烈な着地。華茂はイアの姿を探す。しかしどれだけ眼球を反復させても、あのクールな笑みは見つからない。

「イア師匠ぉぉぉっっ!!」

咆哮《ほうこう》した。山の木々を吹き飛ばすくらいに。だけど。すぐに、別の気配を感じた。

燕の横に誰かがいる。U字型の枷が剥がれた燕の隣に、誰かが。

——敵か？　華茂は疾走を開始する。しかし相手は手のひらをこちらに向けるだけだった。もう片方の手からは青い光。その光が、燕の身体を鮮やかに照らしていた。

「はいはいはい。待った待った！」

華茂は急ブレーキ。踵《かかと》でガガガガ!!　と地面を削る。するとふわりとした桃髪の魔女らしき相手は、いたずらそうな目で「ワン!!」と犬のまねをした。いきなりのことだったので、華茂の肩はびくっついてしまう。魔女は続けて、「にひひひひひ」と笑むのみ。

なに、この人……。

天上の黒雲は静かに、ただ静かに。桶から水が抜けるように、その重さをなくしていく。

そして彼女は自分の名前をライラ＝ハーゲンだと名乗った後、目で誘いながら言った。

「さぁ、お茶会の時間だぜ」と。


華茂の足にはもう、力が入らない。

普通に立っていることもできず、そのまま眠りに落ちてしまいたかった。

「おっと」

そう言って肩を絡めてきたのは、ライラだった。

「あなたはほんとによく戦ったと思うよ。それっ――」

先ほど燕にかざしていた青い光が、華茂の肩口にも当てられる。途端に、肩が楽になった。

ライラの腕をほどき、自らの足で踏ん張ってみる。肩をちょっと動かしてみようと試みると、腕はグルグルグルと楽に円を描いた。

「まさかこれ、回復魔法……？」

「まあいちおう、ライラの得意なやつ」

自分のことを名前で呼ぶライラという魔女は、あっけらかんと笑う。

しかしだ。回復魔法って――。華茂は思い出す。村の子供たちが『魔女ごっこ』をしている時のことを。子供たちは攻撃魔法（っぽいもの）を撃つ練習をしていたが、回復魔法も当たり前のように使っていた。まあ、そういう設定だった。だが華茂は知っている。物にダメージを与える攻撃魔法より、物をかつての状態に戻す回復魔法の方が何十倍も難しいということを。魔女学校でも、回復魔法の授業を受けられたのはほんのひと握りの魔女だけだった。

「あなた、何者？」

「ライラはリーフスだから安心しな。それから他のこともお茶会で教えてあげる。さ、行こ行こ」

そんなこと、言われても。華茂はもう一度、周囲の草むらに目をやった。

どこかに――どこかにイアが倒れているかもしれないと、思って。

「どこを探しても、イアさんはもう、いないよ」

華茂の心を読んだのか、ライラが簡単そうに言ってくる。そのあっさりとした口ぶりに、華茂の中でこらえられないものが生じた。

「……あなた、悲しくないの」

「まあ、仕方がないことだよ」

「仕方がない、なんて……そんな、ふうに……」

「これからもっと厳しくなるよ。悲しんでる暇なんか、ない」

華茂は静かにライラを睨む。ボーダーのＴシャツにハーネスベルト。黒いスカートにニーソックスという装いは、明らかに異国を担当している魔女であると感じられる。

華茂はライラのベルトを、ぐっと掴んだ。

彼女に恨みがあるわけではないけれど、どうしてもやりきれない思いがあったから。

「華茂、やめてください!!」

横を向く。立ち上がった燕が、両方の拳を胸の前で構えていた。

「燕、さん……」

「華茂、これは異常事態なのですよ。イア師匠がここにいることも変ですし、リリーさんが現れたのだっておかしい。どうしてあれほどの大魔女が、揃って二人も……」

「燕さんは悲しく、ないの?」

「悲しいですよ……」

燕の鼻がヒクヒクと動き、やがて、理知的な瞳は水分をたくわえていく。

「でも、華茂がこの先危険な目に遭うのが一番悲しいです。もしライラさんがこの異常の意味をご存じだというのなら、私たちは、ついて行かなければ……なりません」

燕の目から大粒の涙がこぼれる。華茂はよたよたと燕に寄り、そして、燕を強く抱き締めた。

「燕さん、燕さん、燕さん。わたし、悲しいよぉおぉぅぅ……」

「うん、うん。私も悲しい。悲しいですようぅぅぅ……」

二人で、抱き締め合った。涙をぼろぼろと流した。顔がくちゃくちゃになってもかまわない。ただただ抱き締め合った。身体を、できる限り一つに近づけようと。

太陽の光が天使の梯子《はしご》をつくり、華茂たちを輝かせる。子供みたいに、わんわん泣いた。馬鹿みたいだった。馬鹿みたいでよかった。ずっとずっと泣いた。わんわん泣いた。

やがて気持ちのよい風が吹いてきて、華茂の頬を乾かした。華茂は燕と、そっと身体を離す。それまでずっと、ライラも村人たちも黙って華茂たちを見守っていてくれたようだ。華茂の目はもう、決意を秘めたものに変わっていた。

ライラは儚《はかな》げに笑い、「ライラ、そういうの、好きだよ」と言った。

ライラによると、お茶会は惑星アニンの遙か上空、宇宙空間との境目で行うらしい。華茂は魔力で燕に劣るため、お茶会に出席するのはいつも燕の役目だった。まさか自分がお茶会に出席できるなんて、今が緊急時だということを鑑《かんが》みても信じられない。

「行くぜ――」

ライラが人差し指をくいと曲げると、華茂の身体が浮き出した。

村人たちの姿が、すぐに飴玉のように小さくなっていく。

村の全景が見えた。それは山に囲まれた、田舎の集落だった。

遠野《とおの》華茂《かも》、十九歳の頃。魔女学校を卒業し、担当として割り当てられたのは、このなにもない村だった。それでもワクワクした。一人前の魔女として、この村から穢れを払っていこうと。山や野、そして風の全てから始まりの香りを感じたものだった。

それから色んなことがあった。偉い侍が落ち延びてきたことから戦に巻きこまれたこともある。大きな火事もあった。たくさんの誕生と死を見てきた。だけど、どんな辛い人生の中にも、小さな幸せはたしかに煌めいていたのだ。だから華茂は人間が好きだった。いつまでも元気なままでいられた。そんな自分もやはり幸せな一人であったのだと、今更気づく。

「しかし、リリーさんの技を盗むってすごいな」

飛びながら、ライラが華茂を褒めてくる。凪は、だんだんと冷たくなっていく。

「わたし、盗んでないよ？　リリーさんは自分の魔法を受けただけだよ」

「そうじゃない。攻撃魔法が自分に返ってくるなんてありえない。なにをやったかはよくわからないけど、あれはたしかにリリーさんの魔法だったね」

そうなのだろうか……。あの時は頭に血が上っていたのでよく覚えていない。

華茂たちはさらに宙《そら》へと近づく。島で構成された国の形を臨んだ。華茂の暮らしていた国はこういう形をしていたのか。でも、そうだったような気がする。華茂は二百十一年前の記憶をたどり、一人で納得した。

「あ、もうちょいかかるから。これ読んどいてちょうだいー」

ブオンと音が立ち、華茂の前に長方形の映像が現れた。そこには魔女らしき顔が描かれている。指で触ると、画面が動いた。なるほど、これは魔女たちの魔力を順番に並べたものだ。ざっと見て、感覚的には千人分くらいのデータが集まっている。魔女の数はもっともっと多いはずだから、ライラが集めることのできた分だけ、ということなのだろう。

そのちょうど上位五分の一くらいのところに、燕の美麗な顔があった。燕の方をチラリと見る。燕は恥ずかしそうに笑っているが、さすがだ。じゃあ、自分は？　残念ながら華茂の顔は下位十分の一以下のところに記されていた。いやー、まあそうだよね。わかっちゃいるけど……わかっちゃいるけど……なんだかビミョー。

悔しいから、興味本位で上位の魔女を調べてみる。第二位にイア、第三位にリリーの引き締まった顔が。ていうか、華茂はほんとにこの魔女に勝ったのだろうか？　そりゃ、魔力だけで勝負は決しないのだろうけど……とはいえ、信じられない。

そして、一位。そこには、眠そうな顔をした金髪碧眼の魔女が映されていた。画像を見る限り、とても長そうな髪の毛。だけど髪質は整っていて、荒れたところが一つも見当たらない。

「見つけた？　その子が、レティシア＝アルエだよ」

ライラが風塊《ふうかい》を吹き飛ばしながら、華茂に教えてくれる。

「まだ、十八歳の魔女」

……え。目を凝らし、もう一度画像を見てみる。

やはり眠そうにした、幼げな顔がそこにあった。

今いるこの場所を、宇宙空間と呼んでよいのだろうか。

ここからはアニンの大陸の全貌を臨むことができる。大陸中央の山脈には、ヨーグルトを垂らしたような雪が白を成している。海はただの平面ではない。はっきりとは見えないのだけど、細かな脈動を感じとることができる。

あの砂漠には猛烈な風が吹いているのだろう。あの平野では小麦やお茶が栽培されているのだろう。森では昆虫たちが樹液をすすり、夜の街はいくつものドラマを紡ぎ出すのだろう。

全てが、生きている。

そう感じられるだけの塊を華茂は自分の視野におさめ、大きな唾を呑みこんだ。

「すげえ景色だろ。ま、お茶と一緒に楽しんでちょうだい」

ライラが白テーブルに準備してくれたのは、ハーブティーだった。お茶請けにはシナモンロール。華茂にとってはどちらも初めて口にするものだが、とても優しい味わいだと思った。お茶が喉を通過する際に、じんわりとした温かみを感じられる。異国感はあるのだけど、すぐになじめるような親密さがたっぷりと含まれていた。

ライラは椅子に座って脚を組み、華茂たちに魔女の歴史を語ってくれる。そのうちのいくつかは魔女学校で習ったものだったが、華茂は特に口を挟むことなく説明を聞くことにした。そもそも、忘れているようなところもあったわけだし……。

アニンに生命体が誕生するより、遙か昔のこと。世界は『穢れ』で満ちていた。

穢れとは、魔女たちが祓っている黒い霧みたいなやつだ。こいつは星を食い物にする宇宙の流れ者で、意思をもたない。穢れは星を弱体化させ、星から得た力をどこかへ飛び去るためのエネルギーに変える。太古のアニンの姿は、黒幕ですっぽりと覆われたような状態だったという。

しかしエネルギーを吸い取られる側のアニンとしては、たまったものではない。このままではいかなる生命体も発生せず、恒星からの光を得ることもできない。

そこでアニンは、穢れに対抗する存在として魔女を生み出したのだ。

アニンの力の全てが注ぎこまれたその存在は穢れを浄化し、やがてアニンには魔女以外の原始生命体が発生した。そして原始生命体は人間へと進化し、文明を築いたというわけだ。当初の魔女がどのような思考回路をもち合わせていたかについては詳しくわかっていない。これらの事実は魔女から魔女へ、口頭や伝説をもってつたえられてきたことだからである。

ところでこの穢れだが、魔法という触媒により人間にとって有益なエネルギーに転化させることができる。例えば華茂であれば、穢れを祓うことで四季を呼ぶ風を吹かせ、神を奉る炎を絶やすことなく燃やし続けてきた。

「ライラは、人間の心に自信とやる気を与えてあげているんだけどね」

ライラは自慢げに、自らの役割を語ってくれた。

とにかく穢れは、なんからの形で人間のためになるものに変えることができる。つまり穢れはアニンや人間にとっての敵であると同時に、生きるために大切な要素でもあるわけだ。

では歴代の魔女たちは、この穢れをいったいどう扱ってきたのか？

魔女はアニンが生み出した存在であるため、通常の生命体がもちえない力を振るうことができる。穢れの浄化が魔女の使命であることを、誰に教えられずとも自然と理解している。魔女はどの時代においても世界の各地を分担し、穢れの浄化を行ってきた。人間たちからは『超常的な存在』だなんて呼ばれることもある。

華茂たちは十八歳頃まで肉体的に成長するが、十八歳あたりでその成長を止める（もちろん例外はある。十二歳くらいで成長を止める魔女もいれば、人間でいう三十路《みそじ》くらいまで成長する魔女もいる）。そして死ぬまで肉体が老いることはない。イアやリリーだってもう千歳くらいだったが、ともに絶世の美女だった。その寿命の長さは各々のもつ魔力に比例するが、いくら魔力が弱くても数百年は生きることができる。人間に比べて寿命が長い。そこが、魔女の悩みの種でもあるのだ。

「二つの夢、といえば、あなたたちにもピンとくるわよね」

ライラの言葉を聞いて、華茂はすぐにわかった。

魔女が、穢れの浄化という使命以外にもつ夢のことだ。一つは単純に、夢とか希望、という意味。魔女も穢れを祓い続けるだけで生涯を過ごすわけではない。花屋になりたい魔女もいれば、歌劇の舞台で活躍したいという魔女もいるだろう。これについては、魔女は人間より長生きをするのでむしろ叶えやすいといえる。問題は、もう一つの『夢』の方だ。

魔女も恋をする。基本的には、魔女同士での恋愛や結婚が多い。魔女は突如としてアニンの上空に生まれるので、最初に見つけた魔女夫婦がその赤子を育てることが一般的だ。ちなみに華茂と燕はともに魔女学校に発見されたので、いわゆる親と呼べるような存在はいない。

しかし中には、人間と結婚しようとする魔女だっている。魔女も人間も心の通った存在だし、そういう関係が築かれることにおかしな点はない。ただ、魔女と人間では寿命が違う。愛する人はどうしたって、魔女より先にこの世を去ってしまうのだ。普通の魔女なら人間との恋愛には一歩距離を置いてしまう。

では、その『魔女と人間の関係』についてだけど。

原始の時代。魔女は人類の誕生について、(仲間が増えた)と喜んだらしい。魔女が穢れを祓う一方、人間たちは食文化を生み出し魔女たちを驚かせた。魔女はある時まで食事をとらない存在だったのだが、人間の食文化に雀躍《じゃくやく》し、自分たちも人間の文化を模した調理を行うようになった。その食事というものを得たおかげで、魔女たちは穢れを浄化するためのさらなる力を手に入れることができた。ま、言ってしまえば、古くから魔女はくいしんぼうだったってわけ。

ここまで聞くと『魔女と人間は仲良しだ』と思うだろうし実際そうなのだけど、中世における宗教の発展により、この関係には微妙な温度感の違いが生じてくる。

人間は、自分たちの寿命が有限であるということを意識し始めたのだ。そうすると、何百年も生きる魔女というのは、人間からすると異質な存在に捉えられる。魔女を差別する人間も現れたし、その差別を避けるために人里離れたところで暮らす魔女もちらほらと出てきた。もちろん、大半の魔女は依然として街で暮らしていたわけだけれど。

歴史が進むにつれ、高まる疑念。差別の感情。やがて――。

「科学ってやつが、現れたんだよね」

そう言ってライラは、人差し指を真っ直ぐに立てる。

華茂はその科学というものについて、なんとなくだが知っている。リリーが一つの島国を強国へと押し上げるために使用した、蒸気。ラジオという名で人々に新しい文化をもたらしている、電波。イアは、これらが科学の分野に含まれるものだと教えてくれたはず。

そしてその科学は、とある重要なことを可能にしようとしている。

人間の手による穢れの浄化、である。

もしこれが実現すれば、人間は魔女の存在を必要としなくなるかもしれない。もっともまだ実用段階ではないらしいが、近い将来、魔女と人間の関係は大きく変化するといわれている。

さて、そんな折だった。これまで燻《くすぶ》っていた『人間の、魔女への違和感』が爆発し、新聞がそれを煽った。人間は自らの手で穢れを浄化できるレベルに達している。だったら……。

魔女なんて、いらないんじゃないか――？

こうして開始された、魔女狩り。幸いなことに、実際に狩りを行っている人間の方がごくわずか、という状況ではある。しかし魔女狩りの発生した地域は苛烈を極めた。地に残る魔女は人間の人海戦術によって刃を突き立てられ、空に逃げた魔女は人間の空撃砲《くうげきほう》により木っ端微塵にされた。人間たちは科学の力を用い、ありとあらゆる手段を講じて魔女を襲ったのである。その人間の蛮行に対し、魔女たちは二派に分かれた。それこそがリーフスとハーバルである。リーフスは人間との共存を望み、ハーバルは人間の殲滅を望む。ともに、二つの月の名前をそのまま使用している。リーフスとハーバルはお茶会で激論を交わすもまとまらず、やがて魔女同士の争いが開始された。ライラの話によると、なんと先月、魔女同士の逢魔掃討《ジャム・ホルヴァル》が発生したらしい。これは華茂の瞼を二、三ほどひくつかせた。交戦中のグループもいればお茶会を継続しているグループもいると聞いたが、それでもリリーが乗り出しリーフスを各個撃破し始めていたことを考えると……事態は極めて深刻だ。

「そこで、あなたたちに頼みがあるのよ」

ライラが手のひらを向けると、燕は「さっきのアルエさんを味方につけたい、ということですね」と言ってジャスミンティーを喉に滑らせた。

「そ、そうだよ！　よくわかるね！」

「どうして魔女の歴史の話をされているのかと思いましたが、そのお話は最近発生した機密にまで至っていました。おそらく、私たちになんらかの任務を依頼するために話されたのでしょう？」

「そうそう。だから行き道にアルエさんの顔を見せてあげたというわけさぁ！」

「さらに言うなら私はおまけ。本命は華茂の方でしょう。まだお茶会に出たことがなく、ハーバルに顔を知られていない華茂を使いたい、ということですよね」

「ザッツライトの、エクセレントさぁ!!」

……すごい。華茂はただただ、感心する。イアを失った直後だというのに、リーフスの次の行動を示そうとするライラ。そのライラの意図を読みとり、お茶の香りを悠々と鼻孔に含む燕。いや、ほんと、どっちもすごすぎ……。二人の頭の回転に圧倒され気味の華茂だったが、それでも自分の心の中には、たしかに残っているセリフがある。

（これからどうなるかはわからん。もちろん私としてはリーフスとハーバルの戦いを止めたいと思ってる。だけど、どうなるかわからないからこそ、力が必要なんだよ）

それは、華茂が修行を始めるにあたり、イアにかけてもらった言葉。

だから華茂は、一人で強くうなずいた。

「わたし、探しに行くよ。アルエさんを」

シナモンロールをポンと放り、むしゃむしゃごっくん。イアの心を継いでいくのは自分だと思うし、それにやっぱり、人間とはこれからも仲良くしていきたいし。

「華茂……」

「燕さん、心配しないで。わたしは、わたしのやれることをやりたいから！」

「だ、だったら……私も行きます。華茂についていきます！」

燕が立ち上がって自らの胸を押さえると、ライラは拍子の抜けた顔をした。

「え？　そりゃそうだよ。ライラは情報の発信と受信をやらないといけないからここに残るけど、零式さんは華茂ちゃんについていってあげてね」

あ。ららら……。華茂はまだ信頼の域には達していないようで、ちょっと残念。

だけどこれで百人力だ。イアに力を授けてもらった華茂に、強くて賢くて優しくてめっちゃ美人でめっちゃかわいくてめっちゃ麗しくてめっちゃ美人で……な、燕。きっと助け合って役目を果たすことができるだろう。ていうか、なにが起こっても燕だけは絶対に護ってみせる！

心を引き締めたその瞬間、燕が顎に指を添えて、不思議そうに言った。

「でもアルエさんは強力な魔女なのですよね。だったら、すぐに居場所がわかるのでは？」

たしかにそうだ。だけどライラは唇を内側に丸めこませ、困った顔をした。

「いや、実は……アルエさんの魔力が……消えちゃってて……」

「それって……アルエさんは無事なのですか？　もしかして、もうすでにハーバルの方々か人間の手によって……」

「無事だと思うんだよなぁ。彼女の魔力を撃破できる魔女なんて、まずいないはずなんだよ」

つまりはあれだ。

アルエの魔力が消えてしまっているのはなぜか。

アルエをリーフス側に引きこんで、ハーバルへの防波堤にすることができるか。

そのあたりは、行ってみないとわからないというわけか。

「うん。行こう！　行ってみよう！」

腕を大きく振って、ずんずんずん。進もうとしたところ、華茂はライラにぐいっと肩を引かれた。

「え、なに？」

「いいからいいから、ちょっと来て。あ、零式さんはそこで待っててね！」

わけもわからず、ライラと一緒に巨大なボードの上を歩いていく。

燕から百メートルほど離れたところで、ライラは華茂にずいと顔を近づけてきた。

「あなた、零式さんのことが好きなんでしょ？」

「ぎょ、ぎょっ!!」

待った待った。いや、いきなりなんで!?

「見てたらわかるよぉ。ねえ、告白しないの？」

「し、し、し、しないよぉ！」

「したらいいのにー」

「……だって、燕さんはすごい人なんだもん。わたしなんか、絶対だめだもん……」

昏をアヒルっぽくし、むすくれる華茂。なんだか残念な感情が頭を支配していく。

燕は魔女学校でも「美人」だと噂されていた。燕に憧れていた魔女もたくさんいた。もちろん告白だって何回もあったらしい。だけど燕は、自分は魔法の研鑽をしなければならない未熟な存在、ということを理由にあまたの告白を断ってきた。華茂は昔から燕と一緒に遊ぶ仲で、幼なじみみたいなものだから仲良くしてもらっているけど、ほんとは燕の隣にふさわしい魔女ではないのだ。

「ふーん。じゃあ、ライラなんてどう？」

「ほへっ？」

なんか、近い。さっきよりもライラの顔の位置が近い。吐息の甘さも感じられるくらいに。

「ライラ、華茂ちゃんみたいな子、好きだよ。もちろん華茂ちゃんと零式さんが結ばれるのがベストだけど、もし無理だったらライラを選んでくれたらうれしいな」

「そ、そ、そんなことっ!!」

華茂の頭から、ポピュー!! と湯気が噴き出す。よく見ればライラはすごくかわいい。桃色の髪、アーモンド型の瞳、瑞々しい肌に利発そうな歯並び。こんな人が今、な、なに言った!?

「こういうとりまとめみたいな役割をしてると、なかなか恋もできなくてさ。ごめんね、困らせて。でも、華茂ちゃんみたいな子が好きなのは、ほんとだからね!」

いやー、もう。このままここにいたら恥ずかしさと照れくささで燃えちゃいそうだったので、華茂は走った。全力疾走だ。「ありがとう!」と返事をするのも忘れずに。でも応えられない申し訳なさがある。だって自分はやっぱり、燕のことが……。

首を上げる。ハーバルとリーフス——二つの衛星が、深閑《しんかん》とした宇宙を漂っている。

「あ、華茂。なんの話をしてたの……」

「行こ、燕さん!」

華茂は強引に燕の手をとって、魔女のお茶会からひらりと飛び降りたのである。

全ての気配が過ぎ去ったお茶会に、ライラは一人、たたずんでいた。

テーブルの上にはカップが三つ。どれもからっぽになっているということは、華茂と燕がジャスミンティーを楽しんでくれたという証拠である。よかった。

魔法でカップとお茶菓子を片付け、少し瞼を伏せてみる。

さっき二人に魔女の歴史の説明をしたが、意図的に話さなかったことが一つある。

それは、魔女の死についてだ。

魔女は寿命や事故で死ぬ時、泡になる。泡から生まれ、泡へと消える存在だ。

しかしイアは泡にならず、透明と化した。つまり、イアの魂はまだどこかに揺蕩《たゆた》っているということなのだろう。そして、望ましくはないが……、リリーの魂もそれと同じ。華茂と燕は、アルエ探しに気を砕いていた。昂然《こうぜん》としていた。イアの死を認識したからこそ、自らのやるべきことを定義づけることができたのだ。だからライラは、その事実についてあえて黙っていた。

嘘のような真実が自分を待ち受けていることを再認識し、ライラは口だけで息をする。頭の中にはなぜか、華茂のくるくると変わる表情が浮かんだ。

そこで、緑茶を飲んでみようと思い立った。

トポトポポトポ……。湯気が立つ。初めて嗅ぐ香り。口に含む。それは自然そのものの、味がした。

まるで泰然自若《たいぜんじじゃく》――。

ライラの胸の時計が、その速度を少しずつ緩めていく。

第二章——歩めや乙女、文化の始まる花の路《みち》——

雨のしとしとと降る、三番街。

街路に植えられたペチュニアからは、しずくがぽとり。

傘を差しながら歩く人たちもちらほらいるが、やはり人足《ひとあし》はいつもより少ない。モザイク仕立ての石畳《いしだたみ》の轍《わだち》には、いくつもの同心円が描かれていた。

「ねぇ、燕《つばめ》さん。アルエさんってほんとにこの辺りに住んでいるんだよね」

「ライラさんはそうおっしゃっていましたが。でも具体的な住所がわからないというのはやはり、厳しいものですね」

「もう二週間くらいこんなことしてない？　毎日毎日歩いてばっかでわたし、疲れたよ……」

「ですね……旅館に泊まれているのは幸いですけれど」

「うう……雨やだぁ。傘買おう、傘」

そう語りながら駄菓子屋『ミスカーム』の前を通り過ぎて行った二人は……おそらく魔女だろう。しかもそこそこ強い魔力をもっている。どうやらアルエのことを探しているようなので、アルエは魔法でその身を老婆に変え、謎の魔女たちの来訪をやり過ごした。

あの二人の目的が全然わからない。でもなんとなく、厄介ごとの気配がする。

アルエはミスカームの戸口からそろりと首を出し、二人が雨の帳《とばり》に消えたことを確認する。

ふぅ、とひと息をついたところで、後ろからガッと肩を掴まれた。

「また、あたしの姿に化けて。なにやってんだい、小娘《ロワンエ》」

アルエの黒目が小さくなる。目の前で仁王立ちしているのは、ミスカームのババア……ではなく、女店主サジャンノだ。複数の串を通しまくったその頭は、えらくでかい。加えてラウンド形のサングラス。仮にサジャンノが地下組織のメンバーだと告白されてもこれっぽっちも不思議には思えないくらいだ。ま、実際は駄菓子屋の店主に過ぎないのだが。

「あ、うん。ごめん」

とりあえず謝る。それからボワンとひと煙で、アルエの姿は少女のそれへと戻った。

アルエは十八歳になるのだが、成長は十二歳くらいで止まってしまっていた。

いや、けしてスタイルが幼いというわけではない。街を歩けば師範学校に通う人間たちに冷やかされるくらいだし、大人よりもさらに十センチは高いだろう身長を誇っているし。

だけど顔が……。どうも顔つきが幼いのだ。童顔、という言葉を用いるには幼すぎる。だからアルエはこの町の人間たちにいつも、『小娘』などと呼ばれているのだ。

「小娘《ロワンエ》、またいたずらかい？　二週間前からずっとじゃないか」

「なんかね、アルエのことを探している奴らがいるらしいの」

「ほう、それで。あんたみたいなのが役に立つのかい」

「役に立つわけないよ。アルエ、誰にも褒められたことないもん」

それは嘘偽りのない事実だった。アルエは魔女学校で先生に褒められたことが一度もない。アルエはリリー＝フローレスという超有名な魔女に師事していたのだけど、ある日、なんでもいいから魔法を見せてみなさいと命令された。そこで空間から猫を出してみた。アルエは友達が少なかったので、（こんな友達がいたらいいな）と思えるような、シャープな白猫を無から生み出してみたのだ。するとリリーは口をつぐんだ。あれは完全に無視だった。アルエはリリーに無視をされ、夕闇に溶けそうな砂の大地をゆっくりと踏んで校舎に戻ったのだ。猫は「ニャアウ」と鳴いた。アルエを慰めているようだった。だからアルエはその猫を、ニーウと名付けた。

しかし。たとえ微少な魔力だとはいえ、アルエはその魔力を極力使わずに生きている。他の魔女から居場所を嗅ぎつけられることなんてないはずなのである。なのにあの二人……。

いったい、何者、なんだろう。

「小娘、ちょっと早いけど店じまいにしよう。入口に錠《じょう》をつけとくれ」

「うん」

アルエは横滑りの戸をおもむろに閉め、銅仕立ての鍵に手をかける。さっきまで漂っていた霧雨の香りが古びた木材の匂いに染められていく。

アルエは瞼を瞬かせ、長いまつ毛から水分を落とす――。

「いたよっ!!」

扉が突然、ガラララララ――、と開いた。ギクリとした。現れたのは、さっき通り過ぎたはずの二人組のうちの一人。遅れてもう一人の方も軒の下へとやって来る。

「アルエさんだよね？」

「い、いや……ちが……」

「燕さん！　やっぱりアルエさんだった！　いたいた！」

「だから、違う……」

「まあ、華茂《かも》。やりましたね！」

二人して、心地よさそうにハイタッチ。くっ……こっちの話なんてまるで聞いちゃいない。だけどもう、コソコソ隠れるのも億劫になってきた。それにこの二人の正体にも、蟻ん子ほどではあるけど興味はあるし。

「とりあえず二人とも、中に入って」

どうやらババア……じゃなくてサジャンノは、二階に上がっているようだ。サジャンノにいらぬ迷惑をかけないためにも、今のうちに店の中に通した方がいい。アルエは異邦の客人に、二脚の折り畳み椅子を準備した。そして自分は立ったまま脚を組み、商品精算用の台に肘をかける。

二人は自らを、遠野《とおの》華茂《かも》と零式燕《ぜろしきのつばめ》と名乗った。元気な方が華茂で、きれい系の方が燕。二人とも、アルエが見たことないようなぶかぶかした白い服を着ている。話を始めたのは、燕の方だった。

「私たち、アルエさんに協力してほしいことがあって来たんです」

それはやはり、厄介そうな話だった。アルエの直感は当たった。最近はアルエの耳にも、魔女と人間の対立とか、人間側の魔女と反人間側の魔女との衝突、なんていう話が届く。この二人は人間側の魔女で、人間を護るために自分たちの仲間になってくれと頼みにきたのである。

「どうですか、アルエさん。ハーバルとの争いなんて無益なだけなのです。だから私たちは力をもって、ハーバルを牽制する必要があるのですよ。けして戦いなど望みません」

「それでアルエには、なにを望むの?」

「ですから、私たちと一緒にリーフスの拠点に来ていただきたいのです」

そこで、言葉は止まった。

雨の音が、沈黙を埋めるのみ。次第に闇が忍び寄ってくる、お菓子売り場。アルエはそっと歩き、ハロゲンランプのスイッチをひねった。ボウ、と人工の光がその場を照らす。

「帰ってちょうだい」

「で、ですが……」

「帰ってちょうだい。夕飯の準備があるの」

「もしかしてアルエさんは……ハーバルなの!?」

立ち上がり、拳を固めて訊いたのは、華茂の方だった。

すぐには答えない。ただ、フライパンで熱したような苛立ちが心の中を満たしていく。

「帰ってちょうだい。あなたは、アルエに飢え死にしろというのかしら?」

「華茂、引きましょう。ここで押すのは得策ではありません」

「……う」

華茂は納得がいかないようだったが、燕に手を引かれて店のフロアを出て行く。

「無礼な訪問、まことに申し訳ございませんでした」

軒の下で、燕がこうべを垂れた。華茂も、しぶしぶではあるが燕に続く。

積霖《せきりん》はまだ、終わりを見せない。アルエは店先に置いてある傘を掴んだ。

「これ、使って」

「いえ、大丈夫です」

「いいから」

「……では。失礼します」

相合い傘を差した二人が、商店街の方に向かって去っていく。

アルエは暫時の間、華茂たちの背中を見つめていた。

アルエは魔女学校を卒業した後、どこの国を担当せよとも指示されなかった。ただ、自由に生きてよいと言われた。三分の一の同級生からはうらやましがられたが、三分の二は蔑みの目でアルエを見てきた。どこの国も担当できない魔女、と定義づけて。

アルエは自らの感覚に任せて高速で空を飛び、惑星アニンを何周もしてきた。そしてこの町の夜景をきれいだと感じ、ここに住むことにしたのだ。駄菓子屋ミスカームは、すぐにアルエを受け入れてくれた。小娘、小娘とやかましいが、アルエにだってできる仕事をちゃんと与えてくれる。

だからアルエは、この町を必要としている。リーフスにもハーバルにも興味はない。アルエはただ、この町で静かに暮らすことができればいいのだ。それでいい——、それで。

「行ったのかえ」

「ウニャア」

ちょうど華茂たちの姿が雨の向こうに消えた時、サジャンノとニーウが話しかけてきた。

ニーウは鼻をひくひくさせ、アルエの肩に飛び乗る。アルエはニーウの首を優しく掻いた。

サジャンノは、魔女たちの世界でなにが起っているかを知っていたのか。

そして、それでもなお、華茂たちの訪問に対して顔を出さずにいてくれた。

それはつまり、アルエがまだこの町にいていいという、免罪符のようなものだった。

「じゃあ、ババア。夕飯の支度しよっか」

「へ。あんたもいつか、ババアになるよ」

「ならないよ。アルエは、魔女だもん」

「そうかい。そいつは、強欲なもんだ」

アルエとサジャンノ。二人で小さな笑みを交わし合った時だった。

「あ！　スイーツ!!　これは見逃せないわねーっ!!」

元気な声が、一つ。見れば胸元を大きく開けた巻き髪の女子と、ローブを地面まで垂らしてびちゃびちゃにした女子が二人、店の前に立っていた。

「チャーミ、待って！　うち、これだけは譲れないんだかんね！　いひひひ!!」

「マロン。道草は。いけない。……でも。雨宿りには。ちょうどいいわね」

雨の中、街灯が、ぽつりぽつりと光の輪を点し始める。

どうやら本日の、最後のお客が現れたらしい。


「なに、このクッキー!!　色ついてる、やば！」

犬歯を伸ばし、キャッキャと騒ぐ女子を見てアルエはすぐにわかった。この二人も、魔女だ――。

「マロンは。まるで子供ね。これは染めてある。だけ。味は同じよ」

「うっせーなぁ！　チャーミはすぐに夢を壊すんだから。じゃあ、あれだね、チャーミはなにも買わなくていいのね？」

「いいえ。そこの。レモンタルトを一つ」

「えー、なにそれ!?」

「大人だってね。甘みがほしく。なるのよ。時折ね」

「う、うちとおめーは同級生だろーが!?」

まったくタイプの異なる、二人の魔女。大きく胸元が開くように改造したらしい赤いセーラー服を着て頭の軽そうな方がマロンで、不気味な笑みをたずさえた方がチャーミ。これは覚えた。しかし二人ともかなりの魔力の持ち主だ。さっき来た燕、とかいう魔女といい勝負だろうか。そんな二人がなぜ、ここに？　もしかして、この魔女たちもアルエのことを探してこの町に……。

「あなたたち、魔女よね？」

思いきって、訊く。二人は怪訝な顔でこちらを振り向いた。サジャンノから、たしなめるような咳が一つ。ええ、これは賭け、だ。

「どうして。そう思うの。かしら？」

チャーミの声の温度が変わった。明らかにアルエを警戒している。この魔女は常に人を見下すような視線を擁しているが、セミロングの髪には存外透明感がある。

「だって、変なかっこしてるんだもん。そんなかっこした人、この町にはいないわ」

「ほう。しかし。旅行者とは。思わなかったの？」

「旅行者にしては言葉が通じるからね。世界中どこでも話せるなんて魔女だけ。言語魔法っていうのだっけ、それ？」

あくまでとぼけた感じで返す。するとチャーミは、軽く首を傾げた。その角度のまま十秒ほどの沈黙が流れる。硝子窓には、いくつもの雨粒がとろり。

「もー、チャーミはなにやってんのよー」

マロンの無垢な声で、微妙な沈黙は破られた。

「もしかして……この子がアルエだって疑ってんの？」

「蘭麗《ランレイ》から画像をもらっていない。から。全てを疑って。調査をする。しかないのよ」

「それなー。てかうち、その蘭麗って人の顔も見たことないし」

「仕方がないわ。蘭麗は今、あたしたちに直接。会うことができないから」

「ま、でも、この子は人間だって！　ぜんっぜん！　魔力感じないもん！」

「そう。ね」

アルエはもちろん、軽率な安堵の息などつかない。

むしろ、なにを言っているんだろう？　というような顔で眉をひそめてみた。そしてちらりと横目でサジャンノを見る。サジャンノは機微を熟知しているようで、サングラスの下、ニンマリと笑みを浮かべるだけだった。いや、このババー、ほんと何者なんだろう。

「さっ、お菓子お菓子！　んふー、なににしようかな」

マロンは顎に指を当てながらお菓子を物色し、結局、カラークッキー、マカロン、エクレーヌふうのチョコ菓子を選んだ。もちろん、レモンタルトも忘れずに。どうやらアルエの正体については、隠しとおすことができたらしい。

「ん？」

お菓子を紙袋に入れて渡そうとしたら、マロンがアルエの全身を舐めるように見てきた。なにをジロジロと見ているの？

「なにをジロジロと見ているの？」

思ったことをそのまま訊いてみる。するとマロンはへらりと笑い、身をかがめた。

「かわいいじゃん！」

「なにが？」

「おめーの服！　いいなー、うちもこういうの着たいなー」

アルエの格好は、チュニックにニーハイソックス。本当はチュニックだけを着るのが一般的なのだけど、最近雨で足下が寒いためソックスを合わせている。こんなファッションをする人はいない。町の女子からは「アルエはちゃんと脚を出した方がいいよー」と言われているのだけど、生まれつきの冷え性なのだから仕方がない。

「そう？　あまり人気はないんだけど」

「いーや、うちにはわかる。おめーはファッションの最先端ってやつを行ってるんだ。百年経ったらみんなこのかわいさがわかるって。最強領域とか言ってさ！」

突然、チュニックとニーハイの隙間を指でツンと突いてくる、マロン。

「きゃっ！」

「えっへっへ！」

「な、なによー」

と言いながら、アルエは自分の口角が自然と上がっていることに気づいた。

「かわいい！」

「なにがかわいいのよー」

「おめー、めっちゃかわいいよ！」

「かわいいかわいいって、言わないでよ……」

ううー。ほっぺが熱を帯びてくる。自分の服装を褒められるってなんか嬉しい。今週末にでも、サジャンノに頼んでブティックに連れていってもらおう。ワンピースの種類を増やしてみたくなった。いつも店番をがんばっているし、一着くらいねだってもばちは当たるまい。

「もう」

紙袋をマロンへと強引に押しつけて、一歩下がる。サジャンノにぶつかった。サジャンノは「おやおや」とか言ってる。むうー。でもまあ、このマロンという魔女はとても楽しい人だ。彼女からは邪気が感じられない。アルエとは正反対で、天真爛漫という言葉がよく似合う魔女みたい。

「ほら。マロン。行くわよ」

「ん。じゃ、またな……えーと……」

「ニーウよ」

「そっか。じゃあニーウ、また来るから！」

マロンが五指を広げた手を、大きく挙げた。アルエは胸の前で、楚々《そそ》と振り返す。

（ニーウの名前、借りちゃった。でも……あの人とは、友達になれるかも）

去って行くマロンの横顔を見ながら、ふとそんなことを思った。

「なんだい。やっぱり、魔女は魔女同士の方がいいのかもしれないね」

サジャンノが、後ろに手を組みながら言う。

「別に」

「なんだ、照れているのかい。それもいい。人生の要点の一つさ」

そしてアルエは今度こそ、駄菓子屋『ミスカーム』の扉に錠をかけた。ハロゲンランプのスイッチをひねると、売り場は夜の入口に浸された。サジャンノについて、キッチンへと向かう。

今夜のディナーは、ミンチ肉のトマト煮込みだ。フェンネルを入れた布袋から少々スパイシーな香りが立ちのぼり、アルエはあともう少しでくしゃみをしてしまうところだった。

小ぶりな鼻が、やたらとむずがゆい。


きしり、きしり、と床が鳴った。

今夜は、華茂が床にタオルを敷いて寝る番だ。

異国のホテルの一室。華茂と燕は初日にベッドをお互いに譲り合った結果、一日置きにベッドを使い合おうという約束を交わした。なお、二つの部屋をとらなかったのには、わけがある。

魔女は基本的に貨幣を多くもっていない。元々、担当する地域の穢《けが》れを祓《はら》い、その分人間から衣食住の提供を受けるという暮らしを続けてきたのだ。華茂と燕はかつて現物で得たなけなしの金銀を両替商でこの国の貨幣に交換したのだが、この国の人間からしたら、華茂たちの貨幣は鋳造《ちゅうぞう》し直さないと使えない。だからおそらく、かなり不利なレートが適用されたはずだ。まあ、当たり前といえば当たり前か。

そこで華茂たちはなるべく節約することにした。ゆえにベッドは一つだけ。六畳ほどのこの部屋で、華茂たちは使命を果たすまで我慢をしようと決めたのである。

窓の向こうから、ウウー、とサイレンの音が聞こえた。

「ん、なんだろう」

「華茂、窓に近づいてはいけませんよ」

「大丈夫。ちょっと見てみるだけだから」

埃の溜まった木枠に指をかけ、外を眺め見る。

まだ、ウウー、と鳴っている。それはまるで、心の中を、少しずつ冷やしていくみたいな音。

段々近づいてくる甲高いサイレンは、赤いランプとともに市役所通りを走り抜けていった。どうやら急病人か怪我人を乗せた車から発せられていたらしい。ふう、とひと息を吐く。

このホテルにチェックインする時、華茂たちはフロントマンに「魔女か人間か」と訊かれた。このホテルが魔女狩りの片翼《かたよく》を担っているかどうかはわからない。ただし少なくとも、魔女狩りの影響が足下に忍び寄っていることは確実だった。初めて肌で感じる、魔女狩りの存在。華茂たちは今、人間だということにしてホテルに滞在している。

竹筒を開け、ぬるい水を口に含む。特にやることはない。灯を落とし、ほとんど闇と化した部屋の中、華茂は二枚敷きのタオルに横たわることにした。わずかな光量を捉えられるよう闇に慣れてくれたこの目だけが、唯一の救いだと感じて。

固い床。かび臭い、錆びたような匂い。華茂が慣れ親しんだ畳はもう、どこにもない。

「燕さん、寝た？」

訊くと、布団の擦れる音がした。

「まだ起きていますよ。どうしましたか？」

「アルエさんのこと、思い出しちゃって」

「……なんだか、難しそうでしたね」

「これから、どうしよう」

またあの駄菓子屋『ミスカーム』に通う、というのはためらわれる。アルエはあそこで平和に暮らしているようだったし、無理に説得してもよい結果が得られるとは思えないし。

「場所を変えてみませんか？」

ベッドの端まで身を寄せた燕と、目が合った。

「三週間後に商店街のお祭りがあるらしいのです。そこで、もう一度話をしてみるとか」

「大丈夫かなぁ……」

「わかりません。ですが華茂も気づいているでしょう。この町に、魔女狩りの気配があること」

なるほど、そういうことか。お祭りとなれば、ただ単に奉事や出店を楽しむ人だけでなく、思想を主張する人たちが一定数現れる。魔女狩りの正当性を声高に叫ぶ集団がいてもおかしくはない。そういった状況で『今は魔女同士が争っている場合ではない』と説明すれば、もしかしたら。

ただ、それは一縷《いちる》の望みに過ぎない。アルエがこの先ずっと説得に応じないという未来だってありえるのだ。むしろそちらの可能性の方が高い。

この先、どうなるのだろう。華茂が二百年かけて貯めた金銀の類いも、このままいけば二、三ヶ月で尽きる。お金が尽きたらライラに頼っていいのか？　それともまた見知らぬ土地を移動しながら、その場その場で穢れを祓って対価を得るのか？　しかし穢れを祓おうにも、それらの地域にはすでに担当の魔女がいるかもしれない。そもそも、ライラに与えられた一つ目の依頼すら満足にこなせるかどうかも不透明な現状なのだ。

頬が、震えた。それは湿度のせいだと信じたい。

華茂の眼球に薄い膜ができた。視界の中に、ゆっくりと川が流れていく。三度ほど瞬きをすると、集められた水分は容易く目尻からこぼれ落ちた。

「華茂」

「うん？」

鼻を小さくすすり、左上を向く。そこにはベッドで半身を起こした燕の姿があった。

「おいで。一緒に寝ましょう」

「えっ」

「いいから。おいで」

どうして？　と訊いてもよかった。いや、本来は訊くべきだったのだ。それでも華茂の身体は自然と動いていた。ゆっくりと立ち上がる。下方に、両手を広げた燕の像が結ばれている。華茂は半ば倒れるようにしてベッドへと落ちこんだ。それを燕が、ぎゅう、と抱き締めてくれた。

「燕さん……狭いよ？」

「うん、うん。大丈夫大丈夫。大丈夫だからね」

抵抗はしなかった。ただ目を閉じて、燕に身体の全てを委ねた。温かい。燕の匂いがする。燕の束ねた髪が耳に当たる。どんどん涙が出てきた。先行き不明であることへの不安。今日、アルエに放ってしまった不用意な言葉。なにもできない自分。ただ、燕に慰められているだけの自分。

そして、どうしても赦せないことが一つある。

「わたし、リリーさんを殺しちゃった」

「どうしたのですか、華茂」

燕が静かに笑った。ような気がする。

「わたしはイア師匠と燕さんを護りたかった。村のみんなに、怪我してほしくなかった。だけどそのために、わたしは、リリーさんを……」

「ええ。たしかに私は、華茂に護ってもらいました。あの時はほんとうにありがとう、華茂」

「でもっ！」

叫ぶと瞳が水を弾けさせた。目尻はその水分を受けきれず、ついに、燕の浴衣に灰色の染みをつくった。鼻がヒクヒクとなった。歯茎が緩む。

「誰かを護るため、リリーさんを死なせちゃった。そんなの。そんなのって……」

燕が華茂を抱く力が強くなった。なにも考えない。今はただ、華茂も強く抱き返す。

「華茂もずっと、心を痛めていたのですね」

燕は、かつて一緒に桜を眺めた時のように笑った。

「私も同じですよ」

「え？」

「私も華茂と同じ罪を背負ったのです。それは、私だって忘れていません。……いや、忘れてなどならないことです。だけどそれでも、私たちはなにかを成す必要があるでしょう。自分が選んだ道を歩き続ける義務が、私たちにはあるのです」

一拍の間があって、

「華茂が赦すのであれば、私と一緒に罪を負い、そしてこれからも一緒に……歩いてください」

それから、もう。言葉はなかった。暗く、狭い部屋で。二人きりだった。これまでのどの時よりも、近く近く、身体を重ねた。心臓の音がリンクした。ぼろぼろぼろぼろ涙が出てきた。自分の人生を全てこの人に委ね、与えることができたらどんなに幸せだろう。

そっと、教えてしまいたかった。あなたのことが好きです、と告げてしまいたかった。

だけどそれらの希望はいずれも叶えられなかった。

燕はいつしか、小さな寝息を立てていたのだから。

「おやすみ燕さん。わたしはあなたと、歩くよ」

華茂は燕からそっと身体を離し、再び窓の前に立つ。

窓の鍵《レバー》を外し、少しだけ開けてみる。雨上がりの街路から、なま甘い香りが立ち上っていた。もう夏に入ったというのに、冷たい空気だ。空を見上げる。あ――、月。

もくもくとうごめく棚雲《たなくも》の間から、十六夜《いざよい》の月が半裸をのぞかせていた。

思えば。遠くまで来てしまったような気がする。長い時間が過ぎてしまったような気がする。

だけどあの月の光は、形は、かつて華茂が眺めたそれとよく似ている。

それは、今がまだ始まりにすぎないことへの、なによりもの証左だった。

――そう。わたしの進むべき道は、あの、月芒《げつぼう》のように――。

次の勝負は三週間後だ。今日みたいなヘマはしない。必ずアルエを味方につけてみせる。……いや、まずは彼女と、きちんと向かい合って話をしてみたい。

華茂はベッドではなく、タオルの上へと転がった。もう、さっきまでのような固さは感じない。

手を伸ばし、燕と柔らかく指を絡め、離す。

「おやすみ、燕さん」

もう一度だけ、ささやくように、言った。

その日は、瞬きをたくさん集めたような快晴だった。

いつもは落ち着いた庶民性をたくわえた郊外の町に、多くの黒山が築かれている。今日のお祭り『旅立ちの音楽祭』はこの国で有名なもののようで、遠方からもスマイルに満ちた人々が訪れた。

市役所通りでは、楽器、楽器、また楽器が、そこかしこに並んでいる。

ギター、フルート、縦笛からドラムスまで。まったく違う音色と音階が入り乱れているこの空間は、初見だと混乱してしまう。だけど耳の肥えたこの地の民なら聴き分けることができるだろう――という趣旨のもと、まさにおもちゃ箱をひっくり返したような賑やかさが広がっていた。

だけどその人混みが、華茂にとっては苦しいやらありがたいやら。

「華茂、ぜっ――たいに！　手を離してはいけませんからね！」

「う、うん……むぎゅ……燕さ……ぎゅうう……いたたた！」

アルエを探し、ズンズンと突き進む燕。だけどこうやって合法的に手を繋げるというのはちょっと嬉しい。しかし、すごい人だ。人、人、人。森を高速で突っ切る時の風景のように、入れ替わり立ち替わり人の顔が左右に分かれていく。しばらく前までは、乗り物といえば馬車くらいしか聞いたことがなかったのに、いつの間にか自動車や路面電車があちこちを走っている。馬車からは馬の低い鼻息が聞こえた。空を隠すように、路面電車の高架線が伸びている。人間たちは今、彼ら自身さえ理解のおぼつかない世界に向かって突き進んでいるのかもしれない。

ていうか、燕は探す場所を間違ってないかな？　あの大人しそうなアルエが、市役所通りの中心部となるロータリーなんかにやって来るとは思えない。

「いませんねぇ。華茂、どうですか？」

「うぎゅうう……！　いないいない！　いないけど痛い！」

ジャラランジャラーン。ぴーぷーぷおー。

ズンタカズンタカ、ダダダダダダ、バーン！　パチパチパチパチ！（トレビアーン！）

なんだかもうわけがわからず、脳内が虹色になってきたところでようやく中心部を抜けることができた。消防署の脇を抜けて七番通り、つまり横道へと入る。

十数階建てのビルが並んでいる。できたてのバフ色をした建物もあれば、そこかしこに黒ずみが目立つレンガ壁も見受けられる。この辺りでも何人かの演者がリズムよく首を振っていたが、さっきの状態と比べるとまるで極楽だった。

でも、どさくさに紛れて燕の手は離さないのだ。てへぺろ。

――って。だめだめ。この前自分と約束したばかりじゃないか。けして燕を不幸にしてはならないのだ。そのためならもう一度喧噪《けんそう》に飛びこむことだってやぶさかではない。お祭りの取材にやって来たのだろう飛行船をぐいと見上げ、決意を新たにする。飛行船の縁からわずかに漏れる空冥の光を目に受けて、華茂は思わず手のひらをかざした。

燕さん、今度は駅前で止まって見てみよう――そう言いかけた瞬間、燕の手が華茂から離れた。

「華茂……いましたよ」

燕の視線の先を見る。そこには、金色の髪をした女の子と楽しそうに歩くアルエの姿があった。

あれはアルエの友達だろうか。二人は花屋の前で止まり、マリーゴールドを吟味し始めた。

アルエの表情が華やいでいる。隣の、布地の少ない制服を着た女子も長い犬歯をのぞかせて笑っている。とても仲良しの二人に見えた。あれが、アルエがこの町で見つけた、大切なこと──。

華茂は、ふいと燕の様子を確かめる。

燕は熱いスープに口をつける直前のような、微妙な表情をしていた。

「燕さん、行こう」

華茂は強く言った。

「アルエさんはこの町で幸せに暮らしているのかもしれない。だけどわたしたちは、その大切なものを護るために旅に出たんじゃなかった？　この世界に住む人たちを助けたいって決めたじゃない。だったらちゃんと話をしよう。一度で諦めるなんて、わたしたちらしくないよ」

もう一度手を繋ごうとして……、繋げなくて。

「……はい！」

だけど、心の手は、たしかに繋げた。

そんな二人に、細い影が下りる。雲が、太陽を隠していくほどの秒速で。

「聞き捨てならない。妄言を。発見」

テント状の庇《ひさし》がゆっくりと沈んでいく。庇からこちら側には黒い衣服の裾が伸びている。今の影の正体は、ローブと思われる衣服だったのだ。何者かが、華茂たちの上方に潜んでいる。

庇から、女性の洒脱《しゃだつ》な顔が百八十度逆向きに現れた。桃色の唇。杏《あんず》の形をした、瞳。

「魔力を。感知する力は。なかったのね。ひたすら。幸運」

刹那――。閃光、迅《はし》る。


アルエの眼の前、突如として火の粉が舞う。

それらはまるで、巣をつつかれ怒る蜂のように。

七番通りの演者も観客も、火事が発生したと思ったのか、めいめいに悲鳴を上げて逃げ出した。

しかしその中、マロンだけは手を額に当て、落ち着き払っている。

「あらら。チャーミが敵を見つけたみたいね」

「て、敵?」

「ニーウには黙ってて悪かったけど、うちら魔女なんだよね」

それは……知っている。アルエはマロンたちが魔女だとわかっていたのだが、マロンのあっけらかんとした性格に惹かれ、友達になりたいと思ったのだ。それに自分のファッションを褒められたのも、ちょっと嬉しかったし……。

火の粉はメラメラと、いっそうの激しさを増す。アルエはたまらず腰だめに構えるが、マロンはそんなアルエの頭にポンと手を置いてきた。

「大丈夫。この火は別に、怖くないから」

えっ――？　カフェの銅板の下、繰り広げられているのは明らかに火魔法なのに？

そう疑問に思った瞬間、ド高い音が炸裂した。

ドウン　ドウン　ドッ　ドドドドドドドドドドドドドドドド！！！！

あれは、なんだ。鉄だ。楕円形の鉄の板が激しく振動している。先端がブレるほどの速さで回転しているが、あそこにはおそらく刃のようなものがついている。アルエはあんな機械を、これまでに見たことがない。

「あれ、なんだっけ。ちぇーんそー、とか言ったっけな」

「チェーン、ソー？」

「チャーミが蘭麗っていう魔女からもらったんだってさ」

刃が激しく輪転《りんてん》する様はどこか拷問具を想起させる。そして乾いた音にも、強い敵意が。

火の粉が晴れてきた。爆粉の去った先には、二人の魔女が立っていた。あの二人は、ちょっと前にアルエを訪ねてきた、華茂と燕という名前の魔女だったはずだ。

「それでは掃討《ホルヴァル》の。お時間としましょう。十字を切りなさい」

チャーミの口がにぃっと開く。ローブは風にあおられ、バタバタとはためく。

華茂と燕は腕で顔面を護り、それでも目はチャーミから離さない。きっと、背中を向けてしまうことがもっとも危険であることを理解しているのだろう。

『全・鬼・空《ランドエアー》。出立《しゅったつ》の鐘をけして止めることなかれ。全・魔・海《ランフェシー》。ここに大地は果て、汝そのもの未踏と化す。脳裏に映すは雌伏《しふく》の時。祝えや、一生の前借りを――』

チェーンソーが、ブルーン！　と鬨《とき》の声を上げる。

チャーミの魔力がぐんぐん高まっていく様を、アルエは肌という肌で感じた。

「やめてと言って、わかってくれそうにはありませんね……」

燕は規則正しい波のように、片手を伸ばす。

「燕さん……」

「華茂、いったん自分の身を護りましょう。考えるのは後です!!」

チャーミの片目だけがパチパチっと開閉。チェーンソーが肩より上に、高々と掲げられる。

「き、ますよ!!」

『キャーハハハハハハ!!　諧謔《かいぎゃく》のデッドエンドォォオオオ――――――――ッッ!!』

チャーミがチェーンソーで半円状の動線を描くと――、
バキッ……、バキバキッ……、

――バキバキバキバキバキバキバキバキビキビキビキビキバキバキバキッッ!!

「こ、これは……」

華茂が首を振り、周囲の変化を確かめる。

「氷……？」

そう。それはまさしく、凍結だった。路地が硝子が店構えが……、看板がベンチがポストが花がランプが楽器が洗濯物が車が――全て尖った氷へと包まれていく！

ガッ、シャ――――ン!!　ガシャン、ガシャン!!

温度の変化に耐えられず、建物という建物の硝子が破裂。氷混じりの破片をそこかしこへと降らせていく。白昼の陽光を乱反射させたそれはまさに、光の驟雨《しゅうう》だ。

「燕さん、飛んで!!」

「えっ……ああっ!!」

華茂と燕は咄嗟に飛翔。もし彼女たちの対応が一秒でも遅ければ、彼女たちの脚は透明な器に封じこめられていたことだろう。続いて、メキメキという音が聞こえたと思ったら、洗濯屋の看板が落下。その重さで、地面に放射状のひびが入る。

これだけの氷の跋扈《ばっこ》を許しているというのに、なぜだか焔の塊は依然として空気を舌で舐めている。その異常やるかたなしといった状況で、マロンは慣れたように言った。

「あれが、チャーミの魔法だよ」

「炎と、氷……」

「チャーミは温度を二つに分けることができるんだよね。めっちゃ熱いのと、めっちゃ冷たいのと。ま、あれがこっちにきたらうちが護ってあげるから安心しなー」

そこでアルエは思い出した。聞いたことがある。凍土《とうど》を担当し、自らの火魔法で人間を寒さから護っているという魔女のこと。その名前は間違いなく、エントレス＝チャーミだったはず。かつて人間を護っていたチャーミがなぜ今、町を破壊している？

チャーミはすぐさま上方を仰いだ。天に逃げる、華茂と燕。しかしチャーミは二人を追おうとはしない。狂い笑いを咲かせながら、二発、三発とチェーンソーから攻撃を放った。

バオッ!!　ガシピシガシガシガシィ――――ッ!!

華茂の付近で、爆炎と氷塊《ひょうかい》が現出する。

「うわっ!!」

華茂の体勢がおぼつかない。あれはきっと、まだ飛行の魔法に慣れていないのだ。

一方の燕は八の字に旋回して攻撃を回避。これにてチャーミのターゲットは華茂のみに絞られた。

空気の温度が、次々と分離させられていく。炎熱の空間と、氷点下の空間へ――。

華茂は短い呼吸を続けながら、ようやくといった感じでこれらを回避する。

が――。華茂が振り向いたその真正面に、時計台の針があった。

「キャーハハハハハ!!　行き止まり!!　残念。もう一度。人生やり直し!!」

ためらいもなくチェーンソーが振り抜かれる。

華茂の目が丸くなり。もっと、丸くなり。着弾まで四半秒――そこ、に――燕。

『氷舞《ひむら》!!』

燕のつま先から放たれた氷の円錐が、チャーミの攻撃を横殴りに撃ちつけた。この氷のせいで炎の塊は生じず、ただ氷×氷の槍だけが華茂の鼻先を通過していく。

ズガァアァア――――――ン!! 巨大な氷槍をもろにくらった時計台はわずかに揺らぎ、息をぺっと吐き出すように二本の針を地面へと落とした。それらの針は民家の屋根を貫通。直ちに民家の中から「きゃあああああああ!!」という声が鋭く金切《かなぎ》る。避難しきれなかった人間がまだ残っているのだ。だが人間の気配は、それだけではなかった。

「な、なんだ!!」

「消防車を呼べ!! 七番通りだ!!」

「あれは……魔女だぞ!!」

七番通りの入口、道角に入ったところに人間の群れが詰めかけていた。多分、元々駅前で祭りを楽しんでいた人間たちが異常を察して大挙してきたのだ。

「人間風情が。くたばる前に。きれいに整列。しなさいな!」

再び、ブルーン!! と唸りを上げるチェーンソー。

チャーミの横顔が集中線をともなったその時――、斜め上方に、燕の孤影が現れた。

『我が身委ねる母なる大地よ、葉擦《はず》れの声よ――森羅《しんら》の生命を乗せて、集え!』

巨岩《きょがん》。――突発。しかしチャーミは微動だにしない。脚を大地にべっとりとつけたまま、燕の魔法であろう岩と対峙するのみ。

「もしかしてあの人、飛べないの？」

アルエがマロンに訊くと、マロンは軽い所作で首を振った。

「いや、飛べるよ。だけどあの武器を使う時は長く飛べないらしい。それだけ、魔力の消耗が激しいって聞いたわ」

それからマロンはボソボソと、呟くように教えてくれた。

チェーンソーを手に入れてから、チャーミの魔力が莫大に上昇したこと。

あの武器をチャーミに渡した蘭麗という魔女が、いったい何者なのかわからないこと。

アルエは感じる。チャーミはどこか、触れてはいけないものに触れてしまっているような……。

しかしそんなアルエの思いとは裏腹に、チャーミは享楽の笑みを浮かべる。

「ごめんなさい。それ。真っ二つ!!」

『が……峨々《がが》なる刃で敵を貫け――――っっ!!』

チェーンソーから放たれた空弾《くうだん》の方が、わずかに迅《はや》い。しかし距離の差へと直されたそのわずかは、戦況に明らかな有利不利を生み出した。

ボゴォォオォォォォ!!　ビキビキビキビキビキビキ――――!!

空中。燕付近で、大岩が炎と氷に分離される。燕はその衝撃に吹き飛ばされ、四肢を乱しながらアーチを描いた。

その時、アルエは見た。一軒の建物から、十歳くらいの男の子が泣きながら走り出てくるのを。

喉がひくついた。男の子は町の住民のところへ、助けを求めて出てきたのだろう。しかしタイミングが悪すぎた。男の子の頭上に、氷に包まれた巨岩が迫る。

アルエの身体は思うよりも先に動いていた。

隣にはマロンの気配。マロンもまた、アルエと同時に疾走を開始している。だが――、届かない。この脚では届かない。アルエの到着よりも先に、大岩は確実に男の子を喰ってしまう。

それは飴を舐めれば甘いだろう、という感覚。簡単な足し算で示されるような、当然の公理。

アルエがア　ア　ア　ァ　ァ!!　!!　!!　と五音を発する正面に、
岩を悠然と止めた、片腕があった。


――それは、チャーミの腕、だった。


チャーミは岩の陰で男の子を見下ろしながら、哀れむように笑う。

「愚かな人間だけが。消え失せるのが得策。だけど。そこまでは。求められない」

静寂と化す、一つの町。その中で、消防車のサイレンだけがけたたましい響きを上げている。

涙をぼろぼろとこぼす男の子の前で、チャーミは大岩《おおいわ》を軽々と路地に放った。大岩は地面を割る。

その衝撃で、岩にまとわりついた氷が弾ける。虹を、つくる。

「ケチが。ついたわ。場所を。変えましょう」

チャーミがそう言うと同時に、チェーンソーは消えた。

予備動作を一つ。やがて鳥のように飛翔を開始するチャーミ。その姿を追って、華茂と燕が手を繋いだ姿で空を切り裂いていく。

「ごっめーん！　花を選ぶのはまた今度ね！　でもマジで楽しみにしてるから!!」

マロンはちろりと舌を出す。バイバイと手を振るなり、トップスピードで大地に別れを告げた。

魔女たちが皆去ったことを知った人間たちが、七番通りへと走りこんでくる。

「火を消せ!!」

「けが人はいるか!?」

「屋根と看板が落ちてくるかもしれん！　気をつけろ！」

しばし呆然としていたアルエだが、そこでハッと気がついた。

あの魔女たちが飛んでいった方向には……、駄菓子屋『ミスカーム』があるのではないか。

飛ぼうと思った。アルエも飛んで追いかけるべきだ。

しかしここで飛べば、人間たちに『アルエが魔女だ』ということがばれてしまう。しかも魔女が町を壊した後だ。アルエがミスカームを護るとするなら、もうこの町に住むことはできない。

「わーん！　お父さん、お母さん！」

「悪かった！　買い物なんかに行ったお父さんが本当に馬鹿だった！」

「もう大丈夫よ。もう大丈夫、だからね……！」

さっきの男の子だ。どうやら無事に両親と再会できたらしい。

でも。そうだよね。そうあるべきだったよね。

誰かが誰かを大切に思うこと。みんな、限りある世界を、そうやって泳いでいるんだったね。

「ね、あなた。お菓子は好き？」

アルエは優しく目を細めて男の子に尋ねる。だけど親子三人、訝《いぶか》しそうにこちらを臨むのみ。

「あげる。もう、怖くないよ」

袋入りのマシュマロを渡すと、男の子がニコッと笑った。それを見た父と母はアルエに対して深いお辞儀をしてくる。アルエは、男の子の頭を丁寧に撫でた。

アルエの伏せがちな瞼が――、眠そうな瞼が――。力強く、開き。

「じゃあね!!」

地面を蹴った。身体が、空と同化した。下方からは悲鳴とか、アルエを罵る言葉が聞こえてくる。だけどそれらも、ほんの数秒で消えた。

いいの。いいのよ。そんな運命を生きてきたのだから。

だけど自分の大切なものだけは、この手で護る。百は得られないけれど、一を得よう。

アルエはこれからも、そんな運命を生きていくのだから。

遠方に山脈が見える。頂上にかかった雪が、地平を一本の白線へと仕立て上げる。

頻波雲《しきなみぐも》の隙間に、等間隔の粒が並んでいた。

どうやら、人間たちの空軍が出動を始めたらしい。

中都市から郊外へ抜けたというのは、景色の変遷により明らかだった。

チャーミの眼下に広がる、大規模な田園地帯。その間を一本の河川が流れている。チャーミはその川に針路を当てて飛ぶ。淡い雲が粘性をもって頬を濡らした。耳元では、奔流《ほんりゅう》のごとき風が唸りを上げている。少し前まで点だった空軍の姿は、やがてはっきりと視認できるようになった。二段に組んだ主翼の下方には、やけにでかい前脚《ぜんきゃく》。奴らはチャーミを捕捉しながら飛行を続けている。点から粒へ。粒から、親指大へ――。

戦闘機との会敵は速い。ここから秒を数えることなく視界の大部分を占有してくるはず。見えた、と思ったらもう眼前。これが空戦のシークエンスだ。

しかし八機の戦闘機は後傾《こうけい》した瞬間、すうっと上空へ消えた。

…………ん。そうだった。そうそう、そうだった。わね。

チャーミは飛びながら、全身の神経を集中させる。今から三を数えよう。一、二――、

（名も知らぬ、名も知らぬ。名前を覚えてすれ違った。だけどそれは昨夜のこと。今日はおまえの名を知らぬ。教えておくれ。おまえが去っても覚えていられるように――）

チャーミは八十度の角度をつけて上昇。雲が、雲が、ずんずんと厚みを増していく。

――三。

ズダダ
バババババババババババババババババババババババババババダキュンダキュンダダダダダダダダ
チュウンダダダダダダダダダダダダダダ――――――――――！！！！

『アーハハハハハ!!　チャックル滞留債権《のろまさん》ッ!!』

すれ／　違い／　一瞬、カッ！　と落雷のような空白が生じる。

超高速で急降下してきた戦闘機とチャーミが必然の邂逅《かいこう》。チャーミを狙った機銃掃射は遙か雲の奥へ、塵と化す。すれ違う瞬間、パイロットたちがぎょっとした目でこちらを見ていた。ハロー。では、さようなら。彼らの勇敢な人生に五指で敬礼。

その指を、開花のように広げてやると――、八機全ての主翼が爆発、炎上した。チャーミお得意の連続爆弾《ボム》。こんなものでよければ、飛びながらでも余裕でプレゼントしてあげられる。

よろっと傾き、たちまちに鉄くずと変わる戦闘機たち。各機の尾翼に描かれた階級章を見て、チャーミはあの日のことを思い出した。

そう。あれは、チャーミがハーバルに加わる少し前のことだった。

あの日あの時の光景を、チャーミは生涯忘れることはないだろう。

チャーミは自らが担当する国の西側で穢れを祓い、遙か遠方の東側へと移動する途中だった。

穢れを祓うため魔力を消耗した後だ。長く飛び続けると疲れるため、どこかで一休みをしようと考えた。人間たちに会うと些細なことで頼られるかもしれない。そこでチャーミは無人であろう、針葉樹林のど真ん中へと下りることにした。

羽毛のような厚雪に着地する。幸いなことに、降る雪はなかった。仰ぎ見ると、大きな月が出ていた。カラマツに絡まった雪に月光が反射し、おとぎの国のような輝きが辺り一面を照らしていた。ぴかぴかと、長い三角の光が眩しかった。

寒さには慣れている。では、ハーブティーでも淹れてひと休みしようか。

そんなことを考えてローブの雪を払っていると、少し離れたところに人間の気配を感じた。人数は四人くらい。この付近に集落はないはずだし、どういうことだろう。もしかしたら緊急の困りごとかもしれない。遭難者、という可能性もある。チャーミはぐずる身体に命令を言い渡し、低空飛行で現場へと移動した。

凍土に、ところどころ積もる小さな雪嶺。斜面をなすその一つにチャーミは身を隠し、四人の状況を確認した。そこにいたのは全員、男たちだった。別段疲れている様子はないし、近くには車も停めてある。なにか秘密の話し合いだろうか。とりあえず遭難ではなさそうだということでひと安心していると、三人の男たちが一人に対して怒声を発し始めた。

すぐに逃げ出す一人の男。その男の頭蓋を、ピストルの弾が、貫通した。

「ひぃ………っ!!」

声を出してしまった。それがよくなかった。ピストルを握った男がチャーミの存在に気がついたようで大きく手を上げた。スコップを持った男とともに、チャーミの隠れる場所へと走ってくる。

逃げなければ、逃げなければ。

逃げなければ、逃げなければ。——だが、膝がいうことをきかない。

チャーミは雪の上を這った。四つん這いになってだらしなく、雪に爪を立てながら。

バッ——チュウン。チャーミから四メートルほど離れた場所で、一発の弾丸が雪を穿つ。雪煙《ゆきけむり》が舞い起こる。そこでチャーミはようやく飛べた。鼓動が落ち着くことをただ願いながら、のろのろと、のろのろと、回避を行った。途中、弾丸で撃ち抜かれるシーンを何度も想像した。追いつかれて、ローブごと引きずり倒されるという想像も。

しかしチャーミはなんとか逃げきった。月は相変わらず明るかった。まるで、知らんぷりを決めこんだように。あるいは、何者かの愚かさをあざ笑うかのように。

後日わかったことだが、あの場所は殺人の現場として使用されていた。車で人間を連れてきて、けして誰も訪れないあの地で殺人を行っていたのだ。スコップを持った男は、死体をすぐに埋めるつもりだったのだろう。蘭麗は「思想が違ったから、殺したのでしょうね」と言っていた。

人間は……。人間という生き物は、あれだけの数で栄えておきながら、ただ『考えが違う』というだけで殺すのだ。いやもちろん話し合いを行う者もいるだろう。それでも最終手段として、どうしようもない奴は武力の行使でこの世から抹消する——。そしてその矛先は今、魔女狩りという行動で、魔女に対しても向けられようとしている。

魔女とは相容れないと感じる人間が、日を追うごとに増えてきていると聞く。この先、魔女はどうなってしまうのだろう。人間の進化する武器に撃ち抜かれてしまうのか。あの日、朧《おぼろ》に倒れた、名もなき男のように……。

そこでチャーミは、意識を現在に戻した。

傾いた戦闘機の行き先は、重力の餌食。さぁ、大地へと口づけをなさい。

……が。落ちない。戦闘機が落ちない。もう錐もみ状態になっていてもおかしくないのに、空軍の戦闘機はまだふらふらと宙を揺蕩《たゆた》っている。

「なるほど。来たのね。……華茂、燕」

チャーミは無表情を崩さず、戦闘機の前方に目をやる。

「んぎぎぎぎぎぎぎぎ!!」

華茂が両手を広げ、その魔力で戦闘機の落下を止めていた。

コクピットのパイロットは、ゆっくりとゴーグルを外して斜め下を見る。

「お前も、魔女か」

「う、うん。ごめんねごめんね。でも、落ちないから……安心してね」

「俺たちは助かるのか?」

「絶対……んぎぎぎぎ!!　助けるよ!　だから、魔女を嫌いにならないで」

するとパイロットは、小さく十字を切った。

「嫌いにならないよ。無事に帰れたら、食事にでも行こう」

「え、それナンパですか⁉」

「うぬぼれちゃいけない、お嬢さん。だが、食事代は俺がもつぜ」

微笑を交わし合う、華茂とパイロット。他のパイロットたちも震える指を絡ませ、華茂に祈りを捧げているようだった。だが、こんなものは。

……茶番だ。誰かを傷つけないとか、誰かを護るとか。そんな言葉に価値はない。飽和を起こした言葉に心を震わせるほど、チャーミは伊達《だて》な時間を過ごしてきたわけではないのだ。

「あなた、そこまでです」

下方から線を延ばすように、燕がスウッと姿を現した。なるほど、華茂に墜落を防がせ、燕はこちらの攻撃へと回ったか。いい戦法だ。華茂の魔力はそこそこだが、いってもたかがしれたもの。もし華茂がチャーミへの攻撃役を担ったとしたら、彼女は数秒で泡と化していただろう。

「今から、無力化させていただきます！」

「いきがるのもいいけど。己の。限界の。予習をしないなんて――」

ともに息を合わせて跳ね上る。細かい氷がチャーミを狙う。チャーミは数発の炎で応酬。青と紅《あか》が二重螺旋を描いて上昇していく。だが決定機には至らない。チャーミは一点のみに注意を払っておけばよいのだ。それは、燕の尖岩《せんがん》。さっき町で見たあの岩にはなかなかの威力があった。しかしこうやって細かい攻撃を繋いでおけば、燕は大岩を現出させることができない。

燕と視線がぶつかる。そして、けして視線は離さない。離した時こそ、死の来訪。それは燕の方もよくわかっているようだ。

ガッ　ガガッ!!　ジュウウ……ジュオオオ……!!

氷と炎と、雲と風と摩擦が入り交じり、二人のなす竜巻は化学変化の坩堝《るつぼ》を創作する。だが止めない。止めない止めない止めない。手数《てかず》を止めることなく密雲《みつうん》の上空へと達し――、

「怠惰だわ」

横蹴り。

それは、燕の脇腹へと突き刺さる。燕は片目を険しく閉じたまま、ふらりと空《くう》を舞った。

チャーミは燕の追撃が不可能になったことを確認し、進むべき方向へと飛翔を再開させる。目的地はアルエの住んでいる町だ。あの片田舎の町を、一路目指す。

「こらこらこらこら！」

横から荒い声が聞こえたと思ったら、やはりマロンだった。

「どこ行くんだよー。アルエは見つかんなさそうだし、せめてあいつらぶっ倒したらいいのに」

「ふふ」

そうか。マロンは気づいてなかったのか。

「アルエは。いたわ。華茂と燕から。うまく聞き出せてね」

「えっ、そうなの!?」

「君がニーウと呼んでいた。魔女よ。彼女こそが。アルエ」

「ま、まままままままま……マジでかよっ⁉　……でもさ、そしたら戻った方がよくね？」

「いいの。あの子の町に。行かなければ。あの子はハーバルになって。くれないわ」

「そう、なの？　まぁ、よくわからないからついていくけど！」

チャーミは小さく息を吸いこみ、マロンと横並びで飛ぶ。そしてやはり、思い出す。

あの日、あの時。真に怖かったのは、人間なんかじゃない。それは、死が迫った時、逃げてしまったあの頃の自分自身だ。

目の前の事実を信じられなかった自分。自分を信じられなかった、自分。

だけどチャーミはもう、幼かった自分とは永訣《えいけつ》を交わしたのだ。

――見えてくる。ああ、見えてきた。アルエの町だ。

さて、仕事の詰めを始めるとしようか。


アルエの心音が高まっていく。

ここは空の中、そして、青の中。太陽がひたすらに眩しい。アルエのチュニックは超高速の風を受けてはためきをやめ、今や一本の棒へと化していた。

チャーミとマロンが向かったのは、間違いなくアルエの住む町だ。しかしどうして二人はアルエの町を目指したのだろう。理由がまったく見えてこないのだが、二つの大きな魔力はすでに町へと到達している。明らかに目的をもっての行動に違いない。

ここでアルエは首を曲げ、下降に入る。中層雲《ちゅうそううん》へと突入だ。先ほどの穏やかさは気配をなくし、たちまちに視界がガタガタと揺れ出す。時折、稲妻が水平に走った。だがアルエは瞼を閉じない。完全な直線を描きながら雲の群れを突っきっていく。――と、そこで。

ズオオオオオオ、ン……。と、重い音が響いた。

アルエの呼吸が三秒止まる。町だ。アルエの町から黒煙が立ち上っている。

なにがあったの。なにを、したの。

アルエは自らの魔力を最大出力した。町の全景が見えているのに、なかなか地面が近づいてこない。もどかしい。急いでも急いでも近づかない。もどかしい。黒煙の近くに、人だかりがあった。ちょうどドーナツの形になるよう町の人たちが集まっている。ならば、そこへ――。

身体をひねって、着地。やはり輪の中心には、チャーミとマロンの姿があった。

「思ったより。早かったわね。安心したわ。道草を食ってなかった。ようで」

アルエはチャーミの声に耳を貸さない。まず、周囲の状況を確認する。

かかとに重心を置いて回転。パノラマに流れる風景の中に、明らかな異常を捉えた。ホテルがシンメトリーに裂かれ、今も頂上からおびただしい土煙を上げている。

その前で支配人とおぼしき男が、花崗岩《かこうがん》敷きの地面に泣き崩れていた。嗚咽を漏らす観光客たちもいる。なにも知らないナンテンの樹は、ただ白い花を咲かせるのみ。

「……けが人は」

「売れないホテル。だったみたいでね。残念ながら」

アルエの問いに対し、チャーミは軽く肩をすくめることで返した。

人間の寿命は短い。そんな人間の生活を踏みにじるという行動は、割ってはいけない器に傷を入れるようなものである。それをおそらくはあの、チェーンソーとやらで切り裂いたというわけか。

アルエは歯噛みしつつ、しかし、と思う。それならそれで、どうしてみんな逃げないのだろう。魔女が暴れ出したのだから、こんなところに集まっているというのはおかしい。少しでも遠くに逃げるはずだ。それに、町の人の顔はどこかこわばっている。

アルエの心を読んだかのように、チャーミが人差し指をおもむろに立てた。

「逃げた者から殺すと。そう。言い聞かせたのよ」

「あなた……なんで、そんなことをするの……」

「まあまあ。皆に聞いてほしいことが。あるのよ。華茂と燕は。空軍のおかげで遅れた。全てが計算どおりで。微笑」

風が、わずかな砂を乗せてやって来る。アルエがチャーミの次の句を待っていると、静かな、それでいて泥のようなささやきが耳に届いた。

（魔女め）

（なんであいつら、生きてるんだ）

（消えてくれ。本当に、消えてくれ）

（魔女に、心なんてないのよ）

チャーミは顔を天に傾ける。必然、目線はまるで、見下しているような角度へと変わった。

「そう！　魔女は最低ね。君たちの。全てを壊していく。面白いから！　ただ。それだけで」

ざわつく周囲。血気盛んな男は拳を握り、今にもチャーミに飛びかかっていきそうだ。

だがチャーミは、紫色にも似た空気にまったく動じない。うん、うん、と二つうなずくのみ。

「そこで。ご紹介！　君たちのよく知る。この子」

人々が三百六十度の方位から、アルエを視線でなぶる。

「この子も。魔女なのでした！　喝采を。希望！」

あ。ああ――。アルエの周囲が、一面の闇に変わった。

そうだった。今、アルエは上空から地面に下りてきた。それは、アルエが魔女だというたしかな証拠。この町の人たちにずっと黙ってきたことを、チャーミにあっけなく告げられてしまった。

アルエが魔女だということに憤怒する人間がいるだろう。そして、アルエがこれまで隠してきたことに嫌悪する人間もいることだろう。いずれにせよ、アルエのここでの生活はもう、終わりだ。

数百の目玉が、まるで炎の球のよう。アルエはこの炎に焼き尽くされてしまうのだ。

野菜を買いに行って、少しのおまけをしてもらったことがあった。

車を運転する人間が、アルエに向かって口笛で歌を奏でてくれたことがあった。

雨の降る日、人間の小さな子供と水たまりで遊んだこともある。

全てが全て、楽しかった。自分を受け入れてくれる場所があると知った時の喜びと安心はいかほどだっただろう。ここがアルエの住む町だった。当たり前の風が吹いていた。夜明けに飲むアップルティーが好きだった。空は始まりの色をしていた。一日一日が素敵に満ちていて、そして、長い物語の大切な一ページだったのだ。そんな場所も、もはや。

「小娘《ロワンエ》だよ」


誰かが言った。みんなで見た。その強い声を発したのは、サジャンノだった。

「魔女だか人間だか知らないけどね。その子はまだ小娘なんだ。あたしらの暮らしを引っかき回しに来たのなら、さっさと消えな」

サジャンノの丸いサングラスが鈍色《にびいろ》に光る。その瞬間、人々から毒気が抜けていくのがわかった。

「そうそう、そいつは俺のお気に入りなんだ！」

「うちの子とよく遊んでくれているからね。小娘に違いないよ！」

「おねーちゃんがつくるお菓子はおいしいわ！」

アルエの小ぶりな鼻が。少しずつ。少しずつ、正面を向いていく。向けるように、なる。

そこには、チャーミの希望どおりの喝采があった。腕を伸ばしている人がいる。手でメガホンをつくっている人もいる。そこから流れる言葉の渦は全て、アルエという存在を認めてくれる温かさで満たされていた。

「小娘！　小娘！」

「小娘!!」

アルエのまなうらに、熱い潤《うるお》いが満ちた。認めてもらえた、という過分さを添えて。

その逆襲の中で、チャーミの表情が無と化す。そして――、
ブルルルルル――――ン!!　チェーンソーが一つ、唸りを上げげた。その険しい音は、人々の小娘《ロワンエ》連呼を止めるには充分な威力を有していた。

「わかった。わ」

チャーミは目端をピクつかせ、アルエにチェーンソーの刃を向ける。

「君みたいな。魔女は。ハーバルにいらない」

その宣告を耳にしたマロンが、慌てたように両手を広げた。

「ま、待ちなよっ！　ニーウ……じゃなくて、アルエをどうするつもり!?」

「旅には。土産が。必要」

「それなら華茂と燕って子でよくね!?　アルエをヤる意味ないじゃんか!!」

マロンとチャーミの意見が相違した、その時。

ダッ。――ダダッ。二つの鋭い着地音が立った。

スマートな音の方が、燕。そしてエネルギッシュな音の方が、華茂。

チャーミはそんな二人を見て、「ウーフフフフフフ!!」と嗤う。

「マロン。君、うまいね。クイズが！」

たちまちに生じる、灼熱と零下の混ざった狂飆《きょうひょう》。やや離れた空に、飛行船の像が見えた。

間合いの仮想領域が構築される。

それはまさに。一歩の幅を間違えた魔女から消えていくであろう、完全な領域――。


華茂には見える。

それは真円であり、ドーム状の空間。今ここで対峙する燕、チャーミ、マロンのそれぞれが自らの戦闘空域を有している。きっと自分も、その覇《は》なるオーラを纏っているのだろう。そして、見えているのだろう。それらの戦闘圏の臨界面はわずかに波打っている。心を崩せば、問答無用でその隙を撃たれる。えもいわれぬ緊張感が、異国の郊外にある小さな町で展開されていた。

初手で緊張を破ったのは、マロンだった。

端麗な眉毛をわずかに上向かせ、一歩、一歩、じりっ。

ウインドウショッピングを楽しむような足取りで華茂に近づいてくる。だがまだ静寂は解けない。

魔女側にも人間の中にも、言葉を発しようという者は誰もいない。空域の接触まであとわずか数秒。

ピーピヨーピィー、というメジロのさえずりを合図として――、
低空で突っこんできたのは、チャーミ。

「ダミーで。失礼！」

「えっ⁉」

完全に虚を突かれた。マロンの影からぬうっと現れたと思ったら、もう金属の焦げ臭さが鼻腔《びくう》を占拠している。チャーミのチェーンソーが逆袈裟《ぎゃくげさ》で一閃。鎖骨の上五センチ付近のところでかわせば、チェーンソーはすぅぅぅ――と曲線を描いた。これはいわゆる、燕返しだ！

ギャア――――ン‼　ギュウ――――ン‼　ギャアン‼

それはまさに死の踊り。波状攻撃。チャーミは痩躯《そうく》にもかかわらず、力任せにチェーンソーをぶん回す。触れれば切創《せっそう》、当たれば致命傷。華茂の汗が複数、ピピン、と飛ぶ。その汗をも、でたらめな旋回が切り裂いていく。

「や、やめなさいっ‼」

偶然視界に入った。華茂の真横だ。燕の跳び蹴りがスローモーションでやって来る。左右の膝を閉じた状態での跳躍。ここから右脚が、チャーミの顔面を狙ってグウンと伸びる。――が。

パシイッ‼　財布を地面に落としたような、乾いた音だった。チャーミがチェーンソーを構えたまま、左脚を高らかと上げる。チャーミと燕の足裏同士は、ぴったりと完全接着していた。

「暑いわ」

すると有利なのは、地上に立つチャーミの方。チャーミが足裏で押すと、空中にいる燕ははかなく打ち返された。しかし、今だ。攻撃を加えるなら今。華茂は反撃の手段を考える。燕がつくってくれた隙をけして無駄にはしない。どうする。上から火の拳を浴びせるか。あるいは風で、相手の足を払うか。だがその思考が、華茂の行動の枷となってしまった。

突如としてしゃがみこむチャーミ。しまった、逆にこちらが足を斬られる――、――ではなく。

『円環《えんかん》フラッシュライトォォォォ――――――ッッッ!!』

逆刃《さかば》の形をした風が、チャーミの後方から雪崩《なだ》り寄せた。

チャーミは身を屈め、風の通り道を空けるだけ。完全な連携。マロンから放たれた風刃《ふうじん》が超高速で華茂の喉元を狙う。これは、ここからは、かわせないっ!

広げた手を、前面へ。せめて急所への直撃だけは避けなければ!

「それは受けちゃだめですっっ!」

燕だった。燕が横っ飛びで、華茂の身体をかっさらう。

白。黒。明滅。パッ、パッ、パッ、と過ぎて。白黒白黒白黒白黒白黒白黒白黒。

流れ出す、時間。
ガ、ズウウウッ!! それはもはや、風魔法が硬物に当たった時の音なんかではなかった。マロンの風刃は新聞社の三階建てのビルを、上と下に分断した。
斜めの切りこみが、静止摩擦力を凌駕する。崩壊させせんと蠢動する。ビルの上半分はゴズズズズズ……とずれ、やがて猛音とともに商店街の通りに落下した。もうもうと粉塵が舞い、地上数メートルの低空に汚れた雲を形成する。人々は悲鳴を上げ、頭を守りながら地面へと伏した。

華茂の頬のすぐ横で、ひと筋の旋風が巻き起こる。吹き返しの風が、かまいたちを生じさせた。華茂の頬に、深紅の横筋一つ。指で触る。血がついた。もう一度指で確かめる。裂けていたはずの皮膚が、くっついていた。あの風、なんたる、速度。

……そうか。華茂はここに着地をした時、半壊したホテルを目にした。あれはチャーミのチェーンソーが切り裂いたものだと推察した。しかし違ったのだ。よく考えれば、チェーンソーなんかでは建物を斬るにリーチが足りない。あの、風だ。マロン必殺の風魔法。あれはいかなる硬度のものであっても斬り殺す。まるで深夜を忍び歩く、殺人鬼のように。

「大丈夫ですか、華茂」

「うん」

燕と刹那、目が合う。燕は華茂の無事を確認し、すぐに立ち上がった。

しかしそこで、華茂の頭に謎が生じた。燕に助けてもらったのはいい。だけど、なんで蹴りや跳びつきで攻撃したのだろう。燕は水魔法と土魔法の名手だ。魔女学校でも学年トップクラスの成績を誇っていた。そんな燕が魔法を抑え、チャーミに対して肉弾を用いたのはなぜ……？

……あ。華茂は倒れうめく人間たちを見て、気づいた。

ここで魔法を使えば人間たちの身体に被害が及ぶかもしれない、ということに。

「燕さん、飛ぼう！」

華茂は地面を蹴る。間髪をいれず、燕もついてきた。さっき首都で飛んだくらいの高度ではだめだ。もっと高く。もっともっと。百から二百メートルは上がらないといけない。華茂の体感が１℃ほど下がる。いけるか。これでいったん、敵の射程からは外れた。アルエは街の人を護ろうとしているのか、華茂たちにはついてこなかった。うん、それでいい。アルエは巻きこみたくないから。

もちろん楽観はしない。マロンとチャーミは諦めないだろう。そんな華茂の予想どおり、地面から黒い粒が上昇してきた。会敵に来たのだ。しかし来訪した魔女の影は、ただの一つだけだった。

「やっほーっ！」

上半身を前に倒し、手をふりふりするマロン。その声には緊張感など微塵もない。

一方のチャーミは、なぜか地上にとどまっている。なんの目的があるのかはわからないが、まずは目の前のおどけた魔女に対応しないと。華茂は、気合いを新たにする。

マロンは自らをかき抱くような格好で、詠唱を始めた。

『森の薫風《セルフィ》に誘われ、旅人たちは靴を新たにした。樹幹《じゅかん》と梢、漏れ来る光。貴方に光を捧げよう。鎌風《ラテックス》とともに――』

魔女は強力な魔法を使用する際、魔力を高めるために言語の力を借りる。それがすなわち、詠唱というものである。たしかにこの詠唱中は無防備となるが、考えなしに接近してはならない。なぜなら詠唱によりすでに魔力が高まっているからだ。詠唱中であっても、ハイレベルになった通常魔法が問答無用で発射される。だから結局はこうやって詠唱の終了を待ち、その間に迎撃策を練るのがもっとも有効となる。魔女同士、あるいは魔女と人間が戦うようになってからまだ日は浅いが、これが魔女戦における模範戦術という考えが支配的だ。

そして、来る。二棟のビルを切り裂いた、あの風の刃が。

いつでも動けるようにと丹田に力を入れたその時――、

『円環フラッシュライト――Absolutely keep out《視界のゴミは消えなさい》 !!』

マロンがくねくねと、まるでダンスのように肘を振ると、その指先から複数の風が射出された。

ワンステップ、ツーステップ、アンドスリー。上から下から斜めから正面から、華茂と燕を自動追尾するように風の群れが襲いかかる。

「わわっ！」

「きゃっ！」

筋肉に準備を言いつけておいたのが功を奏した。全身の神経系統に対し、同時に異なる指示を出す。首をひねれ。右脚はそのまま。左手で空気をかいて半身回せ。そのまま背泳のように反り返り、首から上を宙へ逃がす。一つの風が通りざま前髪を切って、数本の髪がパラパラと散った。

右の眼球だけを動かして燕の様子を秒で見る。燕は身体の動きではなく、飛翔の魔法を複数展開することで風をかわしているようだった。怪我はなさそう。だけどこれは――、危ない。今は魔法より身体の敏捷さが問われる。大丈夫か、燕。大丈夫なのか。

だが、マロンの攻撃は終わらなかった。

『ファッキン・クロスだぜ――――っっ!!』

なんとそれは、風の十字砲火。爆発するように身体を大の字に広げたマロンから、先ほどとは比べものにならない風が豪速で発弾された。その数はあまりに多い。風が風を巻きとり、異音を纏って華茂たちに踊りかかる。特別な防御策を講じる暇など、ない。

「あぁぁあああ、あぁぁぁあうわおおあぁぁあ!!」

ただ、がなり立てて自らを鼓舞するのみ。ギュウン、ギュウン、と絶え間ない悪魔が到来し、華茂の後方へと過ぎ去っていく。

脚だ。引っこめろ。身をかがめて後方宙返り。すぐに脚を伸ばせ、いや違う、引っこめろ。どっちだ。直感にまかせて引っこめた。その領域を刃が通過する。ゾワリと鳥肌が立つ。鳥肌は耳まで到達。その耳のすぐ上を風が通り抜けていく。いけない。つむじを軸にして反転だ。背をさらす。恐ろしい。やや遠方の山が、音もなく粉砕した。土流が激しく泡立つ。そして遅れて、鈍い轟き。土砂崩れはついに音を連れてきた。

そして次に聞こえた声の出どころは――華茂の遥かなる、下方だった。

「マロン! 燕を攻撃しては。いけない! 先に華茂を。裂くのよ!!」

つばめを、こうげき……? あ、そっか。つばめも、こうげきされているんだった。

そっか。そう……、
見る。

「いやあああぁぁあぁぁああぁつっ!!」

血飛沫が舞った。それはたしかに、華茂の目の前だった。

血飛沫が、舞っていた。


華茂の視認する景色は赤、青、黄の三原色へと分離した。

起きてすぐ寝ぼけ眼をこすった時のように、像はブゥ……ン……と三つに分かれ、同じ速度で一つに重なる。一瞬、世界の重心がずれたのかと感じた。

燕の二の腕から、多量の出血。あれは上腕動脈を内側から切ったのだろう。血がしぶいた後、まとまった血が腕からぽたぽたと落ちている。止まる気配はない。それでもマロンの風刃をよけなければならないため、燕の白衣《はくい》には直ちに紅の斑点が生じた。

華茂の脳に電気が走り、ブレる。自らの死よりも、もっともっと恐ろしいこと。それは、大切な人が失われてしまうことである。笑顔を。何気ないやりとりを。たしかに脈打っていた、いのちの鼓動を。それらが失われることは、この世でもっとも恐ろしい。しかも自分のふがいなさが原因となってしまった場合、これからまともに生きていける自信などない。

だから、止めなければならないのだ。

今！　己は、ぺちゃくちゃと恐怖をくっちゃべっている場合などではないのだ!!

「マロン！　攻撃を。やめなさい！　いったん。地上へ!!」

チャーミが必死に呼びかけているようだが、マロンはフンと鼻息を一つ吹くのみ。

だがその返事を、華茂は一つ一つの単語で聞いた。

なに言ってんだよ。

うちが押してるだろ、え、え……？


皮膚がピリピリと弾け、そのまま砕けてしまいそうなほどの超音速。

華茂の拳が、マロンの鳩尾《みぞおち》に斜め四十五度の角度で着弾していた。

「ぶっ…………はぁあああぁあぁぁあぁっっ!?」

マロンの胃液が宵の雲のように広がる。

どこから来たのか。どうやって来たのか。そう、疑問に思っていることだろう。だけどそれは、華茂自身にもわからない。気づけばマロンが目の前にいた。知らない知らない知らない、知る必要すらない。自分がやるべきなのは、この金髪の魔女を戦闘不能に陥らせるということだけ。

「はぁっ、ひゅうっ」

マロンがぼろぼろぼろぼろと涙をこぼしながら、後方へと飛び去る。そこへ――、

『風龍《かぜかざし》!!』

勝手に言葉がこぼれ出て、自然に腕が水平を薙いだ。

ただそれだけの所作で、無数の風が空間をカットし、マロンを追撃する。

「あああああっ……やだっ……‼」

ビシッ　ズビシッ　シュバ――――ッ‼　逆刃の風が、マロンの身体――肩、横腹、ふとももの三ヶ所を破った。マロンはぐらりと傾き、仰向けの体勢へと落ちていく。

「燕さん、大丈夫⁉」

すぐに燕の腕を確認する。ゆったりとした白衣に、血液が湖のように溜まっている。出血が続いているかどうかも定かではない。華茂は自分の服の肘から先を引っ張って破り、止血のための布として燕の肩にきつく巻いた。

「燕さん、病院に行こう。それか、ライラさんに治してもらおうよ」

たしかライラは回復魔法を使えたはず。アルエを味方につけるという使命は果たせていないが、いのちに関わる戦略的撤退であれば問題ないだろう。

燕に肩を貸し、ゆっくり高度を下げようとしたその時。紅《くれない》の雨が、降ってきた。

ぽとり、ぽとりと。なまぬるい雨が――。まさに、華茂たちの真上から。

「やってくれたわね……」

そこには、瞳孔の据わった目でこちらを見下ろす、マロンの姿があった。

「‼」

言葉を出す間も、意思確認を行う時間もない。華茂と燕はお互いを突き飛ばし散開する。そして燕は痛みに顔を歪めながら右腕をグンと伸ばし、その肘の内側をもう片方の手で握った。

『我が身委ねる母なる大地よ、葉擦れの声よ。森羅の生命を乗せて、集え』

マロンが生唾を呑みこむ。慌てたように燕から距離をとる。そうだろう、まさか燕がマロンより先に攻撃に転じるなんて予想だにしていなかったはずだ。

だけど華茂は知っている。その駿足こそが、燕の燕たる所以《ゆえん》。魔女学校の実戦訓練において、燕はここぞという時には必ず相手の先《せん》をとった。躊躇はない。同情もない。やると決めたら、身体は一秒前に動いている。それが華茂の代の主席、零式燕という魔女なのだ——。

『峨々《がが》なる刃で、敵を貫け——っっ‼』

カカッ！　と巨大な閃光が煌めく。光が去った後には、五角錐《ごかくすい》の形に似た岩弾《がんだん》が生じていた。表面に湿り気はいっさいない。ただ、相手を貫く意思だけを有したその容姿。

岩が突風を引き連れてマロンに襲いかかると同じ速度で、岩のすぐ隣を燕が飛び進んだ。あれこそがリリー戦でも見せた、燕の必勝法。魔法に合わせて高速蹴りを乱舞させるという、ほぼ全ての者にとって回避不可能の一手だ。魔法と蹴り。いずれの攻撃から目を背けても、相手は頓死《とんし》する。

すると大地より、逆戻りする雨のように黒い粒が降り上がってきた。その粒は直ちに実像を結び、燕へと到着座標を合わせにいく。岩弾の側面へ回りこんだマロンは、全身の力を振り絞るようにして岩に抱きつき。その真横では、燕の蹴りとチャーミの蹴りが『X』の字を描き停止した。

「この程度なら。手助け。可能だけど……おやつ程度には。なったかしら？」

チャーミが抜きつけに、燕の喉へと手刀を打ちこむ。これを燕は間一髪でかわし、身体の中心線から外れるようにと手で弾く。必然、チャーミの身体はぐらつく。そこを逃すまいと、燕の鋭い貫《ぬき》手《て》。チャーミは屈伸を繰り返して燕に空を掴ませ、一方の燕は打って打って、ただ打ちまくる。

しかしここで、岩の推進力が、ふとやんだ。

「あーらよっと！」

マロンが両腕をクロスさせると、大岩はあっけなく数百の塊へと瓦解する。やがて重力を顕現《けんげん》させ始める小岩たち。――が。

『我が名にかけて帰趨《きすう》を制《せい》する！　我が名は、零式燕。零《ゼロ》なる空を翔る者っ!!』

小さな礫《つぶて》が無限の字を描くように流動し、結集。巨大な手へ変貌したその塊は、問答無用でマロンへの握撃《あくげき》を加えようとする。

「わ、ずりー！　ちょっと待ておめー!!」

空気を掻き、慌てて逃げるマロン。しかし岩の手はマロンを追いかけていく。速度は岩の方が勝っている。マロンが捕まるのも時間の問題だろうか。マロンの犬歯は小刻みに震え始める。

やがて、その距離、ゼロ。目をつぶり、頭を抱えた格好をとるマロンの直前で……、

岩の手は、完全停止していた。それどころか、またも礫に戻りバラバラと散っていく。その通過線の奥に、崩壊の答えが示されていた。

「あ、う……」

「あと一歩。またそのうち。がんばり。ましょうね」

チャーミの裏拳が、燕の乳房の奥深くまでめりこんでいた。

血風惨華《けっぷうさんげ》――。大きく口を開け、バランスを崩す燕。それでも必死の形相で手のひらを小岩《こいわ》の群れに向ける。しかし岩にはなんの変化もない。ただ、地上を目がけて落下していくだけだ。

「な、なぜ私の魔法が戻らないのですか!?」

「解説を。読み上げるので。よく。目を凝らすように」

華茂は全力で高度を下げた。このままでは岩の欠片が町へと落ちてしまう。だけど燕は今、土魔法を消そうとしたはずだ。自分の魔法なのに、どうして消えないのか。……あ。

それぞれの岩が、発火した。炎を纏った岩々は、火山弾のごとく雲を突き抜けていく。

「だ、だめだめだめだめだめだめだめだめだめだめだめだめぇぇぇぇぇぇぇぇぇぇ!!」

これは、チャーミの火魔法だ。

チャーミが燕の魔法を喰らっているから、ただの一つも消えてくれないんだ!

華茂は掌底《しょうてい》で、脚で、固めた拳で払った。必死に払った。だがどうしようもない。いかんせん、あまりに数が多すぎる。結局、全体の九割は砕けないまま町へと降り注いだ。

最初の爆撃で噴水が破壊され、大量の水はたちまちに水蒸気へと化す。さらにいくつもの黒煙が立ち上り、町は今度こそパニックに陥った。人々は蟻のようにめいめいの方角へと逃げ惑っている。どうやら、炎はまだ消えていないらしい。あの炎を消さない限り、火は火と連鎖し、ついには大火事を引き起こしてしまうだろう。

華茂は再度、雲の堤を突き抜けた。

あいつを……チャーミを倒さなければ……!!

再び地上百五十メートルにて、チャーミとマロンの姿を捉える。チャーミはあくまで無表情を崩しておらず、マロンに至っては血の跡だらけの顔でとぼけた口笛を吹いていた。

「あ、あなたたち……なんてことを……」

「町を。燃やしました。はい。質問はここまで」

「てめー、さっきはよくもやってくれたわね！　百倍にして返してやる！」

火を操り、非常に高度な戦術を擁《よう》する、チャーミ。

高速の風刃《ふうじん》はいまだ健在。広範囲の攻撃を可能とする、マロン。

いったいどうすればこの二人を止められるのか。糸口が見つからない。状況としては、かなりまずい。く、と唇を内側に巻きこんだその時、何者かが雲を越え華茂の真横を通り過ぎた。

その子は弾丸のようにマロンの眼前まで到達し、マロンにニコリと微笑みかける。

「なんだ、おめぇ……？」

「ウニャーオ」

マロンの鼻をのんきにぺろりと舐めたのは。一匹の白猫、だった。

マロンは寄り目になり、「あうっ？」と漏らす。

その場にいた誰もが、身体の力を一割ほど抜いた。もちろん、華茂もだ。

「ニーウ、戻って!」

意思を宿した声が、時を再び動き出させる。華茂の目の前にそびえたのは、均整の取れた長身。たおやかな髪がさらりと風に遊ばれる。だがその背中にはたしかに、何者をも震撼《しんかん》させる怒りが静かにわななないていた。アルエの歯が、ギリッ、と鳴る。

「壊したわね」

こころなしか、指先が顫動《せんどう》している。

「あなたたちは壊した。だからアルエは来た! アルエはあなたたちを、絶対に許さない!!」

アルエは華茂に背を向けているため、華茂はその表情をうかがい知ることはできない。しかし彼女の声には、どこか涙色が混じっているようにも聞こえた。

だがチャーミは要領を得ない感じで、ゆらりと首を傾げるだけ。

「壊した? ああ。さっきの岩が。町に落ちたのね。駄菓子屋にも。届いたかしら?」

「ミスカームは……」

そこでアルエは頭をもち上げる。その角度は、宇宙を眺めているようにも、あるいはあふれてくる雫をなんとか我慢しているようにも見えた。

「もう、ないわ」

「だけど君は。ここにいる。今こそ。旅立ちの時」

「ここにいる？　そう……そんなふうに考えるのね。あの炎は、あなたの魔法でしょ？」

「正解。景品は。ないけれど」

「あなたたちが壊したのは、町だけじゃない」

そう言ってアルエは、手をそっと胸に当てた。

「アルエの暮らし！　アルエの人生！　……アルエの未来！　だから、同じように……」

ニーウがアルエの肩に乗り、小さく喉を鳴らす。

たちまちに生じる、羅刹《らせつ》の気配。広域に磁場が生じ、辺りの空気をビリビリと震わせる。これまでに感じた何物よりも戦慄に満ちた気配に、華茂の肌という肌が粟立っていく。

半身に構えたアルエが――、

「同じように、あなたたちの未来を奪ってあげるわ!!」

一瞬の残像を置いて、遠ざかっていく。それはまるで、砂時計の砂が一点に落ちていくように。

『静かな湖だった。そこにはなにもなかった。私が水面《みなも》を指でつつけば、水たちは揺らぎ、やがて暴れ出した。水が歴史を変える。ゆえに私は、歴史の創造者である――』

アルエがまず狙ったのは、マロンの方だ。マロンも自分がターゲットに選ばれたと感づいたのか、夢から覚めたような目で唇を真一文字に結んだ。

華茂が首都で見た、花を選びながら笑う二人の魔女。ここにはもう、そんな二人はいなかった。

『いざなうわ！　駆逐《くちく》せよ――、不退転《セオリアン》ッッ!!』

一気呵成《いっきかせい》、というアルエの気迫。

しかし――、なにも生じない。ニーウが楽しそうにピョンピョンと空を舞うだけで、アルエからはなんの魔法も放たれないままだ。それでもアルエはどんどん距離を詰めていく。マロンの顔に不審の色が浮かび出す。なにをやるのか、どこから来るのか。

「うっ……」

わずかな躊躇を見せたマロンだったが、

「ご、ごめんな！」

目を閉じながら、嘆くように腕を振るった。先刻華茂を襲ったものと比べると数は少ないが、それでも三枚の風の刃《やいば》が凶悪な勢いを乗せて進んでいく。

アルエは、その場にぴたりと停止した。直立不動。眉尻をわずかに下げるのみ。

相手を気遣うような。あるいは、過ぎ去りし時を惜しむような。

ピシッ――。ピシッ。ピシ。三枚の風刃は、アルエの簡単な所作により指の間へとおさまった。

「な、んで」

マロンは目を剥いた。いや、それは華茂も同じだった。

建造物を一刀の下に斬り捨てる、マロンの風魔法。華茂と燕を苦しめ、燕の腕の皮膚を破ったあの威力。マロンはアルエが傷つくと予想していたはずだ。だがアルエは親指から中指までの三本を使用するだけで、刃を無力化させた。あのタイミングは、動線すらも見破っていたに違いない。

「ありがとう、マロンちゃん」

哀しく笑い、アルエは風刃を投げ捨てる。紺碧《こんぺき》が全てを包みこむ。

呆然とするマロンに対し、チャーミはなにかに気づいたかのように叫んだ。

「かわしなさい。マロン！　本体は。その娘では。ない!!」

『フニャアアアアアアアゴォォオオオオオォォォォォ!!』

白猫ニーウの口から、砂吹雪が尋常ではない勢いで吹き出した。砂は直線を、あるいは曲線を描きめいめいに伸びていく。展開されるその図形はまるで、幾何学模様。砂はそのまま、なんらかの紋様を形成していく。注視する。あれは、あれは――。

――薔薇《ラ・マリエ》。高貴な花弁を震わせたその薔薇は、一直線にマロンへと接近する。マロンは自らの身体をかき抱く。いのちの気配が断崖へと追いやられる四半秒、おそらく彼女に熟思の時間はない。

マロンは最終奥義を、ためらいもなく吐き出した。

『円環フラッシュライト――ファッキン・クロス!!』

背表紙を破損した本のように、バタバタバタバタ!!　と風が舞い散る。あの一つ一つが滅殺《めっさつ》の能力をはらんでいる。風は瞬く間に薔薇へと襲いかかった。ズバッ！　ザスッ！　ガガ……ガガガガ!!　薔薇は四方八方からの斬撃を受け――そして――、華麗に、散る。

「な、なんだぁ。大したことないじゃん」

安心の息を吹く、マロン。そう。薔薇は散っていた。散っていたのだ。砕け散った、という方が

正しいかもしれない。薔薇はその姿を分離させたのだが――、
消えてはいなかった。

「ま、魔法が消えない!?　おめー、どうなってんだ！」

砂はたちまち、薔薇へと形を整えていく。しかもマロンの風を喰らったことによりその速度を増していた。瞬き一つも許さない。許されない。音速の壁を突き破った薔薇は――、

「か、カハァ……」

絡みつくように、チャーミの頭からつま先までを捉えた。

「う、ぐあぁぁあぁあぁぁ」

メギメギメギメギ!!　バキン!!

「ぎゃあああああぁあぁぁぁぁああぁぁぁあ!!」

それはまさに、断末魔の叫び。

チャーミに粘り着いた薔薇は異常な圧力をもって、おそらく彼女のどこかの骨を折った。

「うっ、くっ」

チャーミは膝をぶらぶらとさせながらも必死の炎熱で薔薇を払い、上空へと逃げていく。遠く遠く――それは遠くへと――。チャーミは後先を考えることなく、戦闘圏から離脱したのである。

しばし上方を眺めていたマロンは、ふいと視線をアルエに戻す。

「そっか、わかったわ。おめーの魔法は、なにもないとこから存在を生み出す魔法だ」

「ニーウ、戻りなさい」

「にゃん」

ニーウが再び、アルエの肩に乗る。

「その猫がそうでしょ！　おめーが！　創造した！　それは……光魔法だ!!」

「これが光魔法なの？　リリー師匠には呆れられたけど」

違う。華茂は思う。それは呆れられたのではない。その話が本当だとしたら、リリーはおそらく『アルエの力が公になってしまうこと』を恐れ、呆れたふりをしただけなのだろう。

さあっと白南風《しろなち》が吹く。これが、最強の魔女の力――。

「へ、へえ……じゃあ、」

少しずつ、少しずつ、距離をとり始めるマロン。

「やり方を変える必要がありそうね！」

マロンが突如として、特定の方向へと飛んでいく。

その先にわきたつ雲の間から、マロンの狙いが出現した。

――飛行船。この国のフェスティバルを観覧しに来た、人間の乗る船だ。

「いけないっ！　……あっ、痛《いた》……」

「燕さんはここで動かないで。わたしが止めてくる！」

燕の袴は真っ赤に染まり、しかも唇の端から血が伸びている。一緒には行けない。

華茂はマロンの後を追った。チャーミが去った今、ここが勝負の時。それに、いくらハーバルといっても、あの子に人間を殺させたくはない。

またも線となって流れる景色の隣に、すうっとアルエの横顔が追いついてきた。

「アルエも、行くわ」

華茂は目だけで了承を伝える。心強い。今、華茂の隣を誰よりも心強い魔女が飛行している。

マロンは飛行船の下方——乗車口へと近づく。華茂より、十秒ほど、早い。

華茂は心に言いつけた。けして殺させはしない、と。


船尾《せんび》の硝子が、けたたましい音とともに散った。

陽光を映し、七色をまぶして舞う硝子片。それは、マロンが飛行船に侵入したことを示すCAU《第一級》TION《異常事態》に他ならない。華茂も迷うことなく、割れた窓へと向かう。

突入した先はシャワールームだった。ズタズタに切り裂かれた扉がもの悲しく床に転がっている。どうやらマロンは脱衣所を抜けて廊下へと進んでいったらしい。

「きゃあああぁあぁあぁあ!!」

悲鳴と同時に、鈍い音が鳴った。船首の方だ。

木片が風に流れ、船体の壁に寄る。その直上に、アルエの憤然とした童顔があった。

「行こう、アルエさん!」

シャワールームから出て、廊下を疾走する。左右には客室と思われる部屋が十ほど。行き止まりとなった部屋に飛び込むと、そこは四台のテーブルを擁した食事室だった。だが、うち一台はひっくり返り、ドレスを着た人間たちが部屋の隅に追いやられている。

背面姿のマロンがこちらを向き直る。ぞっとするほど美しい犬歯《けんし》が、鈍く輝いた。

「来たわねぇ、華茂」

「な、なにしてるのよ、あなた！　人間を盾にとってどういうつもりなの？」

華茂がビシイ！　と指さすも、当のマロンはどこ吹く風。

「別にぃ。人間なんて、どうでもいいし」

「それならここから出ようよ！　話があるなら空でしてあげるからさ！」

「それはいいやぁ。ここだったら、魔法なしでコミュニケーションできるじゃん？」

言うが早いか、マロンは深紅のカーペットから跳んだ。

高速の上段横蹴り。華茂はこれを、腕を使って止める。骨がビリッとする。

「な、に？」

「ヤろうよ。魔法なしで」

マロンは風切る迅《はや》さで距離をとり、テーブルの上のフォークを四本ほど握る。それらを華茂目がけてぶん投げる。華茂は咄嗟に手近なテーブルを倒し、アルエとともにその陰へと身を隠した。ダス……ダスダスダス!!　フォークがテーブルへと突き刺さる。

そうか。そういうことか。魔力で比べると、アルエがいるためこちらに分がある。しかし人間が近くにいれば、危なくてアルエは魔法を使えない。つまりマロンは肉弾戦——フラットな戦場を構築しようと、この飛行船に華茂たちを誘いこんだのだ。

「そりゃー、いくぜ!!」

マロンがカーペットを引っ張る。途端に足場が崩れ、華茂とアルエは後転。頭を護ろうと首を曲げた先、マロンが突っこんできていた。

ドンッ！　ドン！　マロンのストンピングが華茂の顔面を襲う。華茂は側方へごろごろと転がりこれを避ける。たまらず椅子を蹴り飛ばせば、マロンは両指を絡めた拳でこれを粉砕した。マロンが空の瓶を投げてくる。華茂は瓶の旋回を凝視し、瓶の口に人差し指を突っこんで止める。そのまま打ち返せば、マロンもまた人差し指を入れてこれを止めた。瓶と瓶が。互いの人差し指の間を十数往復する。呼吸の方法を少しでも間違えれば、たちまち鼻頭《はなあたま》に激突するだろう。

アルエは——、どこだ。かばうように両手を広げ、人間たちを護っている。

——ならば。マロンを止めるのは、自分の役目だ！

先に緊張を切ったのは、華茂の方だった。

カーテンをビリビリと破り、瓶の進行方向に放り投げる。瓶はカーテンに包まれて空中で停止。だが、一瞬閉じられた視界の奥からマロンの跳び蹴りがカーテンごと華茂を打ち抜いた。華茂は血泡を吹いて、後方へ崩れる。二の腕と骨盤に、なんともいえない固さを覚える。さらにマロンが前傾で走ってきたので、倒れたままの下段回し蹴りでマロンの脚を払った。

ドッ、と尻餅の音。そのまま組みかかろうとしたが、マロンは背中の筋肉だけで身体を起こすやバク転でその場を逃れた。ニヤリと笑うマロン。なんだ、次はどう来る。

バァーン!!　マロンが裏拳《うらけん》で窓をぶち破る。またも人間たちの悲鳴が轟いた。風の引力が生じる。華茂のバランスが崩れた。そこへ待ち構えるは、マロンの強靱《きょうじん》な蹴り。

──もう、それは。身体が自然反応を起こしたとしか言いようがない。華茂は両手をかぶせるようにマロンの蹴りを受けると、その反動で前転した。膝を曲げ、きびすの一点に神経を集中させる。極限まで溜めたエネルギーをただ一点に、この一点に捧げる──、幽天からの、かかと落とし。

ご、づぅっ!!　もろに入った。マロンの僧帽筋《そうぼうきん》。マロンの腕が、ぶらんと伸びる。

「はぁ……ん?」

マロンは最初、驚いた顔をしていた。だがやがて鈍痛《どんつう》が到来したようで、マロンの眉間には深い皺が寄る。ツーステップでバックアウェイ。この隙を逃すまいと思ったが、マロンは破れた窓にためらいもなく頭を入れた。だがマロンの脚が、腿が、見えている。華茂はマロンの足首を掴む。するとマロンはこちらをギロリと睨み、手首を振った。それは──、小さいけれど、受けてはならぬ風の刃。入り身反転、ミリ単位の危うさでこれをかわす。マロンの刃はそのまま空間を直進し、食事室の壁を貫いていった。途端、ガガ──ン!!　と奇音《きおん》が立つ。

「な、なにっ?」

ぐらりと傾く、飛行船。目を凝らす。隣の部屋から尋常ではない量の煙が巻き起こっている。そうか、あれは操縦室だ。飛行船の操縦機器が、マロンの風で斬られてしまったらしい。

傾斜がひどくなる。人間たちが壁際から別の壁へと滑ってきた。手と脚が絡まり、周囲はもう団子状態だ。アルエが必死に押しとどめるもやはり限界があるらしく、彼女の脇からポロポロとこぼれる人間たちのパニックは頂《いただき》を極めていた。華茂は魔法で空中に浮かび、勾配の難を回避する。

そこで、はっ、と気づいた。マロンの姿が、もうない。窓から外へと逃亡を開始したのか。

……どうしよう。でもまずは、人間たちを助けないと！

そこで、またも、ぐらり。今度は床が水平へと戻った。人間たちの絡みはほどけ、親しい人同士が無事を確認し合っている。

え、どうして。煙はまだおさまっていないのに。なにが、どうなった。

華茂も窓を抜けて外に出る。するとそこには。血まみれになりながら、飛行船を船底《ふなぞこ》から支える燕の姿があった。風に、風に、血が遊ばれている。

「つ、燕さん!!　なにしてるの!?」

「華茂！　早くマロンさんを追ってください!!」

「そ、そんな……だめ、だよ。燕さん……」

「早くっ!!　私も頑張りますから……どうか、この力を無駄にさせないでください!!」

燕の、覚悟を決めた瞳。

そうだ。なにを迷っている。燕は身を挺して華茂に追撃の機会をつくってくれた。ならば。

「行くわよ」

華茂をたしなめるように、アルエの身体が浮上した。肩には「ニーウ」と鳴く、白猫の影。遅れるわけにはいかない。華茂は燕に目礼《もくれい》を入れて、アルエに続く。手負いのマロンに追いつくのは、それほど難しい問題ではなかった。

ボロボロになったセーラー服。そしてあちこちの肌が露わになっている、マロンの背中。

アルエはマロンの向こう側へ回る。マロンは行き場所を失い、ただ空中に漂うのみ。すなわちこれで、挟み撃ちの格好となった。

「マロンさん、もう逃げられないよ」

華茂が言うと、マロンは荒い息をつきながらこちらを見た。

「逃げられないって。うちを、どうしようっての？」

「リーフスのお茶会に来て。あれだけ暴れたあなたを、このまま放っておくことはできないよ」

「へっ……。うちを、お茶会に……はは」

マロンの声に力はなかった。実際、彼女からはもう抗うような気持ちが感じられなかった。

チャーミも遁走《とんそう》したことだし、ハーバルの脅威はここで終焉を迎えたのだと。華茂は、そう感じた。

だが。

「…………!?」

気配がした。それは、青という青を喰らう、たしかな漆黒。

雲が喋るように蠢動《しゅんどう》した。中では撹拌《かくはん》が勃発しており、それらの衝動が華茂の皮膚を襲う。

下方を確認するアルエのこめかみからは、ひと筋の汗が。

「そ、んな。アルエは、三日前に、祓ったはずなのに……」

そこでようやく、華茂も異常の正体に気づいた。

これは間違いない。華茂も……いや、魔女であれば誰もが知っている、致死の存在。

そいつは、ゴ、ゴゴゴゴゴ、ゴゴゴッゴゴゴゴゴ……と、渦を巻きながら到来した。

穢れ——。

一歩遅れた。対応が、ただの一歩遅れた。華茂はガアアアアアアアアアアア——ッッッ!!

と吹き上げてきた竜巻に、容易くその身をさらわれた。アルエもだ。

「なぜ、た　つ　まき　　三日　おかし」

アルエがなにかを喋っているが、その声も途切れ途切れに聞こえる。

う　ず　が　　か　も　の　み　を　　ふ　り　ま　わ　す
こ　え　は　　で　な　い　め　が　た　し　ょ　う　　き　　く　　だ　け
混乱が混沌を呼び、視界は消炭色《けしずみいろ》に墜ちる。しかしぼんやりとだが、斜め上にマロンの像を捉えることができた。どうやらマロンだけは竜巻を回避することに成功したようだ。

マロンは腰に手を当て、嗤《わら》っていた。

「神だな！」

マロンの周囲に白いさざ波が奔《ほとばし》る。

「こいつぁ、うちにとって神さん！　全部……全部全部全部全部！　こいつで終わりだ!!」

その波は、豆腐を両手で潰すように圧縮されていく。

透明さをともなっていた波はやがて、マロンの正中線の前で一本の鉛白《えんぱく》と化した。

神、とマロンは言う。だが華茂にとって、その時のマロンの荘厳さはまさに、風の神ではないかと感じられたほどだった。

全てを無に還《かえ》す——遠大なる、白《かみ》。

『円環フラッシュライト、最大出力!!　一波輝線《いっぱきせん》ッッッ!!』

鉈がごとき風の刃が、マロンから放たれる。

それは豪速。そして、確殺。穢れの渦をものともせず、一直線に華茂に向かって進んできた。追尾の機能があるのか、渦の流れと肩を組むようにして確実に華茂へと近づいてくる。

受けようがない。魔法で返すこともできない。ならばせめて、この身を炎にくるめ、減殺《げんさい》を狙うしかない。そして後のことは燕に託そう。このままここで泡と消えるか、ライラの回復魔法まで持ちこたえられるか。結末はわからない。わからないから、やるしかない。

刮目《かつもく》して炎を念じたその時――、

『にゃうぁあぁあぁあぁあぁあぁっぁあぁあぁぁあっっっ!!』

ニーウの、ひと鳴きだった。小さく開いた、いとしい口。

ニーウは全てを呑みこんだ。黒き穢れも。竜巻も。そして、マロンの魔法の最終形も。

「にー、にー、にぃ!」

あっけなかった。

ほんとうに、あっけなかったんだ。

全てが過ぎ去った後、そこに残ったのは、親指を頭に当てたアルエ。そして、小さなげっぷを一つするニーウの姿だけだった。

「ばか、な。……ないでしょ。そりゃ、ないよ」

マロンが半笑いをする。だがその唇は、細かく震えている。

「ばかなばかなばかなばかなばかな!! そりゃない。そんなのーないよー」

アルエはマロンに涼しい視線を送り、ニーウを肩へと呼び戻す。

「なにか疑問でもあるかしら?」

「いや、だってさ! あははは! うちの、最強の魔法だよ? あはは?」

「簡単なこと。マロンちゃんに実力がないからでしょう。アルエよりも」

そこで、マロンの笑いがふとやむ。

マロンは元々大きい目をさらにぎょろつかせ、ぐう、と両の拳を握った。

「華茂ちゃん」

アルエが、横目で言う。

「マロンちゃんの魔力はもう、ほとんどないわ」

――そうだろう。あれだけの風魔法を放ったのだから、当然といえば当然だ。

「アルエはね、マロンちゃんと友達だったの。短い間だったけど、すごく楽しかったわ」

華茂の脳裏に、花のように笑い合う二人の姿が映った。あの笑顔に、やはり嘘はなかったのだ。

「だから最後は華茂ちゃんに委ねる。決着は、あなたにつけてほしい」

華茂は、うん、とうなずく。いつも優柔不断なのが悪いくせ。だけど今は、迷ったりはしなかった。アルエの心を、もらったような気がしたから。

華茂はグゥ――ン、と上昇する。マロンをこのままにしておくと、また次の事件を引き起こしてしまう。人間を護るためにも、あの魔女を放置することはできない。

マロンもこちらに目を向けた。しかしその目はなぜか、落ち着いていた。もしかすると勘違いかもしれないけれど、ほんのりとした笑みさえのぞいているような気がした。

そのままマロンは急降下。華茂と、運命の線分で結ばれる。

マロンが来る。最後の力を乗せて。腕を振りかぶった。華茂も、拳に炎を宿す。

「うちは、負けない！　人間に馬鹿にされて、裏切られて。負けて、負けて、負けて……

まだ負けてたまるもんか。……たまるもんかあぁぁあぁぁぁぁあぁっっっ！！！！」

「わたしは一人じゃない！　だから、負けないんだよぉぉぉぉっっっ！！！！」

さすがは風の魔女だった。風を司《つかさど》る、強い強い魔女だった。

最後の最後の最後は……やはり、風の抵抗を零《ゼロ》とする手刀できた。そしてそれを、華茂はわかっていた。華茂がマロンの矜持を信じることができたからこそ、その手刀を屈伸でかわし——、

『火龍《ひのたち》——ッ！！！』


マロンの腹部に、炎熱の拳を叩きこむことができたのだ。

厳罰と化した焔が、マロンの内臓を通過した。と、華茂は感覚で知った。固めた拳を、ぶるぶるぶるぶると震わせる。瞼に、涙を滲ませて。

マロンは完全に意識を失った。ぐらりと身体を傾け、そのまま地上へ降っていく。金髪で明るい、そして風を司る魔女《ロール＝オブ＝マロン》。しかし彼女の身体は、途中で柔らかく止まった。

受け止めたのは、アルエの両腕だった。その腕の中、マロンは半口を開けぐったりとしている。

「しばらくおやすみ、マロンちゃん」

アルエは目を閉じると、マロンのぷっくりとした頬に小さくキスをした。

時が失われる。華茂は、ふにゃっと笑った。——笑えた。

（わたしも行きたい。早く行きたい。大好きな、燕さんのところへ）

よたよたとしながらも体勢を整え、ゆっくり下降に入る。だが、その時だった。

全天が白群――遙かなる水色へと染まった。まるで神話のような空だ。目を凝らすと、それら全ては氷で形成されているとわかった。バキン、と音が鳴り。氷に稲妻のごときひびが入る。

「く。ら。えええええええええええええ――――ッッ!!　キャーハハハハハハハハッハハハハハハハハハハ！！！！」

血を垂らした武器が、狂った回転音をがなりたてる。

チェーンソーをかつぎ面の格好に構えたチャーミが、氷の隙間から銀閃《ぎんせん》を描いた！


チャーミは懸《か》けた。この一撃に、全てを懸けた。

チェーンソーを出せば、もはや浮力を得られない。それはすなわち、――自由落下。

落ち始める位置が高ければ高いほど、速度を生じさせることができる。

だからチャーミはいったん退避するように見せかけて、高度を上げる格好でぐんぐんと飛んだのだ。そして、宇宙をその目に映したのだ。

アニンの全景――それは、碧。ところどころに浮遊する穢れが、各地の魔女によって秒単位で祓われていく。魔女たちは長く長く、こうやってアニンを護ってきた。なのに人間たちは魔女を必要としなくなった。……いや、それだけじゃない。無用となりつつある魔女を皆殺しにしようとしている。ロール＝オブ＝マロンも人間たちを理解しようと人間の高校に入学したが、頭の軽い魔女だと、教師や生徒たちに笑いものにされた。ひどい嫌がらせを受けた。それでもあいつは誰かを恨むことなく、「うち、うまくやれなかったみたい」と笑っていただけだった。マロンのような明るい魔女に、あんな下卑《げび》た笑みをさせる。そんな、馬鹿な。ふざけたこと……。

誰かがチャーミを呼んだ。気がした。誰かがチャーミの背《せな》を押した。気がした。空気との激しい摩擦。チャーミの頬に薄く細かい創《きず》が走る。魔女の命運をこの手に。この一瞬に――。だが。わかっている。この行為が無駄だということは百も承知だ。チャーミは敗北を覚悟している。この斬撃が当たろうが当たるまいが、その直後に待っているのは無残なる落下だ。

それでも振り切らざるをえなかった。チャーミが、ハーバルであるために。

そしてチャーミが、零下の魔女《エントレス＝チャーミ》であるために……!!

「キャーハハハハハハアッハハハハハハハハ――！！！！」

ブルーン！　ブルルルルルルルル!!

……ああ。ほら。華茂が座標をずらした。そうでしょう。そうでしょうね。

この技はただ、避ければいいだけの技。

チャーミの瞼が半分ほど閉じられた――、その時。華茂が再び、座標軸上へと戻ってきた。

「!?」

なぜ。なぜだっ！　避ければいいのよ。君は、避ければいい。

なのにあの魔女——遠野華茂は、両手を広げてチャーミを待ち受けている！

チャーミは、ふっ、と息を漏らす。その息はただちに白くたなびき、氷点下へと落ちていった。

そうか。なら、食らうがいい。膝はもう利かない。頼れるのは、己の両腕のみ。全身全霊の思いを乗せて、その負けん気の強そうな顔を真っ二つにしてやる。

（……ワヨ）

唸れ唸れ、我が手中の刃。毎秒五十回転のクランク軸。ズタズタに切り刻んでやれ。かつて蹂《じゅう》躙《りん》された、この心のように。

（ソン……ヨケ……ワヨ）

さぁ、終わりの時。風の音が甲高くわめく。たちまちに耳は音をなくす。

悪いのよ。君が、調子に乗ったから悪いの。なんでもかんでも自分の思うようになる、なんてうぬぼれない方がいい。そんな単純な真理に、死ぬ前になってようやく気づくなんてね。

（ソン……トコロ……ヨケ……アブ……ワヨ）

ギャァ——ン!!　眼前。華茂の。瞳の芯。ギャアアアァァァアン!!　回転する鉄。迫る迫る迫る迫る迫る!!　死が死が死が死が死が死が死がガガガァァァアアッッ！！！！

ギャアアアア————ン!!　迫る迫る迫る迫る、死が、ギャアアア!!　死が、迫る
（ソンナトコロニイテハ、イケナイ。ヨケナイト、アブナイワヨ……）

ひゅっ——、と。華茂の呼吸。そして、清純《せいじゅん》な唇。

バアアアアアアアアアアアア────────────ンンン！！！！


なっ、なんだと！　華茂が、両手でチェーンソーの側面《ガイドバー》を挟みこんだ？

宇宙から飛来したチャーミの、比類なき運動エネルギー。さらにチェーンソーに込めた、最後の魔力。大地を割ってもおかしくないほどのこの衝撃を……側面から、止めた⁉

「真剣、白刃取りだぁぁぁぁぁっっっ‼　────ああああああああ！！！！」

バッキ────────ン‼　華茂が肩を鋭くひねった瞬間、チェーンソーの刃が真っ二つに折れた。もう攻撃の体を成さない、悪魔の武器。チャーミは（終わった）と思った。チェーンソーを手放した。後は、このアニンに叩きつけられるのみ。

空が晴れていく。氷で覆われた空は太陽の光に照らされ、果てしない天穹をとり戻した。そして虹が架かった。大きな、大きな虹。子供の頃に、無垢な笑顔で騒ぎながら眺めた虹。あの時自分は、将来どんな魔女になりたいかって訊かれて。こう、答えたような覚えがある。

『たくさんの。人を。護れる魔女に。なりたいわ！』

穢れのない空。青いわね。────ほんとうに、青いわ、ね。

────ガシッ‼　チャーミの腕が掴まれた。落下は止まり、チャーミは腕一本で支えられる格好となる。……落ちない。落ちるはずの身体が、落ちないのは。

「……燕」

「ぐうううぅぅぅぅっっ！」

燕だった。燕は腕からぼとぼとと血を垂らしながら、一方の手で飛行船を底から押し上げ、そしてもう一方の手でチャーミの腕を掴んでいたのだ。

「……なぜ」

そんな、手で。しかも燕の指から、なにか温かいものがチャーミの身体に流れこんでくる。これは魔力だ。燕の魔力が、チャーミの全身をこれでもかと駆け巡っている。なんて、温かな、力。

「エントレス＝チャーミさん、思い出しましたよ」

燕は、苦しそうに目を細めて言った。

「すてきな、かっこいい魔女だと憧れていたのです。私はいつかあなたに、挨拶をしたいと思っていました」

「……どこかで。会った。かしら」

燕のきれいな鼻。思慮深い、まつ毛。

「いいえ。私はあなたを遠くから眺めていただけでした。だからまたいつか、魔女のお茶会をしたいなと思って。私は今、あなたに死んでほしくないのですよ」

そこで燕は、チャーミの腕を離した。……飛べる。燕の魔力をもらったため、もう落ちることはない。チャーミは艶然と微笑んだ。久しぶりに、微笑むことができたのだ。

「君は。大丈夫。かしら」

「え、ええ……後で華茂に手伝ってもらいますよ」

「そう」

チャーミは空気を掻いてその場を去ろうとする。——が。しばし止まり、首だけで振り向いた。

「この借りは。覚えて。おくわ。あたしはいつか。君を。護る」

「そ、そんな……」

(一生護ってあげても。いいのだけどね)

「え？　なんて言ったんですか？」

その質問には答えず、チャーミは身体を急加速させる。

最後の言葉は聞こえなくてよかった。聞こえない方が、いい。

思考をわずかに照れさせ、もう一度だけ、浅い笑みを浮かべながら。


二つの衛星——リーフスとハーバルは雄大な顔で、今日もアニンのそばを回る。

ここは魔女のお茶会。芳醇《ほうじゅん》な香りがほこほこと立ち上がるテーブルを眺めながら、ライラ＝ハーゲンは急遽設けたベッドでうつろな顔をしていた。

十数分前まで、このベッドに転がっていたのは主に燕だった。なぜなら彼女は腕を大きく斬られていて、魔力をほとんど使い果たした状態になっていたのだから。

ライラは華茂と燕の帰還《きかん》を一瞬喜んだものの、燕の深手《ふかで》を見てすぐに回復魔法を開始した。

いや、本当にやばかったんだ。

腕の傷はもちろんのこと、肋骨にひびが入っていたし、胸部には大きな打撲の後があった。華茂が「早く！　早く早く早く！」と急かしてくるので余計に焦ってしまった。そういう華茂にも、複数の痣《あざ》が見られた。これも雑巾を絞るように魔力を使い、治してあげた。

で、だ。魔力の使いすぎで前後不覚に陥ったライラは、燕の代わりにベッドに倒れこんでしまったのである。おでこには、キンキンに冷やしたタオルを一枚。これは、完全にグロッキー状態だ。

華茂の目の前だというのに、実にふがいない。

だけどその間に、華茂たちが成し遂げたこととその結末を教えてもらうことができた。

まず、アルエをリーフスの味方につけるという話だが、これはうまくいったらしい。

当のアルエが華茂たちと一緒にお茶会に上がってきて、リーフスへの仲間入りを承諾した。積極的になにかをするつもりはないと言っていたが、やはり人間たちの暮らしを破壊することには納得がいかないみたい。サジャンノという駄菓子屋の女将を始め、お世話になった人にはひととおりの挨拶を終えたアルエ。とりあえず行動をともにしてくれると聞いて、そこは安心した。アルエの町の復興を行うため、リーフスから十名の魔女に現地に向かってもらった。結局一人の人間も死なせることはなかったみたいだし、あとは自分たちのやるべきことをやり、この戦いで失われたものをとり戻していくだけだ。

華茂、燕。ほんとにほんとに、ありがとう。

一方心配なのは、逃してしまったという強力なハーバルの魔女二人だ。

マロンという風の使い手は目を覚ますなり、アルエの頬をひとさすりして笑顔で去っていったという。アルエはマロンを止めなかった。でもまあ、そこの判断は微妙なところだし、アルエを責めたい気持ちも特にない。そしてもう一人、温度を分断するという魔法を駆使する魔女――チャーミもまた、燕に挨拶をして逃げてしまったという。

この二人は今、どんな感情を抱いているのか。また、いつかどこかで交戦せざるをえないのか。そこは気になるところなのだけど、今は深く考えても仕方がないだろう。

「ねえ、ライラさぁん」

「わっ!!」

いきなり華茂の顔が近くにあったのでびっくりした。や、やめてよー。すごく愛らしいんだから。びっくりっていうか、ときめいちゃうじゃないの、もう。

「なになに、なんなの」

「お茶、飲む？」

アルエが魔法で出してくれた紅茶、ストロベリーティーのフレッシュな香りが鼻腔に潜りこんでくる。とれたての苺のみずみずしさ。呼吸をするたび、幸せになれそう。……だけどだ。

「いや、飲めないだろ……」

「寝てるからね。こぼしたら火傷するからねー」

さっきライラは倒れる前に、三人の戦いを労《ねぎら》う意味でもお茶会を提案した。そのとおりお茶を楽しんでくれていた華茂たちだが、参加できないライラをかわいそうに思ってか、こうやってお茶を持ってきてくれたのだろう。

ふふ……やさしいやつめ……ふふ……。

でも、やっぱり猛烈な頭痛を覚えた。ライラの身体も魔力も、まだほとんど回復していない。ライラは毛量多めのツインテールをベッドに広がらせ、眉をしかめる。

「ところでライラさんが回復されるまで、私たちはなにをしましょうか？」

燕はこちらの不調を感じとったのか、抑えた声で訊いてくる。

しかし……そうだなぁ、それは考えてなかった。でも、この弱り具合なら回復まで数日はかかりそうだし……うーむ。

ライラが色々迷っていると、華茂は自分の手を片方の手で、ポンと叩いた。

「じゃあ、燕さんとわたしで知らない国を見てくるよ！」

は。あ～～ん!?

なんかもう色々ヤバい発言なので、ライラは力を振り絞って身を起こす。

「だ、だめだろだめだろ！　だめだだめだだめだ!!」

「え、なんで？」

「なんで……って。そりゃ、そんなことしてる場合じゃないし！」

「そうかなぁ？　私たちって一つの国しか担当したことないから視野《しや》狭窄《きょうさく》なところがあると思うんだよね。ハーバルの魔女と対峙した時に、ちゃんと相手のバックボーンを理解できないと不適切な行動に繋がっちゃうし。リーフスとハーバル、思想的な分離を組織として捉える前に、まずは魔女を一人の存在として理解する必要があるんじゃない？　そのための視察なんだよ。知見拡大なんだよ。今ある時間を最も有効に使うために提案したんだよ。けして燕さんと遊びたいとか、そういう理由じゃないよ。けして」

「いや、明らか怪しいし！　っていうか、なんだよ今の!?　あなたの語彙《ごい》ってそんなだっけ!?」

「……ハッ!?　わ、わたしは今……な、なにを……？」

なんかよくわからないが、どうやら華茂の脳みそが異次元に吹っ飛んでいって、超越したなにかをもって帰ってきたらしい。

口をアワアワとさせる、華茂。ライラはそれを見て、投げやりなため息をついた。

「ごめんなさいごめんなさいごめんなさい!!　……って、え？」

「……いいよ」

「このお茶会からあまり遠くない国なら、行くだけ行ってみな。アルエちゃんを連れてきてくれたあなたたちなんだから、まあ、これからも前面で力になってほしいし」

「え、ほんと？　じゃあ、行こ、行こ、燕さん！」

「え、え？　か、華茂？」

「行こ行こ！　今がチャンス‼」

なんと。華茂は燕と手を繋ぐと、さっさとお茶会から飛び降りていってしまった。

「なんちゅー、子」

それに、止めなかった燕も燕だ。二人して、もう……。

でも、胸の中がチクッと痛む。取り残されたような、寂寥感《せきりょうかん》。ライラは華茂の元気なところをかわいいと思っているし、だから、一緒に暮らせたら楽しいかなと思っていた。だけどあれは、まあ、冗談半分の気持ちだったはずだ。それでも華茂は、マロンとチャーミの矜持を正面から受け止めた強い魔女。誰かの心をないがしろにしない、優しい魔女。

もしかして、本気になっちゃったのかなぁ。ふふ。まさか……ね。

「ライラちゃんも、気が気ではないでしょうね。早く身体を治さないと」

アダージョに声をかけてきたのは、アルエだった。ざわつく心には一度、蓋をする。

同時に、アルエの素朴であどけない横顔に、ライラは思わず魅入られた。

「う、うん……。とりあえずはじっとしてるよ。ところで……」

「ん？」

「ライラと一緒にデートしたいと思わない？　かな？」

「思わないわ」

即答っすか！　――がっくしOTL
「ふーん。いいよいいよ。どうせライラなんて、美人じゃないもん」

ふてくされて横寝になると、アルエが自分の髪を手櫛《てぐし》で軽く梳かした。

「そうは思わないわ」

「……ふえ？」

「あなたは、美人よ」

な、なぬなぬ!?　じゃあ一緒にデートを――――!!

と起きかけたところで、身体中に電流が走った。やば……。無理、しすぎ、た。

「なにやってるの」

アルエの微笑の音が届く。ライラはぐったりと仰向けになり、宇宙の奥をじっと見る。

遠い、遠い、空。あの空の向こうに、ライラたちのような、別の存在があるのかもしれない。そしてその存在たちも同じように、笑ったり泣いたりして、大切な一日を生きているのかも。

ちょっと浮気をしたライラの心を。桃色の、髪を。

パノラマに広がる星々が、笑っているような気がした。

第三章TURN【A】――遊離《ゆうり》する、キネトスコープ――

やってもうた～～！　ほんまにほんまに、やってもうたで～～!!

遠野華茂《とおのかも》は、胸の中で西国《せいごく》の方言をわめき散らす。

でも、やってしまった、というのは事実だった。低いラウンドテーブルに、しなりのある座椅子。らくだの絵が刺繍されたクッションにもたれかかる燕は、その目をとろーんとさせている。

「つ、つ、燕さん……なに飲む？」

「うふっ。遠野さんは？」

「えーと……じゃあわたしは、白いハチミツ入りのお茶で……」

「うふふふっ。私も、それにします。遠野さんと……おそろいですねっ」

拒否なんてする意味もないので、華茂は手を挙げて店員を呼ぶ。頭に布を巻いた店員がテーブルに近づいてきて、ハチミツティーを二つ、大声で厨房に注文した。

「おそろいだなんて……うふっ」

声を抑えて呟く燕。いやいやー、聞こえてるから、それ。

――つい二時間ほど前のことだった。

華茂と燕はしばし飛行し、ランダムで選んだ街へと下りた。そこは大陸のちょうど真ん中にあたる都市。東西文化が行き交う、雑多で元気な街だった。人々の装いもバラバラだ。冠に羽をつけた将軍もいれば、手枷をはめられた奴隷も歩いている。しかしどんな身分の者も明るい顔をしており、どうやらこの街は東西交易における宿場《しゅくば》として機能しているようだった。そこに言葉はいらない。みんな、身振り手振りで自らの意思を伝え合っている。

そして華茂たちは、ホロの波打つ露天商《ろてんしょう》の前で雑貨を物色した。ザクロ模様の皿に、鳳凰《ほうおう》の絵が描かれた水差し。あれやこれやとかしましく盛り上がっていたところ、華茂が香炉《こうろ》に注目をした。その香炉には、特別なお香がセットでついてくるという。

「まあ、おねえちゃんたちはやめといた方がいいな」

商人がバカにしたように笑うものだからなんだか悔しくなり、華茂はお香を購入して火を入れてみたのだ。商人は「ま、まじか。やめろやめろ」と最後まで反対していた。そして商品の説明がネタバレふうになされようとしたその瞬間――、

香炉から白い煙が立ち、ちょうど吹いてきたいたずら風がその煙を燕の方へと運んだのであった。

「ねぇー、遠野さん。私たち、しばらくここにとどまるんですよね?」

「う、うん……」

「うれしい……」

座椅子にもたれかかり、しなをつくる燕。そう、このお香とは。『一番近くにいる者を美男子に見せるお香』だったのだ。つまり今、燕から華茂は超絶イケメンに見えているわけで。歩いていて

もちょいちょい肩とかぶつけてくるわけで。なんじゃーそりゃー、というわけでもある。

二人でハチミツティーを楽しんだ後は、カフェを出て再び散策。ちなみに白いハチミツはしっかりとした甘さをそなえながらも、まるでミルクのように優しい味わいだった。

またも二人で、てくてくてくてく。赤と青の袴が並んでいても、誰も気にしない。清天《せいてん》の下、風は穏やか。細かい砂道の感触に足裏《あしうら》が喜んでいる。まぁ、気にしても仕方がないか。華茂は小さく鼻息を吹いて、さやりと笑った。そこへ、ゴリゴリゴリゴリ、と固い音が聞こえた。

「あ、燕さん。木を削ってる人がいるね」

「あら、ほんとう。きっと家具をつくっているのですよ。見学しにいきませんか？」

「うんうん！　行こう行こう！」

職人を指さし、大股で進む華茂。すると、そのつむじに大きな影が三つかかった。

「え？」

振り返ると、高身長の男が三人並んでいた。タンクトップを着ていてあの帽子は……そうか、どこかの国の海軍兵なのだろう。

「なに？　わたしたちになにか用？」

「んひひひひひ」

一人の男が笑い、指で鼻をこする。

なんだなんだ？　こちらがフレンドリーに話しかけているというのに、どういうこと？

「ねぇ、なんなのよー」

もう一度訊くと、男は華茂の顎をくいっと手で上げた。

「おじょうちゃんも悪くねぇ……悪くねぇが、あと五年だな」

「ああ。五年経ったら相手してやるよ」

そして男たちは声を揃えて大笑いする。いくら鈍感な華茂でもわかった。こいつらは任務の休憩中に女漁《おんなあさ》りをしてやがるんだ。

華茂は男の手をパシッと払いのけ、上目遣いで睨んだ。

五年……っていうか、華茂は魔女だからもう成長なんかしないんだけどね……！

ところがいくら目力を利かせてやっても、男たちはまるで素無視。燕を囲み、あれやこれやと褒めちぎっている。

「きれいだな、君」

「どうだい、俺たちと遊ばないか」

「女神を見た気分だよ」

いやいやいやいや……。華茂のこめかみに、ピキピキピキピキ！　と青筋が走る。

「お声をかけてくださり、ありがとうございます。でも私、だめなのです」

「ん？　もしかして、好きな男がいるのか？」

「ええっ……！　その……好きな、とか、そういうの……」

「やめろジョーイ。この娘、照れてるじゃないか！」

「わざとだよ。照れてるところもまた、かわいくないか？」

「たしかに！　いわれてみれば、グッジョブだ！」

……トテテ、トテトテ。……テクテクテクテク。つんつん。

「ん？」

華茂はうつむきながら、一人の男の肩をつついた。

「ああ、おじょうちゃんごめん。よかったらきみも一緒に、お茶でもどうだい？」

「お茶ならさっき……飲んだから……（ボソッ）……我が名において、紺碧に命ずる——」

突如、旋風《つむじかぜ》がビュォォォォォ!!　と吹き荒れ、男たちの下半身を襲った。

ブチッ。バスッ。ブチッ。人差し指をくるりと回し、細かなコントロール。風は男たちを傷つけることなく——、だがしかし、男たちのズボンの留め金を切って捨てた。

ずるりとズボンが落ち。なんと無様な、パンツ一丁。

「う？」

「おお？」

「うわわっ!!」

男たちは、ひえええ！　といった感じで逃げていった。その間抜けな様子に、各国の言語で笑い声が立ち起こる。うーん、スカッと爽やか華茂ちゃんだ！

「遠野さぁぁぁぁぁぁぁん!!」

にゃっはーっ⁉　つ、燕が華茂に……抱きついてきた⁉

「怖かったです。怖かったですよ……」

「あ、あぁ……。もう、大丈夫だから」

「かっこよかったです。遠野さん、私を護ってくれて……ありがとうございます」

そこで禿頭《とくとう》のおじさんが、わざとらしい口笛を吹いた。冷やかすようにおはしゃぎする子供たちまでいる。燕はしばらく華茂の背中に両腕を回していたが、離れるとすぐに、はかなく笑った。

「ねぇ、遠野さん」

なんだか、燕の頬が赤く染まっているような気がするけど……。

「遠野さんって、その……好きな人とか、いるんですか……?」

「うえええええええええ⁉」

いきなり⁉　いや、待て待て。このテンションは明らかにおかしい。そうかあのお香、華茂をイケメンに見せているだけじゃなく、燕の恋心（みたいなもの）にも作用を及ぼしているんだ！

「燕さん、もう！」

華茂の中に、決死の覚悟がみなぎった。

アルエを探す旅の途中、抱き合ったこともあるんだ。このくらいはいいだろう！

――えいっ！　華茂は燕の手を掴み、自らの胸へ押し当てた。ちょっと自信はないのだけど……。

「ほら、わたしは女の子だよっ！　男の人じゃないよ！」

「う、あ……？」

「目を覚まして、燕さん！」

「うううううあああああ……あ。……華茂？」

よかった、いつもの呼び方だ！

「あれ？　私、なにか変なことやっちゃいましたか？」

しかもなんだか耳に残るせりふだ！　百年くらい経ったら流行るかも！

「大丈夫だよ。元に戻ってくれてよかった……ごめんねごめんね、燕さん」

「いえ、その……それで華茂は……好きな人とか、いるんですか？」

ズコー!!

「燕さん、まだ戻ってないの!?」

「あ、いえ……なんか……目が覚めた気分です」

そして二人で。視線を、瞳水晶《ひとみすいしょう》で交換して。

燕が華茂の胸を触っているのを確認して。――口から魂が抜けて。

「うわ――――っ!!」

「わわわわ！　か、華茂！」

磁石のＳ極同士みたいに、ぴょいーんと分離。二人して地面にずっこけた。後ろ手をついて、とにかく呼吸を整える。

どうやって燕に声をかけようかと思案していると、上から拍手の音が降ってきた。

「いいものを見せてもらったわ」

若い女性だ。誰だろう?

頭の上で髪をしばり、眼鏡をかけている。東国風の紅いドレスはたいへんきらびやかだ。

「あたし、そこの店でキネトスコープをやっているのよ」

「キネトスコープ?」

「知らない? 写真が動くのよ」

写真が動く。どういう理屈だかわからないが、面白そうではある。

「貴女たちかわいいから気に入ったわ。無料でいいから、試しに観ていかない?」

燕に目で確認する。燕は「行って、みます?」と言った。これは正直助かった。このままだと燕と会話できないところだったが、この見知らぬ女性のおかげで自然と話をすることができそうだ。

華茂がうなずくと、女性は猫のように笑った。

「はい、お二人様ご案内ー!」

というわけでのれんをくぐり、白レンガ造りの建物へと入る。ひやっとした廊下を歩いていくと、奥に真っ暗な部屋があった。女性に座椅子を勧められ、燕と隣同士に座る。

「あたしは映写するから、いったんここで失礼するわね。ゆっくり、楽しんで」

女性が去って一分ほど経つと、前面の白壁に矩形《くけい》の光が当たった。なにが始まるんだろう？　燕をちらりと見て、二人で相好《そうごう》を緩《ゆる》める。だけど壁面《へきめん》が光っているだけでなんにも映らない。

まだかなぁ、まだかなぁ、と思っていると、だんだん眠くなってきた。瞼がとろんとする。

おかしいな、さっきまでちっとも眠くなかった、の、に。

ぼやける視界。やがて意識は、黒の中へと落ちていった。

ん……。んん。薄目を開ける。なんだか頭がぼんやりとする。

（燕、さん？）

呼びかけようとして。

（あれ？　燕さん？）

――声が、出ない。

隣に燕がいない。座椅子もない。白い壁もなければ、支えとなる床さえもない。

華茂は、宇宙の中にいた。星々が輝いている。とめどない浮遊感。どちらが上で、どちらが下かもわからない。目を強くつぶった時に瞬くような光が、輪郭をもって明滅している。

そして頭の中で、何者かの声が反響した。

『貴女は、どこか遠くへ行きたいと思ったことはありませんか――』と。

「誰……、誰なの？」

あ、声が出た。華茂は喉を軽く押さえながら、辺りを見回してみる。

『だけど彼らは、遠くに行きたかったのではないのです。遠くへ、行かざるをえなかったのです』

姿はなく、ただ、声だけが響く。漆黒の中、華茂はだんだんと怖くなってきた。

「今喋ってる人、どこ？　出てきてよ！」

懇願《こんがん》すると、目の前がボウ……と輝いた。光の塊から出てきたのは、なんと自分だった。遠野華茂の姿をした、誰かだった。緋袴《ひばかま》に白衣《はくい》という服装だけではない。大きなおしりに小ぶりな胸。元気そうな眉がツンと立ち上がる。このふざけた顔まで、うり二つだ。

「だ、だだだだだだ、誰!?」

『あたしは貴女。いいえ、貴女の進むべき道を知っている、あたし』

「わ、わけわかんないよっ!!　どうしてわたしとそっくりなの!?」

『ふふ。やはり、姿を見せない方がよかったでしょうか？』

「そうでもないけど……どうせ魔法で変身してるんでしょ？　燕さんなの？　……あ、わかった、ライラさんのいたずらだ！」

『それは内緒にしておきましょう。それより、これを見てください――』

華茂にそっくりな女が手でザッと中空を薙《な》ぐと、その先にはよく見知った星があった。

アニンだ。でもさっきまでは、遙か彼方の星しか見えなかったような……。それにこのアニンにかかっている黒い靄《もや》は間違いなく穢《けが》れなのだろうけど、その量は明らかにいつもより多い。

華茂と女はともに、宇宙空間からアニンを見下ろした。

『貴女、穢れはどこからやって来ると思いますか？』

女は少しも慌てずに訊いてくる。

誰かのいたずらなのだと割り切り、華茂もその質問に乗ってやることにした。

「どこからもここからもないよ。穢れは、昔からアニンにあったんだよ」

『たしかに。そして、貴女たちが祓《はら》うことにより人間たちに恩恵を与えてきましたね』

「うん。それに、祓わなかったら危ないことになるしね」

『その穢れですが、実はこの空の奥からやって来たと言うと、貴女は信じてくれますか？』

女は次に、アニンの逆側を見やる。視界の全面に、星が広がっていた。それらは近くにあるようで遠い。どれだけ泳げば次の星にたどり着くことができるのか。まったく想像できない。魔女でも人間でも、アニン以外の星に行ったことのある者はまだ、誰もいない。

『穢れはあれだけの力をもっています。つまり彼ら……という呼び方をしますが、彼らは星々を越えてきたというより、越えてこざるをえなかったのですよ』

「じゃあ、穢れは心をもっているということなの？」

『そうでしょう。彼らが元いた星は、もうとっくに滅んでしまった。つまり穢れとは、滅びた生命の思念体なのです』

華茂は目を凝らす。星々の、その、もっともっと奥。揺らいでいる空間は、いったいどこまで続いているのだろう。死ぬまでにその謎を解くことなど、きっとできない。だけど宇宙の黒は、生き物の瞳に似ているような気がした。あの瞳の奥に、誰も触れることのできない、それでもたしかに存在するものがあるのだ。深く深く――、深い深い――、ところに。

「もしかして穢れは、アニンに住みたいと思っているのかな？」

『そのとおり。……いや、アニンでなくてもよいのかもしれません。彼らには誕生があった。家族があった。友達があった。晴れの日には手で顔を覆《おお》い、雨の日には部屋の中で深い息をついた。恋があった。信頼があった。裏切りや絶望もあった。そしてやはり、誕生があった。その全てを愛していた。愛していたものを、なくしてしまったのです。彼らはなくしてしまったという事実を、けして認めることができないのですよ』

まるで見てきたように語る、女。だけどその言葉に、迷いは感じられなかった。

『彼らは第二のふるさとを求めた。第二のふるさとを、つくろうと考えたのです。そこで彼らは、アニンに自らの文化と文明を与えた。服、剣、車、料理、言語。貴女が好きなお茶もきっと、彼らがつくり出した文化なのでしょう。歴史にも発展にも、彼らは影響を与えようとした。彼らがかつて暮らしていた世界を、ここアニンで再現しようとしたのです』

「でも、アニンじゃなくてもいいんだよね。アニンは魔女が護ってるから無理だよ。なのに、どうして他の星に移ってくれないの？」

『そう。それです』

女は、深く首肯《しゅこう》した。そして華茂にしっかりと目を合わせてくる。

『彼らにとって唯一の未知、すなわちアニンの独創こそが魔女という存在。それでも彼らにはアニンを諦めきれない理由があるのですよ。それは、彼らだけが特別にもっていると思っていたもの……しかし魔女もまた、心に宿していたもの……』

「それ、は……」

華茂が訊くと、女は透明に笑った。

『愛です』

言って女は、手で自らの横髪をなでつけた。

『さぁ、お楽しみはここからです』

さっきまでの真剣な表情は一転、からかうようなものへと変わる。

『愛を育む場所に移りましょう。あたしは、いったん去ることにします』

「えっ、なになに？　どういうこと？」

『お邪魔虫、ですから。では――』

女が、華茂を包みこむように両腕を広げる。そしてその手が閉じられると、猛烈な風が吹き荒れた。華茂は身を縮こめたまま、前転と後転を繰り返す。なにが起きているのかまったくわからず、目を閉じ、歯を噛みしめたまま、急変する事態にその身を委ねた。

おしりの下が、ポン、と跳ねた。柔らかい。自分はなにかに座っている――。薄目を開けると、そこには赤い赤い太陽があった。この景色は、夕焼けだ。状況を確かめてみる。今、華茂は山の頂上に座っていて、その周囲ではユキワリソウが紫の花弁《かべん》を軟風《なよかぜ》に遊ばせていた。

「華茂……？」

聞いた声。いやこの声は、華茂がよく知っている……そして、なによりも大切な声。

「燕さん」

隣に、燕が座っていた。曲げた膝を抱えている。黒蜜《くろみつ》のような長い髪が、陽の光を絡ませている。

（なにか、言いたい）

わからないけれど、燕に言いたいことがある。伝えたいことがある。

今までどこにいたの？　ここ、どこなんだろう？　訊きたいことも、知りたいこともある。逆に、さっき知りえた穢れの秘密を燕に教えてあげたいという気持ちもある。

だけどなぜか、言葉を紡ぐことはできなかった。華茂と燕は並んで、遠方の稜線《りょうせん》を眺めた。夕陽にまぶされた主峰《しゅほう》からは、白い煙のようなものが立っている。だけど街はどこにも見えない。この世界には、自分と燕の二人だけが生きている。そんな、気がした。

しばらくの時間が流れた。だんだん燕のことが気になってきた。今、彼女はどんな気持ちなのだろう。もしも自分と同じ気持ちになってくれているとしたら、それほど嬉しいことはない。

「燕さ」

「華茂」

言いかけた言葉を、燕が遮った。

「ねぇ、華茂」

もう一度、名前を呼ばれた。燕はふぅと息を吹いて自らの前髪を跳ねさせ、風に遊ばせ、また下を向いて。でも、ちゃんと華茂の方を向いて言った。

「私は、あなたのことが、好きですよ」

その言葉には、芯があった。そして不思議だった。恥ずかしさも、照れくささもない。ありえないだろう、と自らを卑下《ひげ》することもない。ただ、言葉が、あふれた。

「わたしも、好きだよ」

「私の好き、というのは、あなたと結婚をして、一生ずっと一緒にいたい、という意味ですよ?」

「わたしもだよ。世界で一番燕さんのことが大切だっていう好き、だよ」

「……うれしい」

「うん! うれしいよ!」

そこで二人、斜面に全身を広げる。大の字になって、転がる。

燕が両指を組んで、天に向かって伸びをしながら言った。

「じゃあ、ずっと一緒にいましょうね。失敗することも、けんかをすることもあるかもしれません。でも私は、ずっと一緒にいたいです」

「そんな時はわたしが謝る! 燕さんを困らせるやつがいたら、わたしがぶっとばす! でも……

それでもうまくいかない時は、どんなことでも話をしよう？　一番うまくいくように、二人で工夫しようよ！　だめかな？」

燕はすぐに手で唇を覆った。真っ黒な瞳には、那由多《なゆた》の光が映っていた。

「ううん、だめではないです。私も、ずっと、そうしたかったのですよ」

「ありがとう、燕さん」

お礼を言った。全ての気持ちは、この言葉に繋がっているのだと知った。

「ありがとう、華茂」

なにものにも代えがたい想いを受けとる。そして華茂は、自然と身体を起こした。

肘を使って地面をこすり、上半身を前にして燕に近づく。

燕は逃げない。目を逸らそうともしない。

華茂を待っている。華茂を待っている。華茂を、待ってくれているんだ――。

涙が、耐えきれずに、ぽろり。頬の上を滑っていく。燕もまた、銀の筋を引かせている。

唇を燕に近づける。たとえ数センチの契りに過ぎなくても、そこから約束を伝えたいと願って。

――しかし。そこで華茂は何者かに、きつく肩を掴まれた。

「はいはい、お客さん、起きて起きて！」

「ん……ん～～っ？」

「お客さん、キネトスコープは終わったわよ！　もう！」

視界がガタつく。華茂の両肩を揺さぶっているのは、キネトスコープに誘ってくれた女性だった。

どうやら華茂は部屋の快適さに負けて、キネトスコープが始まる前に眠ってしまっていたらしい。今日は変なお香事件があって気が張っていたからか、熟睡して夢まで見ていた。

「うう……夢見てたよぉ。ごめん……」

「あら、華茂も？　私も眠って、夢を見ていたようです……」

「え、燕さんもなの？」

華茂と燕が惑っていると、店の女性は指を銃の形にし、それで自分のほっぺを押した。

「二人とも、どんな夢を見ていたの？」

訊かれたので思い出そうとするが、思い出せない。起きたその瞬間は覚えていたのに。

「わかんない。なんか、いい夢だったような気がするんだけど」

「私もです。幸せな夢だったのですけどねぇ……忘れてしまって、もったいないです」

「そうなの。でも残念ながら、閉店の時間よ」

それは、帰れ、ということだろう。非常に申し訳ない気持ちを覚えて、華茂たちは入口へと歩く。

そして入口で女性の方を振り返ると、女性は眼鏡をくいと上げた。

「また、どこかで会おうね」

「う、うん……えっと……あなたの名前、なんだっけ？」

「胡蘭麗《フーランレイ》よ。覚えておいてね」

そう言って蘭麗は肩を狭めて見せる。この街にはふらりと立ち寄っただけなので次の機会はないだろうけど、名前も知らないまま別れるというのはなんか嫌だ。迷惑をかけたことだし、教えてもらえてよかった。

そしてそのまま路地に進もうとすると――あれ？　燕が、華茂についてきていない。

「燕さん？」

燕はまだ蘭麗の前で、じっと地面を見つめている。

「いえ……。あの、蘭麗さん。私、どこかであなたに会ったこと」

「ないわ」

それは、強い返しだった。

蘭麗は、燕の知っている人に似ているのだろうか。しかし人違いなのだし、蘭麗をさらに困らせてもいけない。華茂は燕の手を握り、あらためて歩き出す。むっふっふ。ラッキー!!

それから華茂と燕は町外れまで歩き、周囲に人間がいないことを確認してから飛んだ。

お茶会に戻らなければならない。燕とはもう何泊かしようと思っていたけど、身体に幸せが満ちている今、やはりライラの元に帰るべきだと思った。

遠方の夕陽が少しずつ彩度《さいど》を落とし、地平線からは暗幕《あんまく》が忍び寄っている。ポツリ、ポツリと輝く、人間たちの光。それはたしかに、生きている者の証だった。

黙って燕の方を見る。頬を夕焼けに染めた、燕。なんだかちょっぴり恥ずかしい気持ちになってくるのはどうしてだろう。そして、幸せな気がするのも——また。どうしてなんだろう。

鼻がむずむずしてきて。華茂は、へっぷしょい！　と大きくしわぶいてしまった。

燕は、きれいな歯を見せて、笑ってくれた。


華茂たちは、浮雲《うきぐも》の間を急上昇していた。

目指すは魔女のお茶会だ。雲の浮遊地帯が終わり、周囲の空気が闇色に染まり始める。そろそろ宇宙空間に入ってきただろうか。逆風を我慢して正面を向くと、お茶会の開催場所である白く巨大なボードが目に入った。ライラは魔力を回復させて、お茶でも楽しんでいるかもしれない。

「えっ……!?」

しかし到着と同時、まず異常に気づいたのは燕だった。

いくつものテーブルが粗い切り口で分断され、中には炭化《たんか》しているものもある。ボードの床面も同じだ。あちこちがグロテスクに焼け焦げている。

野菜を無造作に放りこんだ鍋状態と化したボードに、ライラが仰向けになって倒れていた。

「ラ……ライラさんっ!!」

華茂はすぐに寄り添い、ライラの生死を確認する。凛々しい唇からは一条の血が伸び、虫食い状となったTシャツからのぞく肌はいずれも打撲傷を受けていた。華茂の全身に、鳥肌が立つ。

「ライラさん、大丈夫!?　なにがあったの!?」

するとライラの瞼がかすかに動いた。よかった、ライラは生きているようだ。しかし彼女のわななく口元からは、ありえない言葉がこぼれた。

「リリー」

その答えを聞いた瞬間、華茂は背骨に刃《やいば》を通されたような感覚を覚えた。

「リリー!?　それって、リリー＝フローレスさんのこと!?」

華茂は、ライラを喰らうがごとくの瞳で訊く。

「そう、だよ」

「あの人、生きていたの……？」

「ライラは、リリーさんに警告して、それでも無視されたから魔法をかけたんだ。でもだめだった。あの人がバイオリンの弓を振るうだけで、全部弾かれちゃった……」

だとすると、その魔力からして、現れたリリーは本物の可能性が高い。

「じゃ、じゃあ」

華茂は、辺りをきょろきょろと見回す。

「アルエさんは!?　アルエさんはどこにいるの!?」

必死に確認するが、アルエの姿はどこにも見当たらない。ただ、不気味な静けさが鎮座するのみ。

「アルエさんも戦おうとしたよ。だけどリリーさんがバイオリンを弾いた瞬間、アルエさんはすごく苦しみ始めて……。なにがあったのかは、正直わからない。ライラの身体はもう動かなくて、アルエさんを助けることができなかったんだ……」

そんな。アルエの魔法は強力だ。無から有をつくり出し、逆に相手の魔法を虚空《こくう》の世界に消し去ることができる。あの穢れの渦ですら、魔法でつくられた猫がひと息に吸いこんでしまった。そのアルエの力をもってしても、追い払うことができない相手だったというのか。こんなの……リリー本人の行動と理解するしかないではないか。

華茂が指で片方の手の指をいじっていると、ライラがまた、途切れ途切れの息で言った。

「リリーさんは言ってた。嗤いながら、言ってた。アルエさんを、とり戻したければ、デフューの港まで来るように、って」

デフューの港。聞いたことがある。それはたしか、リリーが担当している国の主要港だ。ここを起点として世界の産業が行き来している。深夜になっても灯りが落ちることはなく、そこかしこの酒場からは屈強な男たちの笑い声が聞こえるという。

そんな場所に、なぜアルエを？　そして、リリーの狙いはいったいなんなのだろうか。

「燕さん、行こう。アルエさんを助けに行こうよ」

「ええ。もちろんです」

華茂は自分の手のひらを見つめ、首を縦に振った。まずは自らを肯定させておく必要がある。

するとライラが華茂の白衣の裾《すそ》を、よもや怪我人とは思えないくらいの強い力で握ってきた。

「……待って。なにかの罠がしかけられている可能性はあるけど、だからといって、アルエさんを見捨てることはできない。この身体の回復が終わったら、ライラも行く」

そして、ライラの身体は青い光に包まれた。ライラの回復魔法が発動したのだろう。

華茂はすっくと立ち上がる。来たるべきリリーとの再会を想像し、深呼吸を繰り返す。

アルエのことは、たしかに心配だ。だが華茂は、一つ許されたような感情を覚えていた。自分が殺めたと思ったリリーが、生きている。だったら、アルエを奪還するにあたり、心に膜をかける必要などない。本気で、いく。

全天には星が、川辺《かわべ》の蛍のように輝いていた。

二つの衛星、リーフスとハーバルの距離がいつしか縮まっている。

これまでの華茂の旅路が大きな岐路《きろ》を迎えるような。そんな、気がした。

第三章TURN【B】――キレイだね、折り紙――

「やぁ、こんにちは。待った？」

クラントはいつも、棒の先についたキャンディを舐めながら現れた。

建物と建物に挟まれ、陽の光の遮られた路地裏に。申し訳なさそうに、頭を掻きながら。

「はい、蘭麗《ランレイ》ちゃんの分もあるよ」

そしてそう言って、蘭麗にもキャンディをわけてくれたのだ。

二人してしゃがみ、黙ってキャンディを舐めた。桃の味が多かった。いちご味だった時もある。

クラントは飴が小さくなるとすぐにガリガリと噛んで飲みこんでしまう。そしてタバコに火をつけ、一服を始める。蘭麗はもったいないので、最後までしっかりと舐めた。蘭麗は身長百五十センチにも届かぬ、子供のような魔女。一方のクラントは、百八十センチ台後半くらいの背丈がある青年だった。だから蘭麗はしゃがむのが好きだった。二人の目線が、少しは縮まるような気がしたから。

「食べた？　じゃあ、行こう」

キャンディを舐め終わったら、クラントの家に向かう。これがいつものスケジュールだった。

クラントの住むマンションは、路地裏の待ち合わせ場所から数分歩いたところにある。集合住宅用のダストボックスから据えた臭いがする。クラントとの待ち合わせを始めた頃は臭いと思ったけれど、いつしかまったく気にならなくなった。泥で濁った水路も、コンクリートの隙間から顔をのぞかせる黒い虫たちのこともだ。

薄暗い階段を七階まで上がる。エレベーターはない。クラントは魔女を統括《とうかつ》する部隊に所属しているのだけど、若者かつ下っ端なためこのような安マンションしかあてがわれなかったらしい。蘭麗が階段でつまずいた時には、クラントは蘭麗の手をとってくれた。力強かった。クラントは自分の部屋のインターホンを押し、ただいまごっこをよくやった。一人暮らしなのに。変な奴だった。

「さ、いらっしゃい」

玄関を開けて電気をつけ、奥の部屋へと進む。この家に部屋は二つしかないのだけど、そのうち奥側の部屋が蘭麗とクラントのお気に入りだった。手前の部屋にはベッドと、複数の銃器がある。キッチンには使った食器が山積みになっている。クラントが頭を掻きながらドアを開けると、まだ電気をつけていないのにミモザ色の光が蘭麗の眼球を撫でた。それはたしかに、太陽の光だった。

オンボロの建物がいくつも並ぶ住宅エリア。日当たりなど求められない部屋がほとんどである中、クラントのこの部屋だけが太陽の恩恵《おんけい》を受けることに成功していた。

「今週は、なにか変わったことあった？」

クラントが上着を脱ぎ、それをハンガーにかけながら訊く。

「ううん。いつもどおり」

そう。蘭麗はいつもどおり、穢《けが》れを祓《はら》うという役目をこなした。外界から遮断された、白く無機質な研究棟の中で。あの研究棟では魔女一人一人に部屋が与えられ、そこから出ることは許されない。魔女はただただ、穢れを祓うために魔力を提供しなければならない。研究棟から出られるのは、魔女を統括する人間たちだけだ。しかしクラントは扉を通過するためのスペアキーを、蘭麗だけに渡してくれたのである。また、監視官の交代の時間と、盲点となる通路についても教えてくれた。クラントの休暇の日になれば蘭麗がこっそりと研究棟を抜け出しているということ、そしてこのマンションに来ているということは誰も知らない。それは、蘭麗とクラントだけの秘密だ。

「いつもどおりってことは……また、他の魔女にいじめられたのか？」

「えっと、それは……」

説明しようとして、言葉を呑みこむ。

魔女が人間の科学技術に支配され、ただ穢れを祓う道具として扱われ始めたのはちょうど二十年前のことだった。当初は人間の横暴に抵抗する魔女グループもいたが、有力なものは全て排除された。話し合いによる解決を試みた魔女たちも、拘束されるか、あるいは泡と化せられた。

そして七年前、大魔女と呼ばれる魔女たちが集結し、興廃《こうはい》をかけた一大決戦を試みたと聞く。それは魔女たちにとって、最後の希望であったといえよう。

しかしその戦い――オルウェヴの会戦において魔女は一敗地にまみれた。人間たちの軍事衛星から正確かつ無数に放たれた金属槍により大魔女たちはことごとく貫かれ、趨勢《すうせい》は決した。その後も局所的な魔女の抵抗はわずかに存在するらしいが、今の蘭麗にそのような情報を知る手段はない。

人間から尊敬を集め、人間たちと仲良く暮らしていたのがもう遠い昔のことのように思える。だからなのか。やりきれなさが導いたから、なのか。

捕らえられた魔女の間で、強いヒエラルキーが発生した。魔力の弱い魔女は他の魔女から嫌がらせをされるのだ。蘭麗は研究棟において、いじめを受けるのが当たり前になっていた。

配給食につばをかけられることがよくある。足を引っかけて転ばされることもよくある。睡眠中に、蘭麗にだけ聞こえる大きな音を魔法で仕掛けられたこともだ。心臓をドキドキいわせながら飛び起きると、クスクスという笑い声が聞こえた。ショックで泣きべそをかくと、「うるさい」と言って顔を蹴られた。人間の夜間監視官に見つかり、全てを蘭麗のせいにされた。下着姿で通路に立たされた。銃座《じゅうざ》で側頭部を殴られ、血を流した。頭を押さえる手の隙間から血液を漏らす蘭麗。その姿をクラントに見られたのが、蘭麗とクラントの関係の始まりだった。

しかし、この秘密の週末を過ごすようになってからも、嫌がらせは続いている。それらの具体的な事実をクラントにぶちまけてもいいのだけど、どうしてか恥ずかしくてなにも伝えられない自分がいた。クラントはそういう時、いつも黙って蘭麗の頭を撫でてくれる。

「うーん！」

クラントは気持ちよさそうに伸びをして、クローゼットを開ける。

中から、おびただしい数の折り紙が雪崩のようにこぼれてきた。鳥、カゴ、花、船、帽子。色んな形の折り紙がある。捨てたらいいのにと何度言っても、クラントはそれらを捨てようとしない。

蘭麗が本当の意味で自由になった後、自分の思い出にしたいそうだ。意味がわからない。

「じゃあ今日は、なに折る？」

そう言ってクラントは、春のように笑った。

「今日は、魚がいいわ」

「なんで？」

「なんだか、空が水色に見えるから」

クラントは、ふふ、と笑った。折り紙遊びをしたら、焼き魚を食べようと言ってくれた。二人で折り紙の本を読みながら、唇を突き出して水色の紙を折った。クラントは何度も失敗して、腕組みをした。なんの音も聞こえなかった。研究棟に広がる無音とは、まったく異なった心地よさがあった。気づいたら、クラントは椅子にもたれて寝息を立てていた。クラントの腹に、明るい日だまりができる。蘭麗も折り紙をセコイアのテーブルに置いて、隣のベッドへと横たわった。

草むらの匂いをほのかに吸いこんだ気がする。蘭麗はキルティングの掛け布団を抱き締めて、九十度ずれた視界でクラントの寝顔を眺めた。

蘭麗の髪が、太陽の熱をじんわりと蓄え始めていた。

蘭麗は、ゆっくりと瞼を開ける。

辺りを見回すと、グレーのローチェストがあった。ああ、ここは……。よく似ているけれど、クラントの部屋ではない。あの場所に帰れるはずがない。ここは、リリーの部屋だ。

ベッドから立ち上がり、ドアを開ける。そこには、ソファーで静かに眠るリリーの姿があった。バイオリンが床に置かれているところを見ると、演奏の途中で疲れて眠ってしまったのだろう。

「ふん」

蘭麗はリリーの寝顔に視線を落とし、鼻で笑う。

不覚にも、昔の夢を見てしまった。……いや。昔の、というのはおかしいか。今から百年後の夢だ。蘭麗がこの時代にやって来るより前の、遙か未来の夢。

まあ、この時代にもいいことはある。魔女がまだ人間の科学により『魔力強化』の措置を受けていない。だから魔力の弱い魔女ばかりだ。蘭麗も、この時代においてはそこそこ強い魔力をもった魔女だと判定される。といっても、さすがにリリーなどのトップクラスには敵わないが。

蘭麗はダイニングに向かい、食料を漁《あさ》る。木箱の中に、紙に包まれたパンがあった。少しちぎって、口に放りこむ。そして別の部屋に移動し、アルエの様子を確認した。

うん、大丈夫。ちゃんと睡眠魔法が効いているようだ。幼げな顔にはわずかな苦悶《くもん》が現れているが、目覚めそうな気配はない。よしよし、このまま大人しくしていてくれよ……。

蘭麗はパンを咀嚼《そしゃく》しながら、決戦に向けて最後の思考整理をすることにした。

まず、この時代の魔女も人間も、『人間が穢れを祓ってはならない』という事実を知らない。人間どもが穢れを祓って大災害を引き起こすのは、この時代から数えて三十年後のことだ。

あの日、世界各地の火山が噴火し、大規模の津波が沿岸都市を襲った。空は何ヶ月も雲に隠れ、常に雷が鳴り響いていた。それはまさに、地獄の光景のようだった。

穢れは、魔女の手によってしか祓えないのだ。

実際、百年後においては、人間による穢れの祓いは絶対禁止事項とされている。

なので人間を滅ぼすためには、この事実を逆手にとって利用してやればよい。とはいえ、人間に穢れを祓わせるなど、あまり目立ったことをすれば他の魔女に見つかる可能性がある。人間に穢れを祓わせ、大災害によって人間を皆殺しにするためには、なんとか魔女たちの視線を逸らさなければならないのだ。そして蘭麗は考えた。

魔女同士を二分して戦わせればよいのではないか、と――。

人間と仲良くする側と、人間と敵対する側に魔女をわけてやればよい。それにはまず、人間に魔女を攻撃させる必要がある。だがそれは簡単だ。人間は元々『長い寿命をもつ魔女』、そして『世界の命運を魔女に握られている』という事実に意識下で不安を覚えている。その不安を煽《あお》ってやれば、人間はたちまち魔女に牙を剥くだろう。あの未来でも、人間は魔女を科学で支配し、監禁し、精神的かつ肉体的な苦痛を与え続けた。人間などという悪魔に行動させること自体は簡単だ。

しかしそのためには、ターニングポイントが必要となる。

蘭麗にとっては、ここが大きな問題だった。魔女は人間に危害を加えない。だからなんとかして、魔女が人間を傷つけたという事実を作出しなければならなかった。

そこで蘭麗は、人間の国同士の覇権争いに注目した。しかもそのうち片方の国を強力なリリーが担当していると知った時、これはいけると思った。伝説級の魔女を味方につけなければならないと思っていたのだが、イア＝ティーナに心の隙はなく、レティシア＝アルエはまだ幼い。そこでちょうど狙っていたリリーが、偶然にも蘭麗の策略の線上に現れたのである。一石二鳥とはまさにこのこと。蘭麗はリリーの国と敵対する国に、新聞記事を用いた煽動を提案した。結果、魔女狩りが発生し、多くの魔女のいのちが失われた。

そして蘭麗は、直ちに行動した。

多くの魔女を殺された今、リリーの思考は負に満たされているはずだ。蘭麗はリリーの哀傷《あいしょう》につけこみ、彼女を操ることに成功した。負の感情をコントロールできるこの魔法は、零式燕《ぜろしきのつばめ》にも仕掛けてある。早く、あの罪悪感を何倍にもして解放してやりたい。そうすれば、はたしてなにが起こるのか。想像するだけで口元が歪んでくる。

やがて蘭麗の思惑どおり、リーフスとハーバルなる馬鹿げたグループが形成された。ハーバルを結成したのは魔女たちが一目置くリリーだったわけだから、やはりその影響は大きかった。魔女同士は互いに牽制《けんせい》し争うようになり、蘭麗の策謀に気づく者は誰もいなかった。

そして蘭麗はリリーに、イアへの攻撃を命じた。あの魔女の視野は広い。放置していたら、いつかこちらの狙いにたどり着いてしまう。しかもイアは、遠野華茂《とおのかも》の魔力を開花させようと計画していた。華茂が真の魔力を身につければ、蘭麗の計画の大きな障壁《しょうへき》になってしまう。そのため、厄介なイアを早くに無力化しておく必要があったのだ。

しかしあの戦いでイアに大きなダメージを与えることには成功したが、同時にリリーも華茂により傷つけられてしまった。蘭麗はリリーの身体を転送し、一ヶ月をかけて再生した。バイオリンの演奏もできるようになってきたみたいだし、そろそろ全力で戦える身体に戻ってきたことだろう。イアの身体は片腕のライラ＝ハーゲンとかいう魔女が転送して回復させているようだが、華茂と燕には任務に集中させるため告げていないらしい。

あのライラも、とんだ食わせものだ。いや、蘭麗としては今、最も警戒すべき魔女といえる。いち早くアルエの存在に気づき、リーフス側に取りこもうとした。蘭麗としては、リーフスだのハーバルだのどうでもいいのだが、明らかにこちらの邪魔をしてくるであろうリーフスに余計な力を与えてはならない。そこで蘭麗は回復途中のリリーに命じ、アルエの誘拐に成功した。

しかしさすがは百戦錬磨のリリーだ。まだ完全な状態ではないにも関わらず、経験の差でアルエの身体を確保することができた。後は、華茂と燕をあの場所に呼び出してやればいい。月がまるごと映るほどに澄んだ――、北海へと。そこが奴らの終着駅。皮肉ではあるが、華茂がその場にいなければこちらの計画は完遂しないのだ……。

蘭麗は思考整理を終え、再びリビングに戻る。リリーは相変わらず、上品な寝息を立てている。

蘭麗は足下にあるバイオリンの弦を、指で軽くつまんでみた。

ボン、と低い音が鳴った。この音は、なにかに似ていると思った。

……そうだ。あの日。まだ十七歳だった蘭麗の世界が終わった日。

頭の中で弾けた音と、よく似ている。


「今から貴様の消滅を実行する」

人間たちが物々しい武装で、蘭麗の部屋に入ってきた。

同室の魔女たちは悲鳴を上げ、廊下へと退避した。壁際に追いこまれた蘭麗に書面が突きつけられる。そこには『無断逃避の罪』と書かれていた。蘭麗が週末に研究棟を抜け出していたことが、ばれてしまったのだ。蘭麗はきつく唇を噛んだ。そして、覚悟した。

「まったく、クラントの馬鹿が」

先頭の男が呟いた。

そう。クラントだ。その名の人間が、蘭麗につかの間の幸せを与えてくれた。泡となるまで穢れを祓い続けるだけの道具に過ぎなかった自分に、太陽の光を思い出させてくれた。一緒に折り紙をつくってくれた。彼の、できる限りの調理をプレゼントしてくれた。それだけでもこの世に生まれた意味があった。それで満足だった。神様はいたのだ。胡蘭麗《フーランレイ》という魔女に喜びの時間を与えてくれた。だから、もう、それだけでよかった。

だけど最後に、どうしても気になることがあった。それは、質問というにはあまりにもたどたどしく。もしかしたら、言葉になんてなっていなかったのかもしれない。

蘭麗がクラントの処分の顛末《てんまつ》について訊いた時、先頭の男は重々しく答えた。

――クラントは、銃殺に処された、と。

「あうっ、あう……」

脳の中枢に、巨大な炎が燃え上がった。全てを呑みこみ、破壊し尽くす業火《ごうか》。

なぜ、なぜ、クラントは殺されなければならなかったのか。魔女の自分ならわかる。見下され、支配され、蹂躙《じゅうりん》されるだけの存在なのだから。

だけどクラント、あなたは違うだろう。あなたは喜びを求めた人間。けして豊かではないその身であっても、誰かに喜びを贈ろうと努めた人間ではなかったのか。

それなのに、どうして、なぜ。


「あうあぁあぁぁぁぁぁああああ！！！！」


蘭麗は目を見開き、両手で頭を掴んで激しく揺さぶった。

男たちが銃を構える。そこにためらいはない。蘭麗は、激しく嘔吐した。

神様……だって？　お前、ぶち殺してやる。このクソ野郎。下衆《げす》。したり顔で人の心に潜りこんできやがって、それでいて最後の最後にほくそ笑むというのか。蘭麗からクラントの思い出を奪い、世界からクラントのいのちを消し去って、それか。

蘭麗は、戻りたい、と願った。あの日に、戻りたい。帰りたい。

この願いを叶えてくれるのは、神などではないだろう。きっと悪魔だ。それでもいい。この魂を悪魔に売ってもかまわない。自分の魂など、包丁で切り、指でこね回し、灼熱の鉄で焼き尽くしてくれればいい。それでも、帰りたい。

「うわぁん」

蘭麗は、幼子のように泣いた。

「帰りたいよう。嫌だよう。えっ、えっ……ぐずっ。クラント、クラントぉ。遊んでよう。あたし、嫌だあ。うわぁん、うわぁん。ぐずっ……。帰りたいよ。こんなの嫌だぁ……」

その時だった。ボン、という音が聞こえた。

視界に波が生じる。蘭麗の魔力が影響したのか、あるいは悪魔が手を貸してくれたのかはわからない。激しいノイズが続き、光の円柱が蘭麗の身体を包みこむ。意識が、落ちる。

気がついた時、蘭麗は百年前の過去の砂漠に転がっていた。自分の意思とはまったく関係なく、何者かの見えない力によって時空を転移させられたのである。

それから蘭麗は今自分が置かれている状況を理解し、なにを成すべきかを考えた。魔女学校へと入り、この時代の魔女たちに溶けこんできた。蘭麗の正体に気づく魔女はいない。しかし蘭麗だけが、あの日自らと交わした約束を覚えている。

リリーの部屋のクローゼットを開けると、折り紙の山がドサドサと崩れてきた。
これは、蘭麗がこの時代に来てから折った作品たちだ。
蘭麗は今から、人間どもを皆殺しにしてやる。
だけど全てが終わった後、たった一人の人間のことを思い出すだろう。
「キレイだね、折り紙」
蘭麗が魚の折り紙に息を吹きかけると、魚はまるで海を泳ぐかのように宙を飛んだ。
さぁ。いよいよ――終わりの時間だ。

第四章——手のひらのマルチバース——

ニスの利いたテーブルに、淡い照明が落ちこむ。

華茂の向かいに座るライラがぐいっとビールをあおると、彼女の口元には白い泡がついた。

「で、どうするかねぇ」

ライラは不満足そうに、ぶーたれる。しかしそうこぼされても、華茂《かも》も燕《つばめ》も答えようがない。

デフューの港町に到着してから、今日でかれこれ一週間になる。日中は足が棒になるまで聞きこみに回っているのだが、依然としてアルエの行方がわからない。

この町からは一日に何便もの船が出航する。係留《けいりゅう》する船もあるが、商談や人足《にんそく》の休憩が終わり、数日が経てばすぐに港を離れてしまう。すなわちこの町に住む人間が営んでいるのは、宿場、食堂、酒場、歓楽店など、いわば客商売ばかりなのだ。昼間は仕込みをしているか店を閉めているか寝ているかのいずれかで、夜になれば営業を開始する。だからアルエについて聞きこみをするチャンスが少ない。店先に果実を並べている途中の中年女性に「忙しいんだ！」と叱られたこともある。

とはいえ、リリーが残したヒントは『デフュー港に来い』ということだけだ。

ここから先どうしてよいかわからず、華茂たちはいたずらに時間を費やしていた。

「ぎゃーははは!!　おおい、ねえちゃん！　一緒に飲もうぜ!!」

べろべろになって肩を組んだ男同士が、赤ら顔で華茂のテーブルにやって来る。

どこの店でも男性が多く、こうやって絡まれることも一度や二度ではなかった。

「うるさいなぁ。あなたたち、昨日もライラに声をかけてきたでしょ」

「そうだっけ!? 昨日は昨日、今日は今日！ どうだい、一緒に!!」

「いらない。ライラは、酔っ払いに興味がないから」

ライラがわざとらしくそっぽを向く。店内に流れるラジオから、コントラバスの軽快な音が聞こえてきた。

「なぁー、あんたぁ、ひどくないこのねえちゃん？ 俺たちを無視すんだぜぇ？」

「……え？ 私ですか？ その、えっと」

「かわいそうだろ、俺たち？ ていうか俺はあんたの方がいいなぁ。一緒に飲《や》るかい？」

そして大体がこうなのだ。男たちはまずライラに声をかけ、断られたら燕に絡みにいく。実にうざい。だから華茂は、こういう言い訳でしのぐようにしていた。

「だめだよ。わたしたち、エンジェルズレスト号に乗るんだから。後で船の人に言いつけちゃうよ？ ……って、昨日も言ったよね」

「なんだぁー、そうなのかぁー。そいつはいけねえな、ぎゃははははは!!」

男たちは呵々大笑し、異国の歌をうたいながら去っていった。

エンジェルズレスト号。それは、贅の限りを尽くした豪華客船のことだ。

デフュー港から出て、世界半周の旅をするための船らしい。当然、乗船している人間には権力のある者が多く、これを言い訳に使えばどの男もすごすごと退散してくれた。

しかしエンジェルズレスト号は、今夜未明に出港してしまう。明日になればさっきの嘘を使えなくなるし、嘘がばれたということでいっそう絡まれるかもしれない。想像するだけで気が重くなってくる。華茂がテーブルに両肘をつき、その上に顎を置いた時だった。

「やぁ、お嬢さん方。こんばんは」

また来た、ナンパ男だ。キャメル色のテンガロンハットをかぶり、片手にはスコッチウイスキーの瓶。異国ではめを外しているのか、たいへんご機嫌な様子である。

華茂は、深いため息をついた。

「わたしたち暇じゃないんだよ。もうすぐエンジェルズレスト号に乗らないといけないんだから」

これで席に戻ってくれるかと思ったが、男は口元をニヒルに歪めるだけだった。

「レディー。まぁそう言わず、私と賭けをしませんか？」

「賭け？」

男は軽くウインクをし、チョッキのポケットからひと組のトランプを取り出した。

「今からこれをよくシャッフルします。そして私を含み四人に二枚ずつカードを配りますが、その合計が二十一に近い方の勝ちです。エースは一としても十一としても使えます。キングとクイーンとジャックは、全て十と計算します。どうです、単純でしょう？」

「……いや、いらないよ。賭けとか、気分じゃないし」

華茂たちには、アルエを捜すという目的があるのだ。遊んでいる時間があるなら、無駄かもしれないが明日以降の捜索方法について考えを巡らせた方がいい。

――が。細目になり身を乗り出したのは、ライラだった。

「その賭け、ライラたちが負けたらどうなる?」

「そうですねぇ。では、ワンコインいただきましょう」

「……いいよ。あなたが負けたら、明日からライラたちに協力してもらっていいかな」

なるほど。ライラはこの男を、アルエの捜索に利用するつもりだ。負けてワンコイン、勝てば人手を得ることができる。男はライラか燕に鼻の下を伸ばしているようだし、この条件ならまず受けてくれるだろう。ところが男は、渋そうな顔をした。

「お嬢さん方が勝てば、その条件ですか……」

しばし黙考の後、男はうなずいた。

「承知しました。それでは、その条件で勝負しましょう」

そして喧噪の中、四人の勝負が始まった。

華茂たちと男の手元へカードが配られる。工夫もなにもない。これは単なる、運だけによる勝負だ。全員同時にカードをオープンすることにした。――オープン。

「おお」

男が、うやうやしそうに十字を切る。華茂は目を見開き、燕は手で口を覆う。

ライラだけが、変わらぬまなざしでカードを見つめていた。

全員のカードが、エースとキングだった。

「引き分けですね」

男はそう言って、カードを回収する。

引き分けなのだから再試合だろう。華茂はそう思った。それが、至極当然の流れのはずだ。

だが男は革製の鞄を開け、そこから長方形の紙を三枚出した。

「引き分けですから、ワンコインは必要ありません。そして私がお嬢さん方に付き合うこともありません。神が我々にくださったこの奇跡に感謝し、こちらを贈らせていただきましょう」

華茂は渡された紙に目を凝らす。それは、エンジェルズレスト号の乗船チケットだった。

「では私は、こちらで失礼しますね――」

「待ちな」

椅子を立った男の背中に、ライラが声をかけた。

「なんでライラたちがチケットを持ってないって知ってたんだ？　それにあなた、ボトムに入れたカードが混ざらないようにシャッフルしたよね」

ライラが訊くと、男は背中だけで笑った。

「目のいいお嬢さんだ」

「なにが目的なの」

「目のいいお嬢さんに敬意を表し、教えて差し上げましょう。私は少しばかり駄賃《だちん》を頂戴し、お嬢さん方にこのチケットを渡すよう頼まれただけです」

「誰に」

「それは申し上げられません。が、予想以上の出費でした。服装の特徴を元にあなたがたを探すのに、一週間もかかってしまったのですから」

「ふうん」

ライラは指で自らの鼻を弾く。つやつやした前髪が数本、緩やかに風に乗った。

「もういいですか。私は、これで」

「いいけど、最後に一つだけ教えてよ。チケット渡すなら渡すで、どうして普通に渡してくれなかったのよ。わざわざ賭けをした理由はなに？」

「さぁ。私の依頼人は、キネトスコープの真似だとか言っていましたけどね」

「ははっ、なんだよそりゃ」

ライラはえくぼをつくって笑い、なにかを手首のスナップだけで投げる。

パシッという音が立つ。男が指先で掴んだのは、ワンコインだった。

誰かが酔って、椅子から落ちた。その拍子にジョッキが割れ、店員が慌てて処理に当たる。わははは!!　間抜けな声が響く。天井から吊されたいくつもの国旗が風に揺れる。サラミの、香ばしい匂いが漂っていた。

「美しいお嬢さん。なによりもの駄賃、頂戴しました」

やはり男は背中で笑い、今度こそ華茂たちのテーブルを去っていった。


めっちゃ食べた……。

華茂は客室のベッドの上で仰向けに寝転がり、お腹をひとさすりふたさすり。

だってメイン料理が三種類も連続で出てきたんだよ？　海老のグラタンに、鮭のスープに、牛フィレ肉の鉄板焼き。サラダにコンソメスープ、さらにはデザートまでついてきた。あの氷みたいなお菓子はなんだったんだろう。牛乳の味がして、とてもまろやかだった。死ぬほどおいしかった。また食べたい。お腹爆発しそうだけど、ぜひぜひ。ぜひぜひ……。ぐう、ぐう……。

「こら、食べてすぐ寝ない！」

「ひゃあっ！」

ライラの雷のようなひと声で、ベッドから飛び起きる。スプリングの反動を受けてポーンと弾むと、そこにはテーブルを囲む形で椅子に座る燕とライラの姿があった。

「敵がいつ仕掛けてくるかわからないんだよ？　油断しちゃだめ」

「は、はいい……ごめんなさい」

華茂はライラにぺこりと謝り、燕たちと同じように椅子に腰かけた。ふわり、とコーデュロイのいい感触。身体が椅子に呑みこまれていきそうだ。

そう。華茂が油断するのも仕方ないというものだった。

エンジェルズレスト号に乗船した後、華茂たちはなんと一等客室に案内された。四方を焦げ茶に塗られた壁に、菱形紋様《ひしがたもんよう》のカーペット。それらを、シャンデリアとブラケットが柑子色に染め上げている。身支度用の大鏡もある。もういかにも上等、といった感じの部屋についテンションを上げてしまったわけだ。

とはいえ、ライラの言うとおり敵の襲撃には備えておかなければならない。華茂たちは朝食、昼食、夕食と交わす言葉は基本少なく、最初の一日はあっという間に過ぎていった。

もちろん遊んだりはできないのだけど、気が詰まるというのも本音なわけで。

「ねえ、ライラさん。船の人が、大広間で楽器の演奏会があるって言ってたけど」

「だめ。楽器から魔法を出してくるかもしれない。相手はリリーさんだよ？」

やっぱり、却下だな。そりゃそうか……。

「えれべーたー、っていう勝手に動く箱があるらしいよ。みんなで入ってみない？」

「自動とか、めっちゃやばい。開いたところで攻撃されたらどうするの」

「カフェでキネトスコープを流してるんだって。わたし、前に観ようとしたことあるんだけど、眠っちゃって観られなかったんだよ。だから一回、観てみたいなぁ」

「キネトスコープぅ？　あれって暗い中でやるんだろ？　もう死ぬほど危ない」

「むうー」

華茂は口を尖らせる。

別に遊び心がメインなわけじゃないし、これから戦場に変わるかもしれないところをあらかじめ観察しておくっていうのは必要なことじゃないのかなあ？　うーん、うーん。

「でも、待っているだけっていうのも気持ち悪いですね」

なんと。華茂に援護射撃をしてくれたのは、燕だった。

「向こうはアルエさんを殺めたのではなく、あくまで誘拐したわけです。つまり、私たちに対して話し合いをする予定があるということでしょう」

「まあね。ただ、人質までとってるんだから、ロクな話じゃないだろうけどさ」

「それなら、即座の攻撃の可能性は低いとは思いませんか？　相手もこちらの動きは確認済みでしょう。私たちがこの船のどこにいても状況に変わりはない、という考え方もあります」

「ふむ……」

「それに、アルエさんの体調も気になるところですし……」

燕の解説に納得をしたのか、そこでライラは眉根《まゆね》を寄せながら立ち上がった。

「わかった、わかったよ！　この船はもう数百キロは移動してるだろうし、今更どうしようもないっちゃどうしようもない。そこまで言うなら、出歩いてみる？」

おおー、と心の中で燕に快哉を叫ぶ。さすがは燕だ。

というわけで、華茂たちはすぐに客室を出た。善は急げと言うし。

三人で、客船の通路を歩く。客室の中とはうって変わり、今度は眩しいくらいの白熱灯が点っていた。左右には客室がずらりと並ぶ。

みんな、この航海を楽しんでいるんだろうな。一生の思い出にしようとしている人たちもいるんだろう。そんな人たちを、できるだけ巻きこみたくはない。

ドアの向こうから、子供のはしゃぐ声が聞こえた。子供の父だろうか、「静かにするよう」と厳《おごそ》かな声でたしなめている。いいんだよ、と華茂は静かに呟いた。

階段を降りる。また客室。さらに階段を降りる。またも客室。だけど、その部屋の様子が少しずつ変わってくる。客室と客室の距離が縮まっている。一つ一つの部屋が小さくなっていっているんだ。知らぬ青年とすれ違う。その青年が客室のドアを開ける。ちらりとのぞくと、二段ベッドが左右に配置されていた。テーブルもなにもない、シンプルな部屋。これがエンジェルズレスト号内における等級の差なのだろう。華茂たちは、さらに歩く。船底近くのフロアをひととおり見学してから長い階段を上がると、甲板に出た。

潮の香りがする。肌寒い風が吹いている。どこかの国の旗が、手すりでバタバタと棚引いていた。右奥には椅子がたくさん並んでいる。どうやらあれがカフェで、壁側にキネトスコープが映写されているらしい。じっくり鑑賞するわけにもいかないので、そのまま突っきっていく。もう一度船内に入ると、そこはちょうど大広間の二階にあたる場所だった。

ここから大広間にかけて、円を描く形で階段が設けられている。親柱の頭には、繊細に削られた鳥の彫刻《ちょうこく》。華茂が手すりから向こう側に頭を出すと、たくさんの楽器と奏者《そうしゃ》の並ぶステージが見えた。中心の男がタクトを振るう。ブォーン!! とホルンの音が響いた。

「うぎゃ！」

いきなりの轟音に、思わず耳を塞ぐ。しかしゆるゆると手を離した後、クラリネットとフルートの重奏《じゅうそう》が聞こえた。鳥の鳴く音のようで、華茂は自分の住んでいた村のことを思い出した。隣を見る。燕も目を閉じ、演奏を胸に落としこんでいるようだ。やがて弦楽器が協奏《きょうそう》を始める。音楽ってまるで、物語みたい。暗い場面、そこから脱出する勇気、そして訪れる歓喜の瞬間。華茂たちはしばらくの間、音の行進に酔った。全ての演奏が終わるとすぐに、自然と拍手を打っていた。ライラも静かに歯をこぼしている。喝采《かっさい》が続く中、指揮者が深々とお辞儀をした。

そのお辞儀が――、斜めに傾く。

ギャアアアア!! と、慟哭《どうこく》のような音が軋《きし》む。しかし誰かが泣き叫んでいるわけではない。船全体から異音が噴出しているのだ。たちまちに生じる、急減速。指揮者は傾きの勢いを止められず、ステージから転げ落ちた。楽器はことごとく横滑りし壁へと激突。演者は床に伏し、観客は互いに抱き合って恐怖の声を上げる。テーブルと人間がもみくちゃになり、グラスは次々とテーブルから落下する。グラスはその衝撃に耐えきれず、ことごとく崩壊した。

華茂は小柱《こばしら》につかまりながら、奥歯を強く噛む。

なんなんだ、これは。事故か。

そして何回かの振幅の後、揺れは次第におさまりを見せた。

窓の向こうの海は、同じ風景で止まっている。船の速度がゼロになったらしい。

『やぁ、こんばんはこんばんは』

船内に、何者かの呼びかけが木霊《こだま》した。

『船旅を楽しんでいる皆さん、大変失礼。あたしの船が貴方がたの船に接近したものでね、急ブレーキがかかったというわけなのよ』

若い女性の声だ。そして華茂は、この声をどこかで聞いたことがあるような気がする……。

『では用事を済まさせていただくわ。遠野華茂《とおのかも》、零式燕《ぜろしきのつばめ》、ライラ＝ハーゲン。このアナウンスが聞こえたら、すぐに甲板最前方まで出てくるように。まさか夕食後に眠っているとは思わないけど、いちおう繰り返すわ。遠野華茂、零式燕、ライラ＝ハーゲン。このアナウンスが聞こえたら……』

燕に横目で視線を送る。華茂は一つうなずく。燕も、うなずき返した。

そう。今のアナウンスは敵からの指示に違いない。ならばこれ以上人間たちに迷惑をかけるわけにはいかない。アルエを人質にとられている今、華茂たちのとれる行動は一択のみ。

華茂は甲板に飛び出し、柳緑色《りゅうりょくしょく》の床を蹴る。身体が、真夜《まよ》の空気へと潜りこんでいく。

エンジェルズレスト号の前方に、ふた回りほど小さな船が接着していた。

その船橋《せんきょう》の上で、何者かが影となり華茂たちを待ち受けている。

腕を組み。強烈な夜風の中、微動だにしないままで。

「さぁさ、どうぞどうぞぉ～～!!」

蘭麗《ランレイ》が目を細め、開いた手でお茶を勧めてくる。

角に丸みを帯びた長方形のテーブルへ、華茂たちは招待を受けていた。テーブルの中央、トルコキキョウと手毬草《てまりぐさ》のアレンジメントが実に涼しそう。月餅《げっぺい》というお茶菓子を皿いっぱいに出されたのだが、それはお腹いっぱいだからいらないと断った。

「どうしたの。久しぶりの再会を祝して、一緒に飲もうよ！」

蘭麗は変わらぬ笑顔で、きょろきょろと左右を見渡す。

だけど、と華茂は思う。本当にこの歓迎に乗ってしまっていいのだろうか。

蘭麗は華茂たちを見つけるやいなや、船橋の上で大きく手を振った。敵の影を見つけ、まさに今から決戦、と身構えていた華茂にとってはとんだ拍子抜けだった。蘭麗は自分の船に華茂たちを導き入れただけでなく、こうやって急遽のお茶会を開こうとまで言い出したのだ。

しかしこの魔女、油断ならない。華茂は蘭麗と、一度会ったことがある。そう、あれは、ライラの魔力が回復するまでの間に、燕と大陸中央の町へと降り立った時のことだった。蘭麗は人間の振りをして華茂にキネトスコープを観せようとした。結局眠ってしまって観ることは叶わなかったのだけど、そこで不思議な夢を見たような気がする。蘭麗はなんのために華茂と燕をキネトスコープへと呼びこんだのか。この魔女は、目的なく行動するようなタイプには思えない。おそらくなんらかの狙いがあったのだ。実害を受けたわけではないのだけど、蘭麗の思惑がわからない以上、お茶会の誘いにホイホイと乗ることはできない。

そんな華茂の心配を読んだのだろうか、蘭麗は自分のカップを左指で手際よく取り、その中身を小ぶりな唇へと運んだ。

へぇ。この人、左利きなんだ。

「ほらぁ。毒なんて入ってないよ」

それでも華茂はカップを手に取らない。燕とライラも、顔に険《けん》をなしたまま押し黙っている。

すると蘭麗は、唇にわずかな苛立ちを表した。

「そんなふうに疑うの？　なら、レティシア＝アルエを返さなくてもいいの？　あっそう」

どうやら蘭麗の勧めるこのお茶を飲まなければ、アルエの奪還《だっかん》はならないらしい。どうすればいいのか。迷いが空気に滲《にじ》みこむ中、口を開いたのはライラだった。

「まず確認させてほしい。あなたは、ハーバルなんだよね？」

「うん、そうだよ」

蘭麗はなにも気にしない感じで、あくまであっけらかんと答える。

「だったらライラたちが邪魔なはずでしょ？　ここまでもてなす理由はなに？」

「一度、貴女たちと話し合いたかったのよ。アルエをさらったのも、貴女たちにこのテーブルについてもらいたかったからなの」

そう言って、蘭麗は再びお茶をひと口飲んだ。

「魔女同士で争っても不毛なだけだわ。あたしはハーバルだけど、ハーバルって別に魔女の敵でいたいと思ってるわけじゃないんだもん」

「わかった。それはそれでいい。じゃああなたは、ライラたちになにを求めるの？」

「だから話し合いたいんだって。人間の扱いをどうするか、一緒に考えましょうよ」

蘭麗の言い分は、理にはかなっている。華茂も、魔女同士で戦いたくはない。もっといえば、誰とも戦いたくはないのだ。蘭麗は涼しい目で華茂を眺め、微笑《びしょう》した。

「だけどいきなり議論をするのも野暮《やぼ》よね。まずはお茶会を楽しんで、休戦の証《あかし》としましょう。話は明日、アルエとリリー先生が起きてきてからでいいじゃない」

……あ。そうだ。

華茂はバルーンバックのサロンチェアを引いて姿勢を正した。これは、訊いておきたい。

「リリーさんは、生きていたんだよね？」

「ええ、そうよ。なんとか命をとりとめた状態だったけどね。リリー先生をあそこまで追いこむなんて、貴女の魔力は見事としか言いようがないわ」

「怪我は……残ってない？」

「うふふ」

蘭麗は、口元を手で押さえる。

「華茂は、優しい魔女ね。あたしが回復させたから大丈夫よ」

「そっか……。さっき、リリーさんのことを先生って呼んでたけど、もしかして……」

「先生よ。あたしが魔女学校にいた時、魔法の使い方を教えてくださっていたの」

どうやら蘭麗とリリーの間には、ハーバルという立場だけでなく、長年に渡って紡《つむ》がれてきた親密な関係があるようだ。華茂は、あらためて安心の息をついた。

「でもさぁ、わたしと蘭麗さん、一度会ったことあるよね」

「そうね。どこかの町で会ったわね」

「あの時、なんで人間の振りをしてわたしと燕さんにキネトスコープを観せようとしたの？」

「リリー先生を苦しめた魔女がどんな子なのか、見てみたかったの。ただの興味本位。それだけよ」

「ふうん……」

とりあえず、といった感じで相槌を返す。そうなのだろうか。この言葉を信じてよいのだろうか。

ライラが「会ったことあるの」と訊いてきたので、こちらにもうなずいておく。

「さぁさ！」

蘭麗がパァンと手を打つ。

「疑問も解けたところで、お茶を楽しみましょう！　あたしたちの未来に乾杯！」

勢いに負け最初にカップの持ち手に指を通したのは、華茂だった。二秒後に燕、恐る恐るの表情でライラが続く。

全員で、同時にお茶を飲む。最初は酸っぱい感じがしたが、その酸っぱさが歯と歯茎《はぐき》の間に染み渡ると口の中に夕暮れが広がった。一日の頑張りを労《ねぎら》うような優しさ。一つ呼吸をすると、香ばしさを含んだ湯気がほのかに漏れた。

「……ん。旨《うま》いな」

ライラが少々寄り目で呟く。近距離からカップの中をのぞきこんでいるのだ。燕もしばらくは幸せそうな顔をしていたが、目を大きく見開くと首を傾げた。

「華茂、あの」

「どうしたの、燕さん」

「私、このお茶を、どこかで飲んだ気がするんです」

「そうなの？　わたしは、飲んだことないなぁ」

言いながら正面を見ると、蘭麗はいつの間にか手に棒のようなものを握っていた。

「これはね、水仙茶《すいせんちゃ》っていうの」

「へぇ。やっぱり初めて聞く名前だね」

「水仙って、毒なのよ」

蘭麗がそう言った瞬間、ライラがドン！　と机を殴り立ち上がった。華茂の肩が痙攣《けいれん》し、燕は鼻をひくひくとさせる。

「あっはは！」

蘭麗は猫のような目で爆笑した。

「冗談冗談！　毒を飲ませるわけないじゃない！　面白いわねぇ、貴女たち」

いや、こんなの冗談にならないだろう……。

華茂は身体全体で息をし、ライラは舌打ち一つで再びチェアに座り直す。

「もう！　そういうのやめてよ！」

「あはは！　はは。もし毒だったら、あたしが飲めと言われた時に困るじゃない」

「そりゃ、そうだけど……って。蘭麗さん、それ、なに持ってるの？」

「ああ、これ」

蘭麗はゆるりと立ち上がり、棒から手元ロクロを押し上げる。軒紙《のきがみ》が優雅に広がった。これは……、番傘《ばんがさ》だ。紅の軒紙には渦巻き状に、白い夕顔《ゆうがお》が描かれている。船の中でなぜ番傘を差すのかはわからない。タイトなドレスを着た蘭麗が柄を肩に乗せると、斜めに構えられた番傘と相まってぞっとするような艶《つや》やかさが感じられた。

「夕顔の花言葉、知ってる？」

蘭麗が軒紙をこちらに向け、くるくると回す。半分が傘に隠れたその顔の上部で、彼女の瞳は銀に煌めいた。

「罪よ。今から、貴女たちの罪が裁かれる」

――えっ。

視界がぼける。蘭麗の姿が、番傘が、四つにも五つにも見える。ライラが椅子から転げ落ちた。テーブルを掴んで立ち上がろうとするも、やはり倒れた。隣の燕は華茂の肩におでこを当て、そのままずるずると崩れていく。

「あ、な、た、」

華茂は必死に声を絞り出すが、それ以上が喉の奥でシャットアウトされる。

「うふふ。お茶には注意したみたいだけど、まだまだ経験が足りなかったわねぇ。あたしは貴女たちの利き手まで、ちゃーんと調べていたのに」

そ、うか。

蘭麗は……お茶に毒を混ぜていたのではない。カップの片側のみの縁《ふち》に毒を塗っていたのだ。だから、左利きの蘭麗だけが毒を飲まなくて済んだ。こんな初歩的な戦術に引っかかるなんて本当に愚かだ。

でもお茶を飲んでいる間、華茂は毒の味を感じなかった。なのに、どうして。

「そりゃ、致死の毒なら味で見破られるかもしれないからねぇ。罰の執行はもう少し先にしてあげたから、人生を振り返る時間はまだあるわ。その時間を、どうぞ楽しみなさい」

番傘の回転が速くなる。白の渦《うず》はまるで、死の舞踏《ぶとう》。

眼前の色覚は急速に失われていき、やがて、闇と化した。

数百メートルはあると思われる長い通路が、船尾《せんび》から船首《せんしゅ》に向かって伸びている。

正面、矩形《くけい》に開いた窓からは月の光が差しこむ。かすかにかすかに、波の音が聞こえた。

その通路に、孤影が一つ。

魔女、ナンドンランドンの姿がそこにあった。

ナンドンランドンという魔女は、とにかくでかい魔女である。

他の魔女からはよく、見上げなければ顔がよくわからない、とも言われる。化粧っ気はまったくないのに整った眉に、肉食動物のようにシャープなつり目。胸と腰だけをツーピース型に綿で覆い、虎の毛皮を肩に纏う。そしてその下の腹筋は、バリバリに割れていた。

ナンドンランドンはくせのあるショートカットを片手で掴み、もう一方の手で指を鳴らす。目覚めの魔法だ。わずかな間もおかず、通路脇の小部屋から三人の魔女が走り出してきた。

遠野華茂と零式燕、そしてライラ＝ハーゲンだな。なるほど、あいつらが標的か。

「か、華茂っ、大丈夫でしたか⁉」

「燕さぁ〜〜ん！　無事でよかった……‼」

「おい、見なっ！　通路の奥に誰かいるぞ！」

三者の叫びを聞きながら、ナンドンランドンは思う。

殺風景な岩山の上からよく、自らの担当する国を臨んだ。小麦やトウモロコシを育てている畑があちらこちらに見えるが、町らしい町はない。ナンドンランドンの村が申し訳なさそうに設けられているのみ。地平線の方にぼんやりと山陰《やまかげ》が揺らいでいるが、そこに至るまではただただ平地だった。ところどころに生えた植物以外は黄土色に染まった、広大な大地である。村の道も、まったく舗装《ほそう》されていなかった。しかし逆方向に目を向ければ唯一、黒色の山が村の近くにそびえている。燦々と降り注ぐ油照《あぶらで》りと熱波《ねっぱ》。ナンドンランドンはこの国を担当していることに誇りを覚えていた。荒々しくもどこか憎めない彼ら彼女らのことを、愛していたのだ。

「やぁ、ボクの名前はナンドンランドン。キミらに恨みはないが、今から泡になってもらう」

語りかけるやいなや、サッと身構える華茂たち。もう、毒を飲まされたことは気づいているし、こちらを敵だと認識しているのだろう。それならそれで、説明の手間が省けて好都合だ。

「ここがキミらの棺桶じゃや。——いくぞ、ナンドンランドン秘技、血塔大船盆《けっとうだいせんぼん》！」

グ……オオオオ……バキャァァアア!!

ゴプッ、ゴプッ、ドゥルリ……。

黒い塊が、客室の扉を溶解させる。時折内部から沸き立つシグナルレッドのぬめる泡。だんだんと熱くなり、やがて両頬はヒリヒリとした痛みをしたがえてくる。敵の魔女たちもその身をかき抱いているが、これはまごうことなき溶岩流《ようがんりゅう》だ。それは触れた者にまとわりつき、焼死《しょうし》に至らせる恐怖の騎士。卵の腐ったような臭いが一つ、ナンドンランドンの鼻を突いた。

「フン……じゃが、キミらを溶岩なんぞで殺しはせん。ここからが血塔大船盆の真骨頂……」

ナンドンランドンが両腕を左右に広げると、丸太の形をした防御空間が船の通路を包みこんだ。

溶岩はスライムのように空間の表面をどろどろと這うが、その中にはまったく潜りこんでこない。

華茂たちは薄目を開き、無事であることを確認しているようだ。

そしてナンドンランドンは、口を大きく開いた。

「聞きんさい！　この船は間もなく、ボクのつくった溶岩によって大破する。キミらが脱出するためには、船が沈む前にボクを倒すしかない。今から、ボクとキミらの、勝負じゃあ」

「な、なんなのよ、あなた」

そう尋ねる華茂を、ナンドンランドンは棘《とげ》を含んだ目で睨む。

「敵に正体を求めてどうなるんじゃ。阿呆《あほう》が」

ナンドンランドンは、リノリウムの床を全力で蹴った。二トンに及ぶ衝撃波が床面に走る。

そのまま、ふわり、と跳躍。五十メートルの距離を一瞬で詰める。宙に浮かぶ影の裏から、華茂を狙った横蹴りを繰り出した。

「あうっ！」

ダァン、と華茂の身体が転がる。

狙ったとおり華茂の側頭部に蹴りが入った――だがナンドンランドンは、不満足の色を隠せない。

今のはある意味チャンスをやったようなものだ。空中にいる敵など格好の的だし、逆にいえば空中からの攻撃は距離をとれば簡単にかわすことができる。なのに、このチビのていたらくはなんだ。

それにこいつの身体は紙のように軽かった。

蘭麗は、この程度の足止めを自分に依頼してきたというのか？

「華茂っ！」

叫ぶ燕を、華茂は広げた手のひらで制した。

「大丈夫。燕さん……大丈夫だから」

あくまでナンドンランドンと目を合わせたまま、膝をぐっと伸ばす華茂。

ふん、殊勝《しゅしょう》な振りを。初対面の相手とは容易《たやす》く戦えないとでも言いたいのか？

早く本気を見せてみろ。お前の力はそんなものではないだろう。

「ボクが誇りにしておるのは、この力じゃ。ボクの村じゃあ、花婿も花嫁も力尽くで奪う。それが生き物として当たり前の姿じゃと思っとる。人間も、魔女もじゃ」

ナンドンランドンは頭の位置をまったく変えることなく、すり足で標的に寄っていく。そして床との接地面を、足裏《あしうら》の母指内転筋《ぼしないてんきん》のみに絞った。スピードは、ぐんと増す。急転、風景のブレる速度で華茂に接近し、華茂の胸ぐらを掴んだ。

燕とライラは瞳孔を開くが、一歩も動けない。逆に、華茂の腑抜《ふぬ》けた目にわずかな生気が点った。

「ボクは魔女ナンドンランドンとして、魔女遠野《とおの》華茂《かも》に手合わせを所望する。キミらの探しておるアルエはこの船の中で眠らせておるけん、いずれにせよボクを倒さんとキミらに勝利はない」

腕をぐんと引き、激しくスイングする。

華茂の胸ぐらをパッと離すと、華茂の身体がコマ送りのようにゆっくりと宙を舞った。

華茂の身体が重力を受けて下ってくる。

しかし華茂は受け身の体勢すらとろうとしない。だったら、それは、それで。

「後悔という名の言い訳は――、受けつけなしじゃぞ‼」

半身に構え、肩を前面に出しての猛タックル。自分の身体を敵の全身にぶつけ、この血塔大船盆の外側――マグマの海へと放り出してやる！

「す、ストップ！」

そこでようやくライラがツインテールを揺らして跳躍した。身体をJの形へと固め、足裏を向けた渾身の跳び蹴り。これがナンドンランドンの肩を撃つも、威力は足らず。ライラは小さな悲鳴とともに地面に衝突する。が、半瞬のタイミングを奪われ、その隙に燕が華茂の前に立ち塞がった。

ふむ。まあ、三人同時で当然かまわん。――次は、どう来る？

ライラは片手を地面につき、反動をつけてすばやく起き上がる。

『雲の峰。音色が、りぃん、りぃん。蝉の鳴く音を越していく。どうかまだ、夜《アムト》を呼ばないでおくれ。今宵、私の街は燃え尽きてしまうのだから』

両腕を不規則にゆらめかせ、魔法の種を練り続けるライラ。

詠唱か。盛り上がってきたなぁ――。

ナンドンランドンは重心を低くし、オーラを高める。

するとライラは両手首を内に曲げ……バッ！　と逆側に開き、手のひらを見せた。

『Ignition of Wonderland《暁のワンダーランド》ッッ!!』

ライラの手から、二本の焔が立ち上る。

だがただの炎舞《えんぶ》ではない。なぜなら二本の焔はともに――、波形《なみがた》をかたどっているのだから。

ぐね、ぐね、うね。

炎の激しい振幅。普通の魔女ではおそらく、この動きを見切ることができないだろう。

「面白い技じゃ！　……が！　ボクには利かんっ！」

眼球を左右に離す。左目で左方向の、右目で右方向の炎を同時に捉える。

よし止めてやろう！　と思ったその、刹那、
左側の炎と右側の炎が、急遽してコースを変え。絡まり合うように、溶け合うように。

干渉……した!!

『Explode《ブースト》ッ!!』

視界が白く輝く。熱と熱がリンクする。その一撃に生じるは、特異点《とくいてん》。それはまさに、炎が死の光と変わる瞬間だった。

ライラという魔女……そこそこやるじゃないか。ではこちらも、少し本気を出してやろう！

（十七日の記念日《ファークス》まで、あと五夜《ごや》。固唾《かたず》がお前の歯を越えていく。森の中では、据《す》えたオーガニッ

ク。死への協奏。待て待て待て待て——わずか、五夜)

心の中で詠唱を行う。さぁ、爆着《ばくちゃく》の瞬間をその網膜《もうまく》に焼きつけておくがいい。

ガ……オオオオオオオオオッッッンンンンンン!!

煙が、晴れる。——晴れ上がる。

ナンドンランドンの手首から先だけが虎のそれと化し、その爪が炎の爆発をひねり潰していた。

「えっ」

ぞっとした顔で後ずさりをするライラ。

ふん、なんだその顔は? ここからが本番だろう!

ナンドンランドンが地面を蹴る。つま先で地面をえぐりとった感覚を覚える。ライラの首にしたたかな手刀一撃を加えれば、ライラは悲鳴を上げて卒倒した。さぁ、次は燕だ。ぬるい風が頬のすぐそばを流れていく。燕が唇を、ぱく、と開けた。

詠唱か! そのひと文字目は詠ませない!

ドッスゥ! 燕の肩に正面から拳を叩きこむと、燕が宙を二回転ほど舞った。そこへ——、

「そうら、退場じゃあ!!」

体重を乗せた、一撃必殺のショルダータックル。

燕は錐《きり》もみ状態になってバリアー空間の果てまで飛んでいく。だが咄嗟に手から氷柱《ひょうちゅう》を出し、それを地面に突き立てることで速度を殺そうとした。

が、勢いは完全に死なず。

空間の端で舌をちろつかせる溶岩が、燕の服にかすかに触れた。燕の服がたちまちに燃え始める。

「や、あああぁぁあぁあぁぁぁぁっっ!!」

燕は手でバタバタと服をはたくが、粘性を有した溶岩はとれてくれない。やむなく燕は地面を転がり、なんとか炎をもみ消すことに成功した。

「ええことを教えちゃろう」

ナンドンランドンは手首の柔軟運動をしながら、燕に告げる。

「いくら、嫌、嫌、と言ってもの。相手がそれを聞いてくれるとは限らんのじゃよ」

「ば、ばかな……あなた、狂ってる……」

「ボクからすれば、キミが狂っておる。さ、いくぞぉ……?」

燕に向かって大地を踏む。しっかりと、噛むように。

瞳孔《どうこう》を広げ、震える燕。いくら怯えようとも、そんなものは通用しない――、

「待てっ!!」

「ん……?」

振り向く。声の主は、ナンドンランドンの唇よりも遙かに下方。華茂が歯をギリギリギリ！

と噛みしめて、こちらを睨んでいた。

「なんじゃ、やるか?」

「よくも……ライラさんと燕さんを傷つけたな!!」

華茂の服がふわりと膨らむ。それほどの風は吹いていないはず。ナンドンランドンが目を凝らして見ると、華茂の身体全体から紅いオーラがわき起こっていた。

それは、強者の証。そしてナンドンランドンは、その紅に大魔女イア＝ティーナの気配を覚えた。

「そうか、これか。やっぱりそうじゃったか」

前傾する華茂。前髪が一本、はらりと移動する程度の時間を用い――、

「うあああああっぁあぁぁぁぁ――――ッッッ!!」

なんの予備動作もなく突っこんできた!!

そうか――。こいつ、イアとも縁のある魔女だったか。それなら、なんとも趣《おもむき》深い。

『一人、歌っていた。神に捧げる曲を奏でていた。隣には誰もいない。ブラックチェリーの香《か》が漂う。果たして開闢《かいびゃく》か、宿痾《しゅくあ》か。依然、杳《よう》として……ONLY SING《まだ見ぬあなたへ》』

ナンドンランドンの全身の筋肉がビクビクと蠕動《ぜんどう》する!!

ナンドンランドンは大きく振りかぶり、虎の手でフックを放つ。

華茂は踵《かかと》でザザザザ！　とブレーキをかけた。華茂の鼻頭の前でフックは空を穿《うが》つ。たちまち、華茂の炎を纏った上段回し蹴り。ナンドンランドンは腕を引っこめようと思ったが、わずかにかすってしまった。虎の手が燃え上がる。

「くっ！」

だが敵はその隙を逃してくれない。

『吹けよ青嵐《せいらん》、巻き上がれ乱風《らんぷう》!!』

……ん。風かっ!!

ナンドンランドンの足下から小さな旋風《つむじかぜ》が巻き起こった。これがナンドンランドンのふとももにいくつもの切傷《せっしょう》を入れる。血と風が相まって、血煙が発生した。

「が、うっ」

どこ、だ。見えない見えない見えない——!!

「うあああああっ!!」

やたらめったらと虎の手を振り回す。しかし相手を打ったという感覚がない。大ぶりで何回も試すが、華茂の身体を捉えることはできない。だが、いるのだ。敵は必ずすぐ近くにいる。なのにやはり、見えない見えない見えない——!!

『火龍《ひのたち》!!』

ちょうど十三回目に腕を振り下ろした時だった。

華茂の拳がナンドンランドンの肩に入った。上腕骨頭《じょうわんこっとう》にヒビが入る。激痛が、神経系統を通じてやってくる。ナンドンランドンは大きな叫び声を上げて、その身を崩した。

……時計の、秒針の音が聞こえる。

ナンドンランドンの頭の中に、いくつかの懐中時計の像が結ばれた。それらの時計は黄土色の字宙の中、狂ったように針を回している。

そして、思う。

【この未来は、不採用】


ナンドンランドンは大きく振りかぶり、虎の手でフックを放つ。

華茂は踵でザザザザ！　とブレーキをかけた。それに合わせて、ナンドンランドンもフックを止める。つまり、フェイントだ。華茂が一瞬、やられた、というような顔をする。そこで思いきって、胸郭《きょうかく》を押してやる。華茂は炎を纏った上段回し蹴りを放ったようだが、バランスを崩しているためナンドンランドンには届かない。そしてすぐさま、ナンドンランドンは後方へと小さく跳ねる。

『吹けよ青嵐《せいらん》、巻き上がれ乱風《らんぷう》!!』

ナンドンランドンがさっき立っていた場所に、小さな旋風《つむじかぜ》が巻き起こった。

しかし座標をずらしてやったのだから、当然ナンドンランドンには当たらない。

『火龍《ひのたち》!!』

華茂がいちかばちかといった感じで殴りかかってきた。だが、とろい。こんな拳を食うナンドンランドンではない。腰をひねって突き出してきた華茂の拳を、ナンドンランドンは両の手のひらで止めた。肩の力で押し離す。たたらを踏む、華茂。だがそれでも敵は怯まず、アッパーカットの軌道で突き上げてくる。ナンドンランドンが棒蹴りを放つと、そのリーチの差ゆえ蹴りが華茂の腹部に沈み、逆に華茂の拳はナンドンランドンに届かない。

それはちょうど、カウンターとなる形で入った。

華茂の身体は激しい痛打《つうだ》を受けた形で空転する。大きな、叫び声をともなって。

ナンドンランドンは、思う。

【この未来を、採用】


ズダァン!!

背中からいったからか、華茂は呼吸を求め、涙を流しながら口を開閉させている。四つん這いになり、また転げ、その姿は瀕死《ひんし》の獣のよう。

「な、んで……ヒュー……わた、し、の拳……入った……ヒュー……はず、なのに」

そうだろう。ナンドンランドンは、嗤《わら》う。

そんな未来も——、あったかもしれない。

「さ、とどめじゃ」

ナンドンランドンは虎の手を悠然と持ち上げる。——が。

ナンドンランドンの頬を、ひと筋のぬるい汗が流れた。

気づいた。血塔大船盆《けっとうだいせんぼん》に二つの魔法を加え、合計三つの魔法を同時稼働させてしまっていた。このままではナンドンランドンの魔力がもたない。魔力がゼロになれば、自分はこの場で倒れてしまう。すなわちそれは、華茂を見逃し、蘭麗の依頼に応えられないということを意味する。船を破壊するため血塔大船盆のバリアーを保持していたが、やはりここだけは外さざるをえない。

ナンドンランドンは再び、治めている国の場景を思い出した。

落下防止用の鎖場《くさりば》が敷かれているほどの、険峻《けんしゅん》な岩山。その頂上には小さな山小屋があった。

小屋の中は、見たこともないような機械で占められていた。赤いランプがついたり消えたり。それに、ランプでつくられた数字が微妙に増減している。あっちの数字は2130から2135に変わり、こっちの数字は700、710、705と変遷する。これらは全て、蘭麗が提供した機械だ。

蘭麗は期待している。ナンドンランドンに。そして、ナンドンランドンの国民たちに。

蘭麗は人間たちに自らの手で穢《けが》れを祓《はら》わせたいのだ。あの、不気味な機械を用いて。そしてそれに成功すれば、国民たちは世界中から栄誉を与えられるという。

ナンドンランドンは、大好きなみんなを貧困の局地から救い出したかった。あの勇猛さを、世界から認めてほしかった。しかし同時に、やはり拳を交えた者は、自らの拳で結末へといざなうのが礼儀だとも感じたのだ。

——だから。

「いいか。キミたち、よく聞け」

ナンドンランドンは華茂、燕、ライラの全員に語りかけた。

「今から血塔大船盆を解除する。一瞬で溶岩が流れこんでくるけえ、逃げる準備をしときんさい」

まだ、ゴホゴホと咳をしている華茂。

焦げた青袴《あおばかま》を纏い、仁王立ちする燕。

怯えた目で拳を握り締めるライラ。

ナンドンランドンは片手で自らの髪を、ぎゅっと掴んだ。背を丸め拳を握り、筋肉という筋肉を緊張させる。ナンドンランドンの肩を覆う毛皮が、一本一本の毛を逆立て始める。

「溶岩なんぞで……死になさんなよ」


血塔大船盆。――――解除《キャンセル》。

ド、

オオオオッ!! ゴボボボボボッッッ!!

子供の遠慮のない嘔吐《おうと》のように、溶岩が空間を占拠しようとあふれてくる。

全員同時に、飛んだ。さっきまで平和だった通路の側壁は炎を咲かせることもなく、瞬き一つの間に灰燼《かいじん》へ帰す。だが燃焼をともなった黒煙が閉鎖空間を蹂躙《じゅうりん》し、ナンドンランドンたちの口腔《こうこう》を襲った。目を閉じなければ眼球をやられる。呼吸を殺さなければ、肺胞《はいほう》が壊滅する。ナンドンランドンは腕で顔面を覆いながら、勝負を決する一瞬を模索した。

黒煙が薄くなる。小窓から煙が吹き出しているのだ。しかし依然として通路の空気は煙《けむ》っている。

ナンドンランドンは魔法で岩のプレートを出現させ、それらを次々に溶岩の上にと放った。

プレートの上に、トン、と着地。

さらに次のプレートを目がけてジャンプを繰り返す。華茂たちは苦悶《くもん》露《あら》わといった表情をしながらも、ナンドンランドンと同じようにプレートを足場として認めたらしい。ふ、無事だったか。

ここに、勝機、戻る。

では今から、奴らのいのちを鹵獲《ろかく》してやろう。

戦いゆえの、死。それはダイヤモンドを遙かに凌駕《りょうが》して輝く瞬間だ。

ダ、ダッ、と二つのプレートに両足を置く。

敵の方を振り向けば、燕とライラは軽やかな跳躍でナンドンランドンに接近しようとしているところだった。一方の華茂は少し不器用なのか、恐る恐るといった感じで遅れている。到着には、前の二人との間にブランクがある。――ならばっ。

「華茂ぉ……こいつがキミのアキレス腱なんじゃろっ!!」

迷わない。ナンドンランドンは燕を目がけ、両足を同時に空へと逃がす。

口をすぼめる。細く強い息を吸いこむ。狙うは燕が空中にいる間ではない。彼女の……着地の……その時だっ!!

燕が視線でこちらを捕らえた。だが遅い。ナンドンランドンは両膝をくの字に曲げて低空を突き破り、虎の手をサイドに構える。そして、プレートを踏んだ燕の腰を、一文字に切り裂いた。

「あぁあああぁぁぁっっ!!」

燕が叫び、その身を揺るがせる。

すると秒を置かず、前方で紅いオーラが爆発した。

来たな――、遠野華茂。フルパワーのキミと戦わなければ意味がない。

自分が最強の魔女だと証明するためには、フルパワーのキミの存在も必要なのだ!

「あなたっ! 許さない……あっ、ああああああああ――――――――っっ!!!!」

豪速と化した華茂が残影《ざんえい》を生じさせ、斬りこんでくる。ジグザグとしたステップでプレートを踏《とう》破《は》。臨界寸前の高速に、時の欠片《かけら》が舞い散っていく――。

行くぞ、チビ! キミなど一刀の下《もと》に破り捨ててやろう!!


両者、空泳《くうえい》は同時。

ナンドンランドンは虎の手に自らの魔力の全てを込め。

華茂は炎を宿《やど》した拳でこれを迎撃しようとする。

――いや。迎撃なんてなまやさしいものではない。奴はこちらを撃ち抜くつもりだ。

それこそがナンドンランドンの本懐《ほんかい》。

虎の手と、炎の拳が接近する。視界がクリーンになった。空中に漂う、水の分子、匂いの粒。それら全てが臨めるくらいに。粒子の狭間《はざま》で、二つの磁場が絡み合う。

虎か炎か。

焔《ほむら》か、獣《けもの》か。

ガッ――ガ――、ガァッガァアアアアアアアアアアアァアアッッ!!

恐ろしい摩擦。そして熱感。やがて、爆砕《ばくさい》の時が訪れる。

ナンドンランドンの虎の手は炎上し、その隙間を抜いてきた拳一つが、ナンドンランドンの頬へとしたたかにめりこんだ。

ぐ、あっ。……と、当然。

【この未来は、不採用】


両者、空泳《くうえい》は同時。

ナンドンランドンは虎の手に自らの魔力の全てを込め。

華茂は炎を宿《やど》した拳でこれを迎撃しようとする。

――いや。迎撃なんてなまやさしいものではない。奴はこちらを撃ち抜くつもりだ。

それこそがナンドンランドンの本懐《ほんかい》。

虎の手と、炎の拳が接近する。視界がクリーンになった。空中に漂う、水の分子、匂いの粒。それら全てが臨めるくらいに。粒子の狭間《はざま》で、二つの磁場が絡み合う。

虎か炎か。

焔《ほむら》か、獣《けもの》か。

しかしそこでナンドンランドンは冷静になった。

まともにぶつけるなど、戦いの初心者もいいところ。

ナンドンランドンは片方の手で華茂の肘を内側に押した。必然、華茂の拳は針路《しんろ》を崩す。これをけして受けず、首をひねってかわしてやる。さぁ、その空いた胸に。

ガッ――グ――、グシャアアァァアアァァアアァァアァッッ!!

虎の爪が突き刺さった。

華茂の皮膚の、ぬるっとした感触。そして、ゴツリとした骨の硬さ。爪の先端が、敵の細胞と細胞を二つに分けていく。裂傷に、赤い花が咲く。――血臭《けっしゅう》。

華茂は眼球をきろりと剥《む》き、阿呆のように口を開けた。

く、くくくく。勝っ……た。

【この未来を、採用】


勝った。

ナンドンランドンは、華茂に勝った。

どうしてそこまでするのか、と笑う魔女もいるかもしれない。戦いや力などくだらない、と呆れる奴もいることだろう。しかしこの思いこそが、ナンドンランドンの矜持。六百年もの間営々と築き上げてきた、誰にも譲れない咆哮《ほうこう》なのである。

だからナンドンランドンはこの勝利を喜び、そして安堵した。

「あ……？」

だが同時に、おかしなことに気がついた。

敗者の——華茂の顔をもう一度見てやろうと思ったのに、視界には火の粉を上げて瓦解《がかい》する硝子しか映ってくれないのだ。しかも風が口から入りこみ、酸素を供給することなく鼻から抜けていく。

なぜ、……なぜ？

ナンドンランドンはその不具合の原因をすぐに突き止めた。

自分の首が横を向いていることに気づいたのだ。


華茂の拳を、頬に叩きこまれて。


（な、なんでじゃ!?　その未来は、ボクが否定したはず……）

しかし事実は、事実。神経系統が異常を察知する。パルス。パルスパルスパルス。目の前の座標が左右にずれ、無数の白点《はくてん》が踊り出す。ナンドンランドンの身体はたちまちに、浮力を失った。

（そうかこいつ……ボクの魔法を乗っとり……否定した未来を引き戻したのか!!）

だめだ　／　飛べない　／　落ちる　／　絶対に
（じゃがそれを認識している様子はない。無意識に、やったというのか……）

行く先　／　プレート　／　これも踏めない　／　溶岩
他者の魔法をコピーする力など、これまでに聞いたことがない。

はたして自分は、華茂の力を見誤ってしまったのだろうか。

わからない。

……わからない。それでもはっきりしていることは、ただ一つ。

落ちる　／　落ちる落ちる落ちる　／　溶岩　／　燃えてしまう
「…………」

ナンドンランドンは眉の角度を整え、唇を噛んだ。

「……負け、じゃっ」

無様だった。（死にたくない）と感じてしまった。自らの保身を意識し出せば、そこはもう敗着点。意識が刈りとられていく。辺りの景色が円回転で流れていく。

しかしその刹那、腕を強く引っ張られたような気がした。その力は勇気と慈愛《じあい》に満ちていて、ナンドンランドンよりも、もっともっと強い……。

ナンドンランドンは観念したように、その腕に身を委ねた。

それはナンドンランドンの脳が機能を一時停止させるのと、同時だった。

最終章――銀河を歌う、彼女は誰――

風――。それは、偏西風《へんせいふう》。

秒速二十メートルの風速が、蘭麗《らんれい》のドレスを淫《みだ》らに押し抜いていく。

蘭麗は夜の瞬きの中、上空から静かに船を見下ろしていた。

甲板もキャビンも火の海だ。船自体が右舷方向に傾いている。どうやらナンドンランドンは勝手なことをやってくれたようだ。華茂《かも》と燕《つばめ》を殺してほしくはなかったが、ナンドンランドンを使いこなすには彼女の指向性も考えてやらなくてはならない。邪魔なライラと船で眠らせておいたアルエも片付けてくれたことだし、プラスマイナスゼロとでも思っておこう。それに華茂に心を使わせ、全力を出させてくれたおかげで、蘭麗が欲するアレも次第に集まりつつある。蘭麗は確勝《かくしょう》の笑みを浮かべた。これで人間どもの逃げ道など、いくら探そうが皆無となったわけだ。

だが。蘭麗は油断しない。ナンドンランドンには、全機械をフル稼働させるよう伝えておいた。あいつのことだ、機械を操縦するにあたり村中の人間を集め、思念で指示を送ることだろう。あの機械で穢れを祓おうとすれば、未曾有《みぞう》の大災害が発生する。地を割る地震。沿岸を襲う大津波。火山の全面噴火。そして怒った穢れによる、太陽光の遮断。これで人間どもは全滅だ。ナンドンランドンは深く悔《く》いることだろうが、こっちの知ったこっちゃあない。それに加えて、蘭麗には蘭麗のやるべきことがある。

空を見上げる。黒雲《くろくも》が、邪悪な渦を巻いていた。

「……ん？」

その雲の中で、いくつかの雷光が瞬いている。

「あらぁ。やっこさん、起きてきたってわけね」

だけどまあ、彼女が活躍する舞台は公演中止となりそうだ。だってほら、蘭麗の船は間もなく沈んでいくのだから。深い深い海へと、炎とともに消えていくのだから。

さて、自分の決断は正しかったのだろうか。

蘭麗は袖口からカードの束をシュッ、と出す。

クラント。懐かしい名前を呟いて、カードの一枚を束から抜き出す。めくる。その表に描かれていたのは、鎌を握った死神――ジョーカーだった。

「……そう。だけど、今のあたしには」

正解。ただただ、正解。一片の曇りなく正解。なぜなら悪魔に魂を売ってでも時空を超えてきた、この蘭麗の決断なのだから。正解以外の選択肢など――、ない。

蘭麗は指を振り、カードを離す。死神のカードはシュルシュルシュルと回転しながら飛んでいったが、やがて風力に押され、のろまなイルカのように海へ落ちていく。

そのカードが、船の像と重なり合った時だった。

ガオオォォアォアオァオァオァオン!!　船の後方、煙突が吹き飛んだ。煙突は着水するなり高《たか》飛沫《しぶき》をまき散らし、そのまま海中へと潜っていく。ふふ、そうか。ついに炎は操舵室にまで及んだか。再び船を見る。船は横転の格好となり、もう半分ぐらいが海に浸かっていた。めらめらと外心が揺らぎ、蛍のような火の粉を吐き出している。なんと、美麗な。

幽玄《ゆうげん》な場景に酔った、まさにその時。蘭麗のまなこが鈍《にぶ》く歪んだ。

「これは……リリーの魔力？　……いや！」

違う！　魔力の気配は四つある。その数が示すところはすなわち――、

近づいてくる。こちらへ、近づいてくる。最初は豆粒大だったそいつらは、すぐにそれぞれの個性を露わにする。桃色のツインテール、ライラ＝ハーゲン。どこまでも凛烈な瞳、零式燕《ぜろしきのつばめ》。童顔長身絶対領域、レティシア＝アルエ。そして、エネルギーの全てを噛みしめるような歯、遠野華茂《とおのかも》。

全員がそろい踏み、というわけか。

蘭麗は海の表面をもう一度見る。大破した船の側壁の上に、ナンドンランドンがぐったりと横たわっていた。なるほど、ナンドンランドンは華茂たちにいのちを救われたらしい。その見返りとして、アルエを幽閉していた部屋の魔法を解除したのだろう。

蘭麗は、ふっ、と苦笑する。自分の策略の愚かさにではない。自分の策略が実を結ばなかったという、確たる事実そのものに対して。

華茂と燕は生きていた。であれば、マグマなどでは得られない、もっとすばらしい結末へと導く

ことが可能となる。いやはや、しかし。

華茂たちが四人、蘭麗の目の前に一列で並んだ。全員が視線で、蘭麗を刺す。

「いや、おめでとう！」

蘭麗は拍手をした。不敵な笑みを浮かべながら。

「……ふざけるなァッッ!!」

おっと。蘭麗は思わずたじろいでしまった。拳をギチギチに固めて叫んだのは、華茂だ。

「みんなを傷つけて！　なにがしたいの、あなた。……なにがしたいんだよぉっ!?」

「なにがよ。おチビさん」

「うふっ」

「なに笑ってんの。なにがおかしいの」

「いいえ。貴女たちは、本当に恵まれているなぁと思ってね」

「恵まれてる……？」

「貴女たちは仲間同士。誰かのことを考えて、思いやって、仲良しこよしさん。穢れを祓うとかなんとかいって、人間ごときに好かれて満足して。温かいところに住んで、調子に乗って料理して。空に戻れば、まぁ、なんて楽しいお茶会。……だから、恵まれてるって言ったのよ。違うかしら？」

「そうだけど……別に、悪いことじゃない。みんながそうありたいと、願っていることだよ」

「あははは！　ばっか！」

蘭麗は、ザン！　と腕を高く振る。指先には、番傘の柄の感触が生じた。

白い夕顔《ゆうがお》の描かれた、紅の軒紙《のきがみ》。それは敗北と死への、正しい案内人。

「誰もが幸せになりたいよね！　誰もが幸せに暮らしたいよね？　でも、だめなの。幸せの量が足りないのよ。十しかない幸せに、百の愚か者が集うわけ。奪い合うわけ。貴女が幸せである背後で、泣いている人を想像したことはある？」

華茂の口が真一文字に結ばれる。だが奴はそれでも、怯むことなく眼光を飛ばしてくる。

「……違う」

「へえ。なにが」

「百人が幸せを求めることで、十の幸せは増えていくんだ。人間と人間が繋がって。魔女と魔女が繋がって」

華茂は横目で、燕、ライラ、アルエを見る。

「そして人間と魔女が繋がって、増えていく。幸せを増やして、喜ぶためにわたしたちは生きている。喜ぶために、この世界にいのちをもらったんだ」

「はは、面白いなぁ。華茂とあたしは、どこまでも平行線だわ」

なんてなまぬるい魔女。こんなくだらない魔女が、自分の目論見の必要条件になっているだなんて。滑稽を通り越して、理不尽の域ですらある。

では、その理不尽の論理に。この胡蘭麗《フーランレイ》、乗ってやろう。あの腐った未来の夢を打ち破れるのならば、阿鼻《あび》に棲む怪鳥《かいちょう》をも牛鬼《ぎゅうき》をも乗りこなす。蘭麗は、ババッ!! と番傘を広げた。

『暫時《ざんじ》、石を穿《うが》つ。落ちる水滴を目で追う。嗚呼、やはりこの洞穴《どうけつ》の奥には三千世界の瘴気《しょうき》あり。行こう、行こう。我と汝《なんじ》、なくした心の幻肢痛《テクイスト》。進もう、我らの赦される闇へ』

おもむろに頭上へ掲げ、ありとあらゆるものの死を願う。

全てをぶちまけろ、奈落の底へと――。

『踏破不能《とうはふのう》の狂奔連峰《きょうほんれんぽう》――――ツッツ!!』

一本の番傘が。二、三、四……ずらら……九、十、十一、ずらら……、十八、十九、二十!! ずららららららららららららら!! 連環《れんかん》した二十本の番傘はまさに、紅《くれない》の壁。

それらの露先《つゆさき》から、シャキィン!! と刃が突き出た。


「くらえ、人間の犬ども!」

二十本の番傘が、それぞれ別の方向へと乱舞《らんぶ》する。波形《はけい》で回るものあり、直線で加速するものあり。それらが四方八方十六方の方位より、けたたましく華茂たちに襲いかかった。

「か、回避だっ!!」

ライラが叫ぶ。魔女どもが散る。刃《やいば》に月光が点る。番傘もまた拡散し、四人の魔女を追跡した。

華茂――空中であたふたしながらも、上半身をひねり一撃目をよける。二撃目が袴を破るも、ほんのわずかな切り傷で耐えた。三撃目以降は、宙にて華茂を刈るタイミングをうかがっている。

燕――前、後への旋風脚でたやすく二撃を払った。『氷舞《ひむら》ッ!!』三撃目の軒紙に氷槍《ひょうそう》を突き刺す。完全に飛行をものにしている。あれは、相当優秀なのだろう。

アルエ――人差し指を立てた両手を肩付近に挙げると、頭の上に白猫が現れた。『にー、うにー』白猫が二本の番傘を吸いこむ。本人は飄々《ひょうひょう》としながら、猫の頭を撫でるのみ。

ライラ――一撃目は炎波《えんぱ》で灰にしたが、すぐにその炎を消した。二撃目以降は、優れた体術で簡単にかわしている。だがライラはなぜ、火魔法を引っこめた？　奴の瞳を探るも答えはない。

ただ、あの四人は不思議に思っていることだろう。たしかに番傘は強い殺傷能力をもっているが、かわそうと思えばかわせないことはない。その最たる例が、華茂だ。彼女の飛行魔法はきわめて未熟。そうだとしてもかわせるのだから、ちょっとした拍子抜けをしているのかもしれない。

（それなら、もういっちょ見せとくかなぁ）

蘭麗は両手の指を素早く組み、印を結んだ。

『踏破不能の狂奔連峰！　秋時雨《サランドウ》ッ!!』

四人を襲撃中の傘がギュウゥウゥン、と上昇していく。

もちろん奴らは、首を上げてその様子を見ている。

さぁ、通り雨には気をつけな――。

蘭麗が指を弾いた瞬間、開いた傘の内側から幾束《いくたば》もの水鉄砲が射出された。

「なんですか、これっ!?」

「わからん！　でも、当たっちゃだめよ！」

燕とライラが言葉で交信する。それを合図とし、魔女たちが夜雲《よぐも》を縫っていく。しかし一人だけモタモタと動く華茂の膝を、わずかな水が濡らした。

「い、痛っ!!」

「華茂！　どうしたのですか!?」

「燕さん、これただの水じゃないよ！　当たったらジンジンして痛い!!」

うふふふ。あんなのに当たるマヌケがいて幸運。おかげで、奴らの警戒心は強まったようだ。

よし。ここで一つ、教えてやるとするか。

「貴女たち、それは酸よ。酸の雨。それ浴びたら……溶けちゃうわよ～～っ？」

「えっ」

「そんな」

慌て出す魔女たち。華茂と燕は傘を見上げながら飛行を開始した。先ほどのような軽快さはない。当たれば溶けると聞いて、身体を恐怖にさらしてしまったのだろう。さすがのアルエも動き出した。なるべく白猫に吸いこませるようにしているが、近接してきた酸はよけざるをえない。あのアルエの心すらも、蘭麗は手中におさめた。うむうむ、いい感じだ。

馬鹿が馬鹿のような顔をしてダンスしている。ナイスステップ。踊れ踊れ踊れ踊れ！

「……ん？」

だが、蘭麗は見てしまった。

三人が水中の微生物のように自由行動する中、一人の魔女だけが直立している。ライラ＝ハーゲンだ。酸はライラに降り注いでいる。彼女の服を焦がし、皮膚に化学傷《かがくしょう》を負わせている。しかし肝心の太い水柱が落ちる時、突風がライラへの直撃を邪魔しているのだ。

まさか……。いや、しかし。彼女は落ち着いた瞳でこちらを精察《せいさつ》している。

だめだ。その目は、いけない。

蘭麗は、誰にも聞こえないような舌打ちを、一つした。

「愚鈍《ぐどん》が一人、いるようね！　なら、あたしが直々《じきじき》に狩ってあげるわ!!」

蘭麗はぐうんと天上に向かった。一本の番傘から降雨《こうう》を消し、軒紙を閉じる。束《つか》を握ったまま念じる。傘先から剣が伸びた。これで拝《おが》み撃てば、どんな身体も真っ二つ。

それでも、ライラは泰然自若《たいぜんじじゃく》として動じず。

「一人目、さようなら!!」

蘭麗は豪速で急降下。刃と風の摩擦で今にも燃え上がりそう。ライラはずっと蘭麗を見ている。その鉄面皮《てつめんぴ》……忌々しい。じつに忌々しい。忌々しい忌々しい忌々しい忌々しい忌々しい忌々しい!!　蘭麗の顔が怒気《どき》で歪む。下唇を、横に伸ばす。

「ライラさん、危ないっ！」

「ライラさん、逃げてください!!」

ほうら、お仲間が心配しているぞ？　この刃が細胞と細胞の間を斬り分ければ、貴女はあっという間に泡、泡、泡。この世のシャットダウン。それ、わかっているわよねぇ？　もちろんねぇ？

蘭麗の視界に、ライラが占める割合が高まっていく。黒いスカート、ニーソックス。妙《たえ》なる、目。

もうよけられない。遅すぎる。よけられない。遅すぎる。手遅れ手遅れ……。

——きひいっ。ライラの胸と刃との距離は、わずか、数センチ。


——もうだめっ！　華茂は思わず、手で顔を押さえた。

浅い呼吸だけが、静寂に唯一反抗している。ゆっくりと、指を開く。スリット状に露《あら》わになる視界。しかしそこでは、華茂の頭をよぎった最悪の想像は現実のものとなっていなかった。

蘭麗の番傘の刃が、ライラの胸の数ミリ手前で止まっている。

「く……」

番傘を握る蘭麗の手は、小刻みに震えていた。

「ははっ」

そして勝ち誇った笑みを結ぶのは、ライラだ。

「どうしたのぉ。なんで突かないの、蘭麗さん？」

「……貴女、いつから。いつから、あたしのことを……っ！」

「船さ。あなた、船でライラたちに眠り薬を飲ませたよね？」
するると燕が「あっ！」と喉を震わせ、強く手を叩いた。
「そういえばアルエさんも……さらわれたままでしたっ！」
「そうそう、そういうこと。まあアルエさんをさらったのは、ライラたちを誘い出すためだったと
しようよ。でもさ、ライラたちはこうやって来てあげたじゃない。あなたの目的は達成されたじゃ
ない。なのにどうしてアルエさんを殺さず、部屋に閉じこめただけだったの？　ライラたちだって
さ、眠ってる間に殺しちゃえばよかったじゃない」
言ってライラは、伏せがちな目で蘭麗の刃を見下ろす。
「その、ご立派な武器でさ」
「う、ううっ……うううううううううっっ……」
低い声で呻く蘭麗。ライラの余裕の笑みは刹那に崩れ、哀れむような表情に変わった。
「まあ、ライラの経験上だけどね。たぶんあなたは過去につらいことがあったんじゃないかな。誰
かに傷つけられたとか。だからあなたは、魔女を直接殺せない。……違ったら、ごめんだけど」
そうだったのか。いや、ライラの分析は外れているかもしれないが、蘭麗が弱点を有していると
いうのはまぎれもない事実だ。蘭麗は魔女を殺せない。さっきの番傘の魔法も、ある種のこけおど
しだったんだ。実際、酸の雨のうち大きな束《たば》はライラを自然と避けていった。
なら、もしかして。今の状況って、そんなにヤバいものじゃないってこと？

華茂が楽観する前で、ライラは手のひらをそっと蘭麗に向けた。

「さあ、もう終わりにしましょ」

しかし蘭麗は、その救いにも似た手を、

「邪魔、だわぁ……」

パシッ、と払った。身じろぐライラ。すでに蘭麗は、元の邪悪な表情へと戻っていた。すぐさまライラから距離をとり、番傘を肩に構える。

「たしかに、そう。そうね。貴女の推察は当たっているかもしれない」

「当たるもなにも、そうなんでしょ。これ以上争ってどうなるっていうのよ。ライラたちはアルエさんを返してもらったんだからもういいよ」

「ええ……いいのぉ？」

蘭麗の唇が、波形にひずむ。蘭麗は人差し指を立て、左右に振りながらチッ、チッ、チッと舌を鳴らした。なんだろうあの仕草。よくわからないけど、嫌な予感がする。

蘭麗が番傘を高く上げる。轟音を立てて、雷が海に落ちた。狐の干上がったような色が海一面に走る。空中に浮いていた十数の番傘は、蘭麗の持つ傘にするするすると吸いこまれていった。

「しかーし、残念」

蘭麗は両の手のひら同士を合わせ、それを頬に当てる。

「主演が、間に合っちゃったわねぇ」

蘭麗が呟くと同時に、天からボトリとなにかが降ってきた。

ボトリ。……ボトリ。……ボトリ。

これは、炎の塊だ。海面に落ちるなり爆発的な水蒸気が舞い上がる。とんでもない、高熱。

ゆっくりと。ゆっくりと、上を向く。

「茫洋《ぼうよう》とした夜へ、ようこそ」

バイオリンが、短い旋律を奏でた。

「あたしが、推参でございましょう」

片側を三つ編みにまとめた、長い髪。

リリー＝フローレスが弓で空気を薙《な》ぐと、次なる炎が、また落ちた。


リリーの頬に哀しみが滑った。

華茂はリリーではないのだから、ほんとのところどうなのかはわからない。

だけどやはり、リリーは残念そうな顔で華茂たちを見下ろしていたのだ。それは、最後までとっておいたハンバーグを食べ終わった後のような表情だった。

「低いわ」

リリーはバイオリンを消し、人差し指を夜空に向ける。その指先から一つの火球《かきゅう》が出現。火球はゆっくり、ゆっくりと馬鹿にするような速さで昇っていく。音はない。全員で、光の源を見つめ

る。そして火球はゆっくりと膨らみ、表面張力の臨界点に達した途端――、
空一面に炎が、奔《ほとばし》る。

あーっ、とあくびをするように落ちてくる溶解石。それから現れたのはやはり、星屑の瞬きだった。その周辺にはほんのわずか、碧《あお》みがかかっている。

リリーは、まだパチパチと燃える熾《おき》をのんびりとした目で見やった。

「遠野さん。あたしとあなたが踊るには、此処《ここ》は少々低すぎるのでございます」

リリーは、燕にもライラにもアルエにも、まったく注目していないようだった。目もくれない。まるで無視。華茂とリリーだけが、瞳水晶《ひとみすいしょう》で会話する。

「参りましょう」

「……どこへ」

リリーは自らの唇を、舌でわずかに湿らせた。

「ともに、宇宙《そら》へ」

リリーが舞い上がっていく。早く来いと。ずっとずっとお前を待っていたのだと。その泰然《たいぜん》とした目で語りかけてくる。蘭麗もリリーに続く。強敵二人が、闘場の高度を上げていく。

……華茂は昔から、戦いというものが嫌いだった。魔女学校の攻撃魔法の授業でも、華茂だけがいつも居残りをさせられていた。

だって、嫌なんだもん。

痛い思いをするのは嫌だ。誰かを傷つけたくはない。皮膚を少し切っただけでも、一日中そのことばかりを考えてしまう。痛みは生きる気力を浸食する。みんなが笑って生きるためには、戦う以外の解決策をとるべきだ。模索すべきだ。

しかし今の華茂の喉は、たしかに奏《かな》でた。「行こう――」と。

一拍の後、背中の向こうのライラから「そ、そうだな。もし他の船が来たら迷惑がかかるもんな……」という答えがあった。わずかな、ためらいの気配を乗せて。

この気持ちはなんなのだろう。なんというか、手紙の返事を書く時に似ている。

リリーと蘭麗は華茂との時間を求めていたのだ。それに応えなければならない、という思いが胸を熱く焦がす。少しずつ、少しずつ。身体が海から離去していく。

その速度が、増した。

増した増した増した増した増した増した。

この胸を打ついのちの音と、呼応するように。

増した増した増した増した増した増した。

もしかしたら華茂は、リリーの心を読んだのかもしれない。

寂寥《せきりょう》の黒天へ向かって。進め進め進め。

華茂の高度がリリーたちに追いついた。互いに攻撃せず、牽制《けんせい》せず、存在を認め合ったまま昇っていく。風が縦に流れる。それはさながら急流のよう。炎上した船はもう見えない。半島が見える。

大陸も臨める。雲叢《くもむら》が喝采《かっさい》を上げる。空気、温度、そして弱音——。

全てが零《ゼロ》と化した宇宙にて、華茂はリリーと対峙した。はっきりと、確実に。

決戦の時が、訪れた。

そしてリリーは、そっと口を開いた。

「このリリー＝フローレス。大魔女と呼ばれて幾年月。その名を手放しに喜んでいたわけではございません。年増扱いを受けているようで」

リリーは、おかしむ、といった感じでおかしんでいる。

「ですがその名に恥じぬ自信はございました。……あなたと、会うまでは」

「わたしも……あなたと会うまで、本気で怒ったことはなかったよ」

そこに、ようやく燕たちが追いついてきた。全員で横並びし、リリーと向き合う。

「ふふ。零式燕、ライラ＝ハーゲン。魔女学校の主席かなにか知りませんが、ともに赤子同然。魔力だけが自慢のレティシア＝アルエも経験不足で戦術などからっきし」

アルエの奥歯がぎりっと鳴る。おそらくアルエはリリーの黒魔法で連れ去られたという事実を思い出し、そのふがいなさを自らに叩きつけているのだろう。そのアルエが、音もなく先頭に出た。

「あ、アルエさん？」

「いくらなんでも失礼だわ、リリー師匠。今の言葉、取り消してください」

次にもう一人、アルエの隣へと並ぶ。ライラのツインテールは幾分、怒りのために逆立っていた。

「華茂ちゃん、悪いけどここはライラにやらせてもらうわ」

そして最後。燕が、華茂を護るように両手を広げた。

「華茂にはもう二度と手を汚させません。汚れるなら、私の手だけで充分です」

三人は無言でコンタクトをとり、三方へと散った。

『静かな湖だった。そこにはなにもなかった。私が水面《みなも》を指でつつけば、水たちは揺らぎ、やがて暴れ出した。水が歴史を変える。ゆえに私は、歴史の創造者である』

アルエの背中から白猫のニーウが現れ、著しい砂塵《さじん》を巻き起こす!!

『雲の峰。音色が、りぃん、りぃん。蝉の鳴く音を越していく。どうかまだ、夜《アムト》を呼ばないでおくれ。今宵、私の街は燃え尽きてしまうのだから』

ライラの両手の指が振動し、その先から炎波が姿を現した！

『氷《ラクト》の音楽《ディッフェ》が聞こえるかしら。その先端で貴女の胸を突くかしら。私は横から眺めていましょう。氷《ラクト》が貴女を仕留め損ねた時、青の刺突《ホルン》を贈れるように』

燕の頭上に、何者をも貫く氷槍《ひょうそう》が像を結ぶ！

そしてそれが、合図だった！

『いざなうわ！　駆逐せよ――――不退転《セオリアン》ッッ!!』

『Ignition of Wonderland《暁のワンダーランド》おおおっッッ!!』

『氷舞《ひむら》アアアアアア――――ッッ!!』

「雑魚どもがッッ!! 身の程をわきまえながら泡になりなさい!!」

ニーウの吐いた砂が薔薇の模様へと変わる。ぐにゃぐにゃと揺蕩《たゆた》っていたが、突如として急旋回した。緩《かん》から急。薔薇は、リリーという餌を発見したらしい。

ライラからは、二つの炎波が完璧なリズムで放たれた。まるで炎の毒蛇――サイドワインダー。リリーの側方を狙い、一分の迷いもなく進んでいく。

それらの魔法より前に、さらなる駿足《しゅんそく》で飛び出したのは燕だった。L字に曲げた片腕を大きく振ると、氷の槍は一直線に空間を割る。燕自身も前傾姿勢で飛びこんでいく。

まずリリーに到達したのは、燕だ。上段への激しい回し蹴り!

ビシッ! ――とリリーは腕で止める。燕は重心を入れ替えて、逆側の脚で同じく蹴りを放つ。

ビシッ! ――やはりリリーは、逆側の腕で止める。そこへ分岐した炎波が去来《きょらい》した。左右に分かれた炎は、挟みこむようにリリーへと襲いかかる。リリーはバイオリンの弓だけを魔法で現出。一方の炎を弓で払い、もう一方をかがんでかわす。二つの炎は真空をクロスする形となり、リリーとの邂逅《かいこう》に失敗する。

「はあっ!」

気合一発、燕の下段蹴り。しかも燕はリリーと同じくしゃがんでいる。屈伸した者同士、同一線上からの急襲だ。その脚は鞭のようにしなる。蓄えに蓄えた弾性《だんせい》エネルギー。脚の像がブレる。

「逢魔掃討《ジャム・ホルヴァアル》ッ!」

リリーの前に、四本の火柱が立つ。燕は慌てて脚を引っこめた。しかし勢いを殺すことはできず、燕はいわゆる空振った状態で脚を上に向けた。そこを見逃すリリーではない。火柱の方向を水平に変え、唇からフッと息を一つ。火柱は光線のごとく燕の脇腹を目指す。

がぎゃ――ぁあああぁぁぁぁぁ――あぁぁっっ!!

その火柱を喰らったのは、アルエの魔法――薔薇だった。燕はすんでのところで火柱との直撃を避ける。その顔には、九死に一生を得た思いが描かれている。薔薇はまだ満足をしない。リリーを包みこむよう接近。だがリリーが弓でビュ！　ビュン！　と十字を描くと、その形の光線が薔薇の表面へと沈んだ。光は粒となり、果てる。同時に、ニーウが「にいひっ」と小さなげっぷをした。

「単純でございますね。また、先日と同じ結末を味わいたいのでございますか？」

リリーの挑発を受けて、アルエの顔に悔しさが滲《にじ》む。

――そうか。リリーはあえて、ニーウに魔法を食わせたのだ。アルエの魔法は無から有を生み出し、有を無に還す強力な魔法。その魔力だけなら他の魔女の追随《ついずい》を許さない。それはたとえ、相手がリリーであったとしてもだ。しかしリリーはアルエの弱点を逃さなかった。リリーもまた、強大な魔力をもった魔女である。例えるなら、リリーが雨でアルエが堤《つつみ》。堤は水の進行を許さない。しかし豪雨に次ぐ豪雨を叩きこめば、いかなる堤防をも決壊させてしまう。

「魔女学校の頃を、思い出しますわね」

リリーは自らのドレスを手で払い、たたずまいを正す。

「あなたはあたしの生徒でした。そしてあたしはあなたの才能を見抜きました。それがゆえ、あなたに与えなかったものがあるのでございます。それがなにか、わかりますか？」

アルエは答えない。本当にわからないように、小さく首を傾げる。

その仕草を見て、リリーは不敵に笑った。

「自信。生きていく中で、最も大切なものの一つ。自信のない天才は、自信のある凡人に到底敵わないものなのでございます。あたしがせっかくあなたから牙を抜いて差し上げたというのに……」

リリーの黒目が、燕、ライラ、華茂の順に射貫いていく。

「余計なことを……」

リリーは再び薔薇に目をやり、やり、やり――、
ギュウウゥウゥウウゥウゥウゥウンンン!!

――ぱしっ。薔薇の下をくぐってリリーに伸びてきた氷槍を、足の裏だけで鮮やかに止めた。

「なんとあざとい。零式さん、あたしの痴呆にでも期待したのでございますか？」

燕の口から吐息が漏れる。そして、不自然な瞬きが繰り返された。

きっと燕は……、氷槍を打ち出すタイミングをはかっていたのだ。そしてリリーが雄弁になった今こそがチャンスだと思った。しかしリリーは忘れていなかった。かつて自分のふとももを出血に至らせた忌まわしき氷を、けして忘れてなどいなかったのだ。

「で、お次はここでございましょう……ねっ!!」

リリーが弓で薔薇の中心を突く。

そのままぐるぐるとかき混ぜると、刺突の点からザァアアァァァ!!　と砂が散った。それはマーブル状となりながら、リリーの身体を避ける形で宇宙に溶けていく。

今のはおそらく。燕の——、土魔法。

「これも芸がございません。砂の中に砂を隠す。アルエとの連携は見事でしたが、こんなものを見抜けないようでは、あたしはあたしになれませんから」

そこでアルエの魔法が解け、薔薇はただの砂粒と化した。惑星アニンの重力にその身を委ね、バラバラバラと瓦解する。リリーは燕たちに向かって、弓を厳しくしならせた。

「さぁて、誰から泡にしてあげましょうか。蘭麗、誰がよいかしら?」

「そうね。じゃあ、アルエなんてどう?　あたし、幸せなのに孤独ぶっている子ってどうも好きになれないのよねぇ」

「なるほど。では、これまで働いて下さった蘭麗にねぎらいの意を込めて——アルエから、即死でございましょう」

リリーはアルエに照準を合わせる。もちろん燕とライラは傍観しない。華茂もそこに加わり、三人でアルエの身体を護るように浮いた。

誰一人、死なせない。みんなでお茶会に戻るんだ。帰るんだ。絶対に——。

「ふっ。あまり近づいていると、一緒に溶けてしまいますわ、リリーが指先に炎を点した、刹那。

よ」

リリーの顔が、ぐにゃりと歪んだ。

「この気配……」

うつむき、なにかを感じとろうとするリリー。

「この気配は……そして魔力は……」

同時に、華茂の頭にも電流が走った。ビィーン！　とくるこの感覚。温かさ。強さ。ほがらかさ。冷静さ。美しさ。この世の全てに興味をもち、この世の全てを信じた、この懐かしさ。

そう。そうだったよ。イア師匠はたしかにたしかに。そういう魔女、だった。

「リリー先生！　イアさんがここに向かって来てる！　急いで！」

蘭麗の叫びを、

「やかましい!!」

リリーは一喝《いっかつ》で返した。

……なんと頼もしい。ただの気配だけで、敵二人の優勢を打ち崩すなんて。イアは、生きていたんだ。生きて、生きて、生きて。そしてまた、華茂たちを護ろうと高速で近づいて来ている。

華茂の目尻から、ぽろりと涙がこぼれた。戦いの真っ最中だというのに情けない。喜びの言葉も、仲間を鼓舞する言葉も唇を離れてくれない。ただただ、涙が涙があふれてくる。

華茂だけじゃなかった。燕も泣いていた。ライラも瞼をこすっていた。

イアのオーラはまだ薄い。到着までには、あともう少しの時間がかかりそうだ。

だけどみんなの希望が確実に――、ここの距離を縮めてきている。

「時間がないので、ございますか」

リリーはためらいもなくバイオリンを出した。そしてルーレットのような動きで、弓を構える。

あの魔法は、あの魔法は……っ！

「みんな、集中して！」

「……あっ！」

「え？」

「………？」

華茂は神経の全てを集中させた。たちまち忍び寄ってくる死の影を知っているから。

翳《かげ》りに負けるな。

血液よ。一瞬だけでいい。――止まれ。

疾風《はやて》は春の祖《そ》となるも　そのひと吹きに春あらじ
珂雪《かせつ》は冬の祖となるも　そのひとひらに冬あらじ――

リリーの、流麗な演奏がその場を満たす。ジ……ジジジ……と、磁場が生じる。

探るような目でリリーを見ていたライラ。その身体が、ドクン、と跳ねた。

「ぐ、ぐ……？　ああっ？」

そして歯同士を合わせたまま、ライラの唇が開かれる。

「ぐぎゃあぁぁぁぁぁあああぁぁぁぁぁぁあぁ――――――――――っっっ!!」

「な、なにっ？」

異常事態に驚くアルエもまた、胸郭《きょうかく》を震わせた。

「あああ……あっ、あっ、熱い……うぅぅぅぅぅぅぅううう!!」

二人は両手の指を第二関節で曲げ、なにもない空間を掻こう掻こうとする。

しかしいくらもがこうとも、身中の毒からは逃げられない。

「ライラさん！　アルエさんっ!!」

華茂が疾呼《しっこ》するのと蘭麗が詠唱を始めるのは、ほぼ、同時だった。

『龍が如く希望を押し流す水に告ぐ。敵の慧眼《けいがん》を、黒く塞げ――』

灰色の手が二つ、実像を得る。手首から先だけの手。これはおそらく、蘭麗の魔法だ。

その二つの手は最短距離でライラとアルエに接近し――、彼女たちの心臓を、邪悪に捉えた。

「戦意喪失確認！　リリー先生、今だっ！」

「蘭麗、見事でございます！　はっ！」

リリー上方の空域から二メートルほどの板とU字型の桎梏《しっこく》が現れた。それらは目にも止まらぬ速度でライラとアルエを囲い、二人の手首を襲った。壁にべとりと張りつけられ、両手を挙げた状態で自由を塞がれる。ライラとアルエは完全に身動きがとれなくなってしまった。黒魔法の波動を受けていた華茂には、二人を助ける余力などまったくなかった。完全に、やられた。

「う、く……」

しかし、華茂は顎に力を入れる。手を伸ばす。震えている。その手で自分の頬をはたいた。頭の中が燃える。手の甲をつねり上げる。意識はまだ、途切れ途切れ。「あ、あ、」声を紡ぐ。全身の血液が黒色に墜ちてしまいそう。もう一度頬を叩く。じいん、と痛みがきた。

耐えた。耐えたのだ、華茂は。そして横を見れば、燕も拳を構えていた。一度受けた技は二度くわない。それはリリーだけの特権ではない。

もう一度、言おう。華茂と燕は、耐えたのだ。全身の血液を沸騰させる、恐るべき魔法──『青銅の Sleepless《スリープレス》・Night《ナイト》』に。あの演奏を聴いてもなお、この身から力は消失しない。

眼球に命じる。見よ。視認せよ。

あるのだ。──ある。

惨めに倒れたりする心とはもう、永訣《えいけつ》した。戦うだけの気持ちがあふれる。明日のために。そして、今のために。お前など微塵《みじん》も怖くないのだ──、大魔女リリー＝フローレスよ。

「へえっ」

蘭麗は華茂を見て、意外そうな顔をした。

「あれが効かなかったんだ。すごいねほんとに。さすがは、心を司《つかさど》る魔女」

そんなふうに誉められても嬉しくはない。

だけど今、蘭麗が発した言葉の意味はなんなのだろう。

「心を司る魔女って、なによ」

「貴女のことよ、遠野華茂。貴女は、他の魔女の心を知る力に長けている」

「どういうこと？　わたしに、そんな力はないよ」

「いいや。あたしはその事実に気づいていた。知っていた。貴女は他者の心に反応し、その力を自分の中に取りこむことができる。だから貴女は、あたしの計画にどうしても必要だったの」

蘭麗は救いようがなさそうに笑う。華茂の額に、表面張力のある汗が浮かんだ。

「リリー師匠の炎を自分のものとして撃ち返したのは誰？　マロンの風を自分の魔法にしちゃったのは？　だいいち、どうしてイア＝ティーナが貴女に注目したのかって考えなかったの？　少しも変だと思わなかったの？　あっはははははは！　これはおかしいわ！　あはははははははは!!」

言われてみれば全てが事実だった。華茂はなにも、返せない。

心は、生涯と繋がっている。深い繋がりがある。心があるからこそ、人は文化と技術を生み出すことができた。営々と築かれる歴史の中には、常に心という存在があった。形をもたないが、たしかに存在する浮遊物。誰もが、深い畏敬を感じざるをえないもの。

（ハートさ、ハート）

イアの言葉を思い出す。華茂は自分が、十数キロ上空までそびえる細い円柱に立っているような錯覚を覚えた。

だけど、まずは耐えよう。今は、打ち勝つことだけが目的なのだ。燕のために。すなわち、愛する人のために。華茂が身体の芯に、ゆっくりと力を注ぎ始めた時――。

影が、現れた。

そいつは、瞬間移動をしたというわけじゃない。光ほどに速かった……わけでもない。

だけど華茂はかわせなかった。

ドムッ！　影は前蹴りを、華茂の下腹にめりこませる。

「かはっ!?」

ず、むっ……。影の正拳突きが、鳩尾《みぞおち》に決まった。

「げ、おおおおおおっ……」

止まる呼吸。喉奥からせり上げてくる、胃液。しかし、ギラリと輝く致命の一撃だけは首をひねって避けた。それは華茂の顔面を紙一重で捉えず、宇宙の奥へと消えていく。

その正体を、華茂はたしかに見た。鋭利な、氷の円錐《えんすい》だった。

「華茂……」

大好きな……大好きな魔女が。

その柳眉《りゅうび》を、どこまでも高く、いからせていた。

きた……。きたきたきたきた、きたきたきたきたきた……!!

蘭麗の身体が打ち震える。もう、身体の芯から先端まで愉楽《ゆらく》が突き抜けていく。脳の中で大量のドーパミンが弾けた。シナプスが悦びの声を上げる。きたぁ、きたぁ。

あの、華茂の顔っ！　愛する燕に不意打ちを受けた、華茂の顔！　かわせなかっただろ。予想外だっただろ？　まさか燕が自分を攻撃してくるなんて思わなかっただろうよ！　その証拠にほら、燕の二発はともに華茂の急所に決まった。それも、きれ〜〜いにだ！

「燕さん、なんで……？」

「ちっ、違うっ……」

ほらほら、二人でなんか言ってる！　言ってるよぉ〜〜っ！

蘭麗は口に手を当て、キヒヒ、と笑った。

蘭麗は知っていたのだ。人間たちを滅ぼすためには、華茂の力が必要なのだということを。

なぜなら華茂は、心を司る魔女。穢れはその、心というものに強く反応する。だから大量の穢れを集結させるためには、華茂をおびき寄せた上で、彼女の心を折ってやればよい。そこで注目したのが、燕という名前の魔女だった。華茂と燕はなかよしこよし。その蜜月の関係は、魔女学校の時からのものだったという。蘭麗はリリーを操った上で、華茂と懇意にしている魔女の存在をそれとなく聞き出していたのである。ならば、キーとなるのは燕であろうと判断した。

華茂の心に最大のダメージを与えるための手段として考えたのは、二つ。

燕を殺すか。あるいは、燕に華茂を攻撃させるかだ。そして蘭麗は、後者を採用した。

では、どうすれば燕に華茂を攻撃させることができるか。

攻撃の反対は当然ながら、控えること。すなわち罪悪《ざいあく》という心である。であれば、その罪悪感を引き出し、吸収しておいてやればよい。一度救われた心を解放すれば、心は逆方向へと傾く。そこで蘭麗はまず、自らが傷つくことで燕の罪悪感を奪った。

さらに、華茂と燕をキネトスコープに誘いこみ、恋愛ごっこの夢を見せてやった。二人が愛を語り合い、結婚の約束をするという……それはもう、さぶいさぶい、蘭麗には虫唾の走るような夢だった。しかしあの夢で、二人の恋愛ごっこは完成した。恋心を感じる相手が自分を害するという、最高の舞台を準備したのだ。

なお、燕を殺すという選択肢を諦めた理由は、華茂に秘められた力にある。燕に危害を加えると、華茂は激情してさらなる力を発揮しかねない。その危険性については、ハーバルの中心となる魔女たちにだけは伝えておいた。華茂の能力を制御不能の状態まで高めようとしているイアを殺し、最強の魔女アルエをハーバル側にとりこみ、穢れが集まるまでの時間を船の中で稼ぐ、というそれぞれのプランを実行してもらう必要があったからだ。

その中で唯一言うことを聞いてくれたエントレス＝チャーミはまだいいとして、リリーもマロンもナンドンランドンも燕を攻撃して華茂の力を肥大させてしまった。あいつらほんと、すぐ戦いに夢中になってしまうのだから、本当にマヌケとしか言いようがない。

しかしこれで無事、策謀の完成だ。シナリオがシナリオどおりに進むこと。それすなわち、快楽。

蘭麗はこの瞬間――燕が華茂を攻撃する瞬間を、首を長くして待っていたのである。

猛速で近づいてくるイアよりも、もっと先に……ほうら、きたきた。華茂が呼び寄せたあいつらの気配が、蘭麗の髪の毛を震わせる。

だがその前に、ダメ押しだ。

ビュンッ!!　ズムッ……ズムッ！

「うあぁぁぁぁ――っ!!」

華茂の絶叫が木霊《こだま》する。燕が発した氷が二本、華茂の肘の内側に突き刺さった。細胞を破り、氷は溶ける。だが一度破られたものは閉じられない。ぱくりと開いた傷口から、とろみのある血液が外に逃亡しようと試みる。

はい、戦意喪失確認。それでは敵の慧眼《けいがん》を、黒く塞がせていただきまーす！

キラッ、と天上が瞬く。だがその輝きは、星の放つものではない。華茂を閉じこめるための板と手枷が飛来する。手枷は華茂の両腕をすくい上げた。燕が狂ったような声を上げる。華茂と板を密着させ、手枷を差しこんでガッチャンコ。華茂のこうべが、ガクリと落ちた。

そこへ、ついに、最後の死神が訪れた。最初は薄い煙のようだったそいつは、他の煙と手を繋ぎ次第に色を濃くしていく。一度黒色に染まれば、あとは数珠つなぎ。黒という黒が大量の塊をなす。その表面は泡立ち、揺らぎ、ガスのようなものを噴射する。

なんという、おぞましさ。蘭麗はかつて十年という間、毎日のようにそいつを祓う役割を担っていた。だが、これほどの規模のものは、見たこともなければ想像したことすらない。

水平距離にして百キロ以上に及ぶ穢れが、終わりを求めてここへたどり着いた。

燕も、そしてリリーも。驚愕した目で、遠大な穢れを臨む。

そうだろう。……そうだろうよ。魔女学校の首席ごときが、この穢れを祓えるわけがない。大魔女様イアは間に合わなかった。イアの片腕とかいって調子に乗っている桃髪ちゃんにも無理。人間どもと毎日のんびり暮らすことを誇りとか言っている童顔ちゃんにも無理。無理無理無理無理。

全員、無理なんだって。だってお前らは恵まれているから。なのに少しの苦痛に音を上げ、心を壊す。もう、根本的に脆いんだよ。

……この、穢れを操ることのできる魔女が今の時代にいるとすれば、それはただの一人。

未来の魔女を舐めるなよ。穢れを司る魔女――この、胡蘭麗をな。

「ここが終点よ！　全て喰らい尽くせえええ――――――ツッッ!!」

蘭麗が開いた手を穢れに向けると、穢れから一本の黒条《こくじょう》が伸びてきた。次第に速度を上げていくそいつは、まるで触手のよう。

「え……いやぁぁあぁぁっっ!!」

そして穢れは燕の身体をとり囲み、その輪を縮めた。

ギュウウッ、と収縮だ。これで燕は、完全に身動きがとれなくなった。

「はな、離して！　離してくださいっ!!」

燕が懇願《こんがん》しようとも泣こうとも、穢れの強大な力を止めることは叶わない。穢れの手はゆっくり、ゆっくりと本体に戻っていく。本体がズゥゥウゥゥ――ム、と哭《な》いた。その音はまるで、一団が捕食を喜ぶ鬨《とき》のよう。

蘭麗はその様子を見上げ、開けっ広げの笑みを浮かべた。ついに……、この時が。

今から蘭麗は燕を穢れに取りこませる。それは、蘭麗の悲願の、たしかな幕開けだ。

燕を助けられる者は全て排除した。華茂は目を無にしてぽっかりと口を開けており、アルエは頭部を斜め下に崩したまま動かない。二人の心は完全に折れている。アニンの終わり、そして仲間の死を目の前にしながら、多少の肉体的苦痛や精神的苦痛ごときで心を折ってしまったのだ。ここぞ死力を尽くさなければならない局面だというのに……。なんて間抜けな、魔女たちだろう。

蘭麗は燕に向けてバイバイのジェスチャーを行う。が、その時――、

「零式さんっ！　おいっ！　ちょっと待ってよ!!」

たった一人。――ただの一人、喉から声を絞り出したのは、ライラだった。

「蘭麗さん！　なんであんなことするのよ!?　零式さんを殺す気？　あなた人間の敵なんでしょ。魔女を殺してなにがしたいのよっ!!」

なんと。たしかにあの魔女は厄介な存在の一人だと思っていたが、勘が鋭いだけでなくここまでの精神力をもっていたとは。イアが彼女を右腕に据えたというのもうなずける。

ならば、その大健闘に応えてやらねばなるまい。

『魔女ライラ＝ハーゲン。あなたに敬意を表し、全ての種明かしをしてあげるわ』

蘭麗が魔法で語りかけると、ライラの片目が激しく歪んだ。

「な、なにっ？　今あなた、どうやって、」

『黙れ、ライラ。今からあなただけじゃなく、そこの華茂にもアルエにも燕にも。いや……アニンに住む全ての魔女と人間の脳にもあたし直々に、この穢れの正体を教えてあげるわ』

蘭麗が言った瞬間、アニンがまるごと静まった気がした。

コウン、コウン、と自転するアニン。ここからは見えないが、大地に街に、それから海上に森に、数えきれないほどの人間が住んでいることだろう。同じように、魔女たちもだ。

愚か者どもよ、耳の穴かっぽじって、よーく聞きなさい。

ナンドンランドンには後で活躍してもらいたいので、彼女の担当する地域だけは除いておく。しかしその他全ての者に、胡蘭麗が告ぐ。この時代に生きるお前らがけして知りえない事実を今、死の土産として語ってやろう。蘭麗は、敬虔《けいけん》に息を吸った。

『アニンには、生物が住んでいる。魔女や人間だけじゃない。ウサギ、ツグミ、蛙、鰯《いわし》。それから広葉樹、海藻、微生物、その他もろもろ。そうよね。多くの生き物が連鎖しながら生きているのよね。まあ、当たり前のことなのだけど。でも貴方たちは、こんな生き物はアニン以外にも存在するんじゃないかって考えたことはない？』

そして蘭麗は、いくつかのアルファベットを魔法に乗せる。

『……ふふ。いるのよ。アニン以外にも、生き物は住んでいた。その星の名前は――』

その文字列は、生きとし生けるものの頭の中で、ぐにゃぐにゃと動き出したことだろう。

a n i n e

e a r t h

最後尾の文字が、先頭に入る。

この文字において変化はない。

nの先がほんのわずか切れた。

iの上部に、横線が引かれる。

nの頭が、少しばかり伸びた。


『こういう名前の星に、彼らは住んでいた。遥か遥か遠く、いくつもの銀河団を超えた先。光の速度で百二十億年を必要とする距離に住んでいたのよ。そして彼らは故郷を懐かしがった。つまりこの星をアニンと名付けたのは、彼らなの。彼らは高い知能と技術をもっていたわ。貴方たちと同じようなことで喜び、それから涙を流した。同じようなものを食べて笑い、同じような服を着て同じような街を歩いていたのよ。それに外見も、貴方たち魔女と人間にそっくりなの。

だけど彼らは唐突に終わりの時を迎えた。誰もがその瞬間に気づかなかった。彼らは自らの技術に溺れ、生命と星の全てを蒸発させてしまったの。避難の呼びかけとか戦争の気配なんて、これっぽっちもなかった。ただ、ある日全てが終わってしまったのよ。

でもたった一つ、なくならなかったものがある。わかる？　それは心よ。魂、と呼んだ方がいいかしら。日常の喜びと、それを潰されたことへの憎しみ。それらはなくならず、一つの塊となって集まった。……もうわかるわよね？　それこそ、貴方たちが穢れと呼んでいる存在なのよ。

穢れは宇宙の中を漂った。もう一度、自分たちと同じような生命が現れるだろう星を目指して。だけどそんな条件はそうそう見つかるものじゃない。一兆の銀河を越え、さらに越えて、長い長い旅の終わりにたどり着いたのが、この星だったの。だから彼らはたどり着いたここをアニンと名付け、生命の誕生と進化に携わろうとした。自分たちの楽しかった文化を伝え、ある程度文明を進めた後で、アニンを取りこんで支配しようとしたわけね。

で、その危機を一番に感じとったのが、アニン自身だった。アニンは魔女を生み出した。魔女というのはアニン独自の進化だったから、穢れからしたら異常な存在なのよねぇ。魔女は穢れに対して強い力をもって、アニンを護った。当然、貴方たち人間のこともね。穢れは魔女にまったく抵抗できなかった。この歴史上、ただの一度も。だから穢れは、魔女に祓われるのはある意味仕方のないことだと諦めてた。正直なところ敵みたいなものだしね。まあそこは、しゃーないかっていう。

だ・け・ど！　人間は別！　人間って、穢れにとっちゃ仲間みたいなものだから。自分自身みたいなものだから！　そいつらに祓われたら悲しくなるじゃない？　つまり穢れは人間に祓われた時、ものすごく抵抗するのよ。アニンに大災害を引き起こすの。あたしが最近ちょこちょこ実験してみたから、異常に気づいた人はいたかもしれないわね。穢れを祓ったはずなのにまたすぐ現れたりね！　うふふふふ。アルエちゃん、聞こえているかな？

で、今から大実験を行いまーす！　魔女はもしかしたら生き残れるかもしれないけど、人間さんたちは全滅ね！　ご愁傷様！　ただ、貴方たちがクソだから仕方ないの。自業自得ってやつ。よくも魔女狩りとか考えついたわね、この鬼畜どもが!!　自分たちを護ってくれる魔女を傷つけて何様のつもり？　まさに低脳!!　おっばかさ～～ん！

……ああ、すっとした。とにかく、今から二つの実験をします。まず、零式燕というかわいこちゃんを穢れに取りこませます。穢れが魔女の存在を身につければパワー百倍！　その状態で、あたしの準備した機械を使って人間に穢れを祓ってもらいます。え？　そんなことする人間なんていないって？　残念！　そいつらは二等国の馬鹿たちだから、世界中から注目を集めて豊かな暮らしができるって言ったらうまく騙されてくれたのよね。

穢れには、すぐにアニンを襲わせるわ。あたしは穢れを司る魔女だから。

ごめんねごめんね、今からしっかりと、死ぬ準備をしておいてね。

そうだ。最後に、あたしの邪魔をしようとした魔女たちを発表しておきます！　貴方たち人間からすると英雄にあたる魔女だからね。死んでからも、よーく覚えておいてあげて？

まず、遠野華茂。ここであたしの魔法を食らって、ヨダレ垂らしてまーす！

次に零式燕。今から穢れに呑みこまれる魔女です！　ヒロインの彼女に、拍手拍手！

それからライラ＝ハーゲン。さっきなんか叫んでたけど、身動きとれない状態みたい！

締めは、レティシア＝アルエ！　ちっとも動かないけど、もう死んでるのかもね。

以上、勇敢な四名の紹介でした！

さぁて、申し訳ありませんが実況の時間がなくなってまいりました。正義とか道徳とか、かっこいいことをのたまっていた人間の皆さん、さよならさよならさよなら！　っていうか……、死ねこのクソ野郎どもが！　死ね死ね死ね死ね死ね死ね死ね死ね死ね消えろ消えろ消えろ消えろ消えろ消えろ消えろ消えろ消えろ！　全員地獄に落ちて獣に骨までしゃぶられろ！　死ね死ね死ね死ね死ね死ね死ね死ね死ねェェェェェ――――――――――ッッッ‼』

……はあっ、はあっ。

言いきった。

蘭麗は自分の言いたいことを、全て吐き出してやった。だけどなぜか、完全に清々しい気持ちを得ることはできなかった。なんとなく、心臓の細胞の一つが拒否しているような感覚だ。

しかしもはや、どうでもいい。来るところまで来てしまったのだ。ほうら、見ろ。燕の叫び声は消えた。燕の長い脚線《きゃくせん》を、雪白《ゆきじろ》の頬を、理知的な耳たぶを。あの甘い香りまで含めて、穢れはすでに燕の全てを喰らってしまった。蘭麗がどう願おうとも、事態は動き出したのだ。

誰も止めることのできない歯車が今、回り始めた。……だが。

「ん、ん、ん！　んぎぎぎぃぃぃぃいいんんあああぁぁぁあああぁぁぁぁっっっ!!」

なんと、ライラが顔を醜く潰し、華茂に魔法を送っている。

手を桎梏に塞がれた状態で、それでもなお彼女は魔法を発することができた。

「ら、ライラの！　最後の回復、魔法っ！　華茂ちゃん……どうか受けとって……」

華茂の皮膚の傷が閉じられていく。顔の赤みが増し、涙もヨダレも引っこんだ。

半秒、蘭麗は身構える。万が一の事態に備えて。

「あなただけができる。あなただけが……。零式さんを、助けて、あげてぇ……」

だが華茂は、ぴくりとも動かなかった。

身体は完全に回復している。ただ、洞《うろ》と化した瞳だけが変わっていなかったのだ。

「華茂ちゃん……華茂ちゃんっ……」

ライラはしばらく華茂に呼びかけていたが、やがて諦め、すすり泣きを始めた。

蘭麗は胸をなで下ろす。勝った。これで、勝った。勝った。……勝っ、た？

「ん？」

蘭麗は目を凝らす。誰かがいる。華茂を封じこめている板の裏側に、何者かの気配がある。

誰だ。どさくさに紛れてここにやって来た魔女？　あれは、誰なんだ……。

そしてその気配は、板のこちら側にすうっと姿を現した。

「な、なにっ……」

そいつらは、二人いた。巻き髪含みの金髪に、長いローブ。

「なんで、貴女たちが……」

蘭麗のおののく前、ローブを羽織った魔女は華茂の頬にそっと指を這わせた。

「せっかく。借りを返しにきた。のに」

「おめぇー!!　うちのアルエになにしてくれてんだよ────っ!!」

零下《れいか》の魔女、エントレス＝チャーミと。風を司る魔女、ロール＝オブ＝マロンが。

蘭麗の編んだ舞台に演者となって上り、悠然と斬りこみをかけてきた。

穢れが、ボウ、と。呪いを吐く。


華茂は、夢を見ているのかと思った。

死出の旅につくその一歩手前。自分の知っている思い出がごちゃごちゃになって交錯《こうさく》しているのではないかと。記憶のとおり、マロンは学校の制服のようなものを着ている。短いスカート。はちきれんばかりの胸と、その谷間。

「なにやってんだよ、おめー。しっかりしなよ」

マロンは華茂にそう言って、柔らかそうな舌をべっと出した。

宇宙の虚空《こくう》が、瑠璃色《るりいろ》に染まり出す。夜明けが、少しずつ、少しずつ、近づいてきている。

「おや、あなたがたは……使えないお二人ではございませんか」

リリーが音もなく動き、マロンたちと高度を合わせた。

「今ごろ遊びに来ても遅いですわよ。メインディッシュは、このあたしと蘭麗が全ていただいてしまいました。あなたがたはアニンに帰り、反省文でも書いていなさいな」

「そう。だけど。デザートは。残っているように。見えるわ」

チャーミが手のひらをリリーに向け、一本ずつ指を折り畳む。それはまるで、リリーを挑発するような仕草だ。

「チャーミ。あなた、もしかしてあたしたちに遊んでほしいとか？　たかが人間の銃ごときで、無様に雪原を這って逃げたあなたが」

「記憶は記憶。慚愧《ざんき》は。悪くない。舌に乗せて舐めれば。昨日の自分を。越えられる。むしろ目を背ける。ことこそ。無能の証《あかし》」

「ふふふ。しかしどうしてでしょうね。あなたはどうして、このリーフスごときに構おうとするのでございましょう？」

「借りが。あるから。それが。全て」

「借り！」

リリーは、くっ、くっ、くっ、と喉を鳴らした。

「それはあなたが導いた失態でしょう。たかがいのちを救われたくらいで立場を変える。あなたの思想が空洞であるという、なによりもの証拠ですわ」

「たかが。いのち」

チャーミが、静かに覇気を高めていく。青いオーラが立ち上る。その様子が、華茂にはたしかに見えた。魔力上昇。それはかつて、彼女と戦った時に感じた強烈な気配だった。

苦戦に苦戦を重ねた、底知れぬ魔力だ。

「いのちを。軽んじる。仲間の魔女の死を。あれだけ悼《いた》んでいる。くせに。これは。矛盾」

「うっ……」

「矛盾する。その思想こそ。空洞。間抜け」

「うるさいっ……!!」

ボウゥウゥウ――、と火の粉が散り始める。それは、リリーが本気になったことを示していた。

「ちょっと、リリー先生！　そんなの放っておきなさいよ！」

蘭麗の呼びかけを、リリーはちらりとも見はしない。

リリーの像は瞬時にして――、二つに分離した。

「逢魔掃討《ジャム・ホルヴァル》でございますわあああああッッッ!!」

分離したのは、高速のゆえ。残像を生じさせ、リリーは四半秒でチャーミの前に到達した。

バイオリンの弓で横一線。チャーミは身を屈めてかわす。弓の航跡《こうせき》に蒼い炎が咲く。さらに上段からの唐竹割《からたけわ》り。力の経《けい》を絞ったその一撃はあまりにもあまりにも迅《はや》く、チャーミのローブを激しく焦がした。右肩から先の部分だ。チャーミのローブが、長袖と半袖のアシンメトリーへと変わる。

「この、無礼者がッ!!」

瀑布《ばくふ》のような乱打が銀線《ぎんせん》を生じさせる。チャーミはたまらん、といった感じで後方へステップアウェイ。リリーは迷うことなくこれを追いかける。――が。

『地雷地帯へ。ようこそ。大魔女様。――チャックル滞留債権《のろまさん》』

ボウン！　ボウン！　ボウン！　ボワン!!

リリーの移動先を狙って爆発が巻き起こる。時限式の連続爆弾《ボム》。そのどれもがリリーの首から上を狙っていた。しかしリリーはためらうことなく高熱を素手で払い、トップスピードのままチャーミを追撃する。その目には、狂気が滲《にじ》んでいる。

「チャーミ、危ない！　どけっ!!」

マロンは華茂のそばを離れ、静止するなり両腕をクロスさせた。

『森の薫風《セルフィ》に誘われ、旅人たちは靴を新たにした。樹幹《じゅかん》と梢、漏れ来る光。貴方に光を捧げよう。鎌風《ラテックス》とともに』

高速の詠唱。マロンの腕に空圧が生じ、その反作用として華茂の頬が引っ張られた。周囲の空間がマロンへと集中していく。あれはたしか……大地をも切り裂く……。

『円環フラッシュライトおおおぉぉぉおおぉぉお――――――――っっ!!』

風が。殺意を纏った。

その風が。ヒョイと首を曲げたチャーミを。易々と越え。遠から近へ。

パッ――――パ・パ・パ・パと明滅。リリーの、弓を狙って――――、

「止めましょう!!」

が、ぐ、ォォォォォォ!? 弓がしなる。折れそうなほどに、ギリギリと。

それをマロンの風が押す。押す押す、押す。

ギーイ! ギギギギギギギ!!

「はああああああっ!!」

ギギギギギギギギ!! ギギギ、ギ、――――ギィン。

リリーの弓が少しずつ、少しずつ、元の形へと戻っていく。

「見事。ロール＝オブ＝マロン」

リリーの指からわずかな出血。リリーはその指をぺろりと舐め、マロンに賛辞を送った。

なんたる、魔力。マロンは信じられないような顔をし、チャーミも右肩を押さえて息を乱している。あの風の刃を、止めた。それは華茂にとっても衝撃的であった。

だけど、驚いている場合じゃない。せっかくマロンとチャーミが来てくれたのだ。こんな板に磔《はりつけ》にされたままでいいわけがない。華茂も早く、参戦しなければならない。

それはわかっているのだが、身体がどうしても動いてくれないのだ。

(戦って、なにになるの?)

(燕はもう手遅れなのよ?)

(そもそも燕は貴女のことを、愛していないのよ)

そんな声が頭の中に響き、華茂の力を奪う。生きなくてもよい、と妙な赦《ゆる》しを送る。そして枷はガッチリと板に固定されていて、動こうにも動けない。

燕のいのちがかかっているのだ。なにを差し置いてでも犠牲にしても、燕の元に駆けつけるべきだろう。なのに——、これは蘭麗の魔力によるものなのか、心臓の中で二つの事実が釘を刺す。

燕が華茂を思う気持ちは、魔法に負けた。華茂は燕の想いを、信じきれなかった。それらの事実が華茂の心をぐずつかせる。自分が感じた思いを数万倍、数億倍にして与えられたような感覚。マイナス1を、マイナス10000000にしてぶつけられているような感覚だ。

どうして。どうして自分は——。

またしても自分を責めつけようとした、その時。

「チャーミ、これ使って!」

マロンの叫びが、華茂を現実に引き戻した。マロンは右手を挙げる。そこに、バリバリバリ!

という音をともなって金属の塊が現れた。あれはたしか、チェーンソーという名前の武器……。

「風魔法《フライトロール》で直しといた！　うちの魔力を込めてるから、空中でも使えるよ！」

マロンがチャーミに向かってチェーンソーを投げる。チェーンソーは放物線を描き、チャーミの手元へとおさまった。

「マロン。感謝」

チャーミがチェーンソーから伸びたコードを引く。

ブオン、ブオン。ブル、ブルルルルルルルルルルルル!!　激しい音がうなる。チェーンソーの刃が猛転《もうてん》を開始する。チャーミはチェーンソーを肩口に構え、皓歯《こうし》をこぼした。

『全・鬼・空《ランドエアー》。出立《しゅったつ》の鐘をけして止めることなかれ。全・魔・海《ランフェシー》。ここに大地は果て、汝そのもの未踏《みとう》と化す。脳裏に映すは雌伏《しふく》の時。祝えや、一生の前借りを』

その時。チェーンソーの刃からリリーの鼻梁《びりょう》にかけて。

一本の線が引かれたような。そんな、気がした。

『諧謔《かいぎゃく》のデッドエンド――――ッ!!』

チャーミが叫ぶやいなや、ビキキキキキキィイィッ!!　と空間が裂かれた。右舷《うげん》に生じる炎のウェーブ。それらが、折り紙を畳むようにしてリリーにかぶさっていく。

「低級の、火魔法でございますわね」

だがリリーは一瞬のためらいもなく炎の壁に飛びこむ。自ら、死線へと進んでいく。バイオリン本体を炎に向けると、それらの炎熱は全て先端のスクロールへと吸いこまれていった。むしろ、喰らった、という表現の方が正しいか。だが。

その火の裏に。チャーミが、いた。

「うーふふふふふふ!! かくれんぼは。楽しいわね！」

チェーンソーがリリーの首に振り下ろされる。リリーは上半身を反らすことでそれをかわす。しかしすぐに二撃目。今度の狙いはリリーの手首。するとリリーは咄嗟の動きで弓を燕返しした。

ギャアアァァアアアアアアアアアア!!

ギィィイイイイィィィイイイイィイ!!

チェーンソーと弓が斜めに交差し、激しく火花を散らす。狙うは互いに力押しだ。とにかく魔力と腕力に任せ、相手を切断しようと試みる。

「大魔女の。脳髄。見たいわ！　うふふふふふ!!」

チャーミが上から体重をかけ、受ける弓はリリーのひたいにじりじりと近づく。

「……断末魔の悲鳴、聴かせてみせなさい。あたしの、快眠のために！」

リリーの青いドレスがギィンと輝く。今度は、チェーンソーとチャーミの距離が縮まる。押して、引き。引いて、押し。やがて二刀は、ある一点で動きを止めた。両者、ギリギリギリギリと歯を食いしばり。そこから始まる――、

「世代交代。なさいな！」

「品がないのでございますよ、品が‼」

丁々発止《ちょうちょうはっし》。丁々発止、丁々発止、丁々発止！

ギャリーン！　ギャン　ギャリン‼

切り結ぶ切り結ぶ切り結ぶ！　斜め下から！　抜き胴《どう》で！　死角を！　鋭敏に‼

切り結ぶ切り結ぶ切り結ぶ切り結ぶ‼

汗を撒き散らし、相手の背景を無にし、ただただ敵のいのちを奪うべく！

ギャアン！　火は線となって流れ。

ギャリッ！　軌道は波と化しうねる。

そしてチャーミは、たいへん器用にチェーンソーを操った。接近戦において弓とチェーンソーを比べれば、小回りの利く弓の方が有利だろう。それでもチャーミはリリーの突きを許さなかった。チェーンソーの刃――ガイドバーの先端、根元、側面を十二分に利用し、相手への攻撃と防御の両方を成し遂げた。

だがやはり、弓は迅《はや》い。リリーの攻撃ターンは徐々に増加し、チャーミは防戦一方の状態へと追いこまれていく。しかもあの弓、実に固い。相当な魔力を含んでいるらしく、いくらチェーンソーに剣戟《けんげき》を振るわれようが傷一つ入っていない。そんな状況の中――、リリーは、狡猾《こうかつ》に笑った。

「零下で。着飾って。ちょうだいなッッッ‼」

刹那、ヒュウ、と寒風《かんぷう》が吹いた。

ビシッ。ビキッ。ビキビキビキビキビキ……、バギバギバギバギバギバギィ!!

水素分子同士が結合し、正四面体へと変化する。それらの粒はドミノが倒れるように空間で結び合い、氷の層を形成した。けして美しい氷ではない。尖った氷、間がすっぽりと穴になった氷、叫び声にも似た、実にいびつな氷たち。それらが左から右へと瞬時に奔り――、中心において、リリーの身体をキュウウウウと締めつけた。リリーのドレス、髪、頬、ふともも、足首、そして、バイオリンと弓。全てに氷がまとわりつき、リリーの動作を完全なる零下《れいか》へと封じこめたのである。

「炎だけ。単独で生じる。わけないわ……うふっ」

目の前に生じた極寒の景色を見て、華茂は思い出した。あれこそが、チャーミの魔法『諧謔のデッドエンド』の真骨頂。周囲の温度を高熱と零下に分離する魔法だ。さっきの炎の壁が生じたぶん、チェーンソーには零下側の魔力が宿っていた。そして調子に乗って攻めてきたリリーを、氷の鎖が待ち受けた。これは、チャーミの戦術がぴたりと決まった格好だといえる。

「か、く、あ……こ、の　が　きが……」

リリーのまなこ、加えて舌までが凍結していく。

ゆっくりとチェーンソーを振り上げるチャーミ。これで勝負はあったかに見えた。

しかし華茂は聞き逃さなかった。それは、本当に本当にかすかな声だったのだが……。

『暫時、石を穿《うが》つ。落ちる水滴を目で追う。嗚呼、やはりこの洞穴《どうけつ》の奥には三千世界の瘴気《しょうき》あり。行こう、行こう。我と汝、なくした心の幻肢痛《テクイスト》。進もう、我らの赦される闇へ』

氷は声すらも吸いこんでいた。だからチャーミは気づけなかったのだろう。

連環《れんかん》する氷の下方から、十本の紅円《こうえん》が回転しながら吹き上げてきたことに。

「こ。れは⁉」

チャーミが咄嗟に視線を下げた時にはもう、全てが遅かった。

ガッ！　バリッ！　ガガガッ‼　バリバリバリッ！　蘭麗の放った番傘が、氷の結合を打ち壊した。そこかしこで破れていく氷たち。そしてとうとう、一本の番傘がリリーの前へと到達する。そこでギュウゥン、とドリル回転。リリーの身体を封じていた氷を、細かく細かく砕いていった。

——リリーの瞳に、獰猛《どうもう》が点る。

「あ。」

チャーミが退避の仕草を見せた瞬間、だった。大きな風が吹いた。その風は氷の欠片とチャーミを星々の方へと吹き飛ばす。マロンが両手を合わせてピントを掴む。リリーとの距離は百メートルほど。だがそれは、風を司る魔女にとっては一刀一足《いっとういっそく》の間に過ぎなかった。

『円環フラッシュライト最大出力‼　一波輝線《いっぱきせん》ッッ‼』

風と風のサンドウィッチ。その中心には恐ろしいほどの圧がかかる。鉈《なた》と化したその風は、鯉口《こいぐち》を切るやいなやリリーへと射出された。

残光が引かれる。リリーは弓を水平に構え、その鉈を止めようとする。

爆心地。————きたる。

ボガキィイイイイイイイイイィッツッ!!

リリーの弓が。真っ二つに折れ。風の鉈はその衝撃で。リリーをかわして飛んでいく。マロンはリリーの魔法を壊したことに頬を緩め。チャーミは、盟友の活躍に勝利の笑みを携えた。リリーはスローモーションで後方に倒れこみながら。全損した弓を遠慮なく手放し。空いた両手の人差し指を立てて。それらをマロンとチャーミに向けて……。

『五臓六腑の間欠泉《ジャクリアン》!!』

ギュアアアアアッアアアアッアアアアッアアアアッアアアアアアアアアアアッアアアアアアアッアアアッアアアアア————————ッッッ!?

砂塵が真空を切り裂き物理法則を崩し想像を遙か遙か遙か越えた回転で迅速に迅速に迅速に直進する。想像を遙か遙か遙か越えた威力が龍のごとく牙を剥き迅速なる迅速なる迅速なる死を与えようとふざけた螺旋《らせん》で全てを凌駕《りょうが》する——。そして。

「が、ふあっ!!」

マロンの横腹をえぐり、

「きゃあああああっ!!」

チャーミの肩を貫通する。砂塵は約束を果たすように、両者に決定的な一撃を加えたのである。

——ぽた。——ぽた。——ぽたり。

華茂の腕に、いくつもの血が降ってくる。

それは、ゆっくりと降下するマロンが唇の端から降らせた血の粒だった。

遠くで蘭麗が爆笑している。リリーが、人差し指をぺろりと舐めている。華茂は膜の張られたような視界にそれらをおさめている。そしてその視界に、マロンの脚が映った。

マロンの腰が、胸が、最後に朱《あか》に染まった顔が現れる。チャーミングで楽しげな、明るい金髪の魔女。その彼女が意識を落とすまいと、苦しそうな瞬きを繰り返している。マロンは腕をよろよろと伸ばして華茂の肩を掴み、かろうじて落下を止めたようだった。

「な、なあ、華茂」

呼びかけてくる。だけど華茂には、彼女に応じる気力はない。

「なあっ！　華茂ぉっ……」

マロンが一度、しゃくり上げる。そしてその目から、温かいものがぽろぽろとこぼれ落ちた。

「おめー、に頼むよ。アルエを、助けてやって、くれ……。うちはおめーの力を、信じてる。うちに勝った、おめーの……ごぶっ！　ち、力を……」

マロンは自分の脇腹に手をやり、その手をじっと見つめた。手のひらから垂れる、なまなましい血液。先ほどの風魔法に全てを費やしたのか、もう回復する力は残っていなさそうだ。

マロンは諦めたような目をして、それから、華茂の肩にそっと顎を乗せてきた。

「華茂……」

その声は、すぐ耳元で聞こえる。

「魔女の諺《ことわざ》、知ってる、よね」

魔女の諺……。なんだったっけ、それ。……ああ。

疾風は春の祖となるも　そのひと吹きに春あらじ
珂雪は冬の祖となるも　そのひとひらに冬あらじ

そうそう、こういうやつだった。だけどそれが今、最後の時となんの関係がある？

惑《まど》う華茂に対し、マロンは「それさ」と言った。甘い、香りがした。

「たった一回風が吹いたり……雪が降ったりするだけじゃ、春も冬も来たことにならないってこと……だよね。それって、今のおめーと燕と、一緒じゃない……？」

どういうことだろう。燕は魔法に負けて華茂を傷つけた。華茂は燕を信じきれなかった。

それが事実の全てじゃないのか。

華茂の心を読んだように、マロンは続けた。

「一度きりで……終わる関係、だったの？　そんなので……がふっ！　お、わる、ような……」

マロンの顎が、少しずつ少しずつ華茂から離れていく。

マロンはずるずるとその身を崩し、宇宙の闇へと漂った。

終わりに、こう言い残して。

「んなわけ、ない、よね」

んなわけないよね。

んなわけ、ないよね……。ない。ない。ないよね……。

……そんなわけ。ないだろう。

華茂にとって、燕は特別な存在だった。

魔女学校に通っていた頃、燕は優等生で、華茂はちょっとできない子だった。それでも燕とは妙に気が合った。いつも一緒だった。華茂がイアに挨拶をすれば燕も続き、華茂がイアに叱られていたら燕がそれをかばってくれた。イアは頭の後ろで手を組んで、ご機嫌な顔で教師用の部屋に戻っていった。二人で植物に水をあげた。水飛沫の隙間に、小さな虹ができた。その奥には、燕の笑顔というなによりもの虹があった。華茂はそれがとてもとても嬉しかった。……夢みたいだった。

華茂だって、魔女学校に通う前は不安だった。なにをさせられるんだろう。怖い魔女はいないかな？　実際、空気を読めない発言をして同級生を引かせたこともある。愛想笑いをしてごまかしたのだけど、そういう微妙なやりとりに対し、華茂は必要以上に心を苦しめた。魔法の実技も勉強も難しかった。卒業して立派な魔女になっている自分、というものをまったく想像できなかった。他の人はできるのに、どうして自分はできないのだろう。いくら努力をしても、無理なものは無理なのかな。そんなふうに思って、誰もいないところで一人泣いた。

だけど彼女が。彼女の存在が。華茂に勇気を与えた。愛を教えてくれた。自分は特別ではないけれど、自分にとって特別な相手ができたこと。それだけが華茂の誇りだった。

そう。燕は、華茂にとっての誇りだったのだ。

二人で同じ地域を担当するよう割り当てられた時、なんと嬉しかったことか。なんとなんと、嬉しかったことか。パズルがぴたりとはまった。意味ありげに無言で強力なピースをしてきたイア。心の中で何度もお礼を言った。燕と一緒にいさせてくれてありがとう、と。

神様にも、何度もお礼を言った。燕をこの世に導いてくれてありがとう。燕とこの世で出会わせてくれてありがとう。広い広いこの世界で。華茂と燕は出会った。小さな二人が、嘘のような確率を打ち倒した。出会えるはずもなかった二人は、出会うべくして出会う二人へと変わった。

それすなわち——えにし。

燕と同じ家に住み、毎日燕の料理を食べた。華茂が冗談を言ったら、燕は畳を叩いて笑ってくれた。華茂が育てた朝顔を、きれいだと言ってくれた。華茂、華茂、といつも名前を呼んでくれた。

名前を、呼んで。くれたじゃないかっ……!!

なのに自分は、どうして燕を信じることができない。燕を信じられないということは、自分を信じていないのと同じことじゃないか！

華茂の全身に、いのちが流れた。思い出だけじゃない。未来だけでもない。今が、流れた。

今この一瞬。自分自身を信じたいという心が、熱く熱く燃え上がったのだ!!

「ん……」

ぎぃいいいいいいいいいいぃいいぃぃいっつぃいぃぃいいいっぃいぃいいいいぃいっっっっ!!

華茂の手首が痙攣《けいれん》する！　枷《かせ》に塞がれた、それでも生じるわずかな隙間。その中で、もがくもがくもがく！　もがくもがく！　指で空気を掻く。枷を内側から何度も何度も打ちつける！

大魔女リリーだ？　穢れを司る魔女だぁ？

知らない知らない知らない。知ったこっちゃない！

自分が今知るべきなのは、燕のことだけ！　すなわち、自分自身だけだッ!!

自分と燕がどんな時間を過ごしてきたのか、この手枷ごときに理解されてたまるか！　そんな奴に身体をいつまでも封じられたりはしない！　こんなもの……、
こんなものぉぉぉぉぉぉぉ――――――――――――っっっ!!

――――バッキャアア――――――――――――ツッツ!!


粉々、だ。

華茂の心がメーターを振りきった。手枷など、粉々にしてやった。ゆっくりと肘を曲げる。手を、数度握ってみる。――――いける。リリーを睨む。大魔女は、驚きに目を剥《む》いている。

(怖くない、なんて言わない。やっぱり怖いよ、燕さん)

だけど、その怖さを、越えていくのだ。怖さをしっかりと味わいながら、進んでいくのだ。

その先に燕がいると、信じているから。

遠野華茂。心を司る魔女――――。今、進み始める。

裾の見えない、天《あま》の海。さっきまで煌めいていた無数の星々が、一つ、一つと輝きを消していく。

空は今、夜の終わりを告げていた。この闇が果てる時、惑星アニンと人類と魔女は絶望の汀《みぎわ》を歩き出すというのか。――否《いな》。

華茂には聞こえる。アニンから届く、魔女たちの、そして人間たちの声。願い。明日が訪れることを、願ってやまない声。また、みんなと明日を迎えたい。その思いだけが、華茂にとっての酸素だった。栄養だった。力だった。自分の限界を超えていくための力。華茂は手の人差し指から小指までを順番に折り畳み、最後にそれらを親指で固く閉じた。これこそが、拳《こぶし》だ。

だが華茂と穢れとの間には、一人の強敵が待ち受ける。

「蘭麗、あなたは零式さんを穢れに取りこませておくがよいでございましょう。手出しは、無用」

その名は、リリー＝フローレス。ライラとアルエの血液を沸騰させ、マロンとチャーミの肉体をえぐり。かつて、イアを絶命寸前にいざなった魔女。

「この時を待っていました。それではいよいよ、大団円といきましょうか」

リリーがしめやかに十字を切ると、彼女の身体から金色の光が瞬いた。衝撃波が生じ、華茂の前面をドン！　と押す。前髪が、ひるがえる。今までに感じたことのない、強大な強大な魔力だ。

リリーもまた、限界を超えている。華茂への怒り。屈辱。そして辛酸《しんさん》の全てを薙《な》ぎ払わんと、魔女の粋《すい》を極める。

そして華茂は知っていた。そんな彼女を倒さなければ、燕を救えないということを。

「リリーさん、思いっきりいくよ」

華茂は自らの拳を、炎に包ませる。

「ええ。思いっきり、死んでいただければと思いますわ」

リリーは両手の人差し指を華茂に向け、狙いを定める。

ひらひらと。羽風に吹かれた、桜の花弁《はなびら》のように。時の欠片が舞い散って――、

――零《ゼロ》。


「そこをどけぇぇぇぇっ、大魔女っ!!」

「全身を塵にしてあげましょう、クソガキがあああああっっ!!」


防御の類《たぐ》いはない！　華茂はリリーに向かって全力で飛ぶ！

痛くはない。痛くなど、ないだろう。きっと自分は死なないのだ。そう言い聞かせた。騙した。

だから、相手の攻撃のことなど微塵も考えなかった。

いくつもの瞬きが線と化し、華茂の側方を流れていく。

できることは、ただの一つ。全ての思いを拳に乗せて――。

ギュ、――ヒュンッ。それは、呼吸の『吸』を行った瞬間だった。星粒の一つが具体化した。リ

リーの姿だ。彼女は前傾し、三つ編みを後方にはためかせながら突っこんでくる。

だが今のリリーは弓を握っていない。なら、

『火龍《ひのたち》!!』

腰を入れた一撃！　その速度はまさに剣突《けんとつ》。リリーの像を鮮やかに殴り抜ける。拳によって生じた風により、炎はブオオオ！　と勢いを増した。

しかし、撃ちこんだはずのリリーがブンッ……と消える。しまった、今のは残像だ！

仰ぎ見る。上方。リリーは身体を九十度ひねる。その体勢から繰り出されるは、強烈な回し蹴り――、の、はずが。遅い。これは受けられる。華茂はリリーの脛にしがみつき、互いの速度を相殺させる。そのままぶん回して放り投げた。リリーの靴がすぽっと脱げる。そのなめらかな脱げ方はまるで、あらかじめ靴からかかとを外していたかのようで――、

『五臓六腑の間欠泉《ジャクリアン》ッッ!!』

な、にっ!?　リリーのタイツが弾けたと思ったら、砂の奔流《ほんりゅう》が華茂の心臓を目がけて一直線に撃ち出された。あの技を、足先から放ってきたというのか!!

砂粒が螺旋《らせん》を描き、急接近する。でもこれは以前に一度、跳ね返せたはずの魔法。かつてできたことが、今できないはずはない。唇を突き出し、半円の軌道でフックを入れる。第二関節から下、基節骨《きせつこつ》にジインと鈍痛《どんつう》。それでも華茂はたしかに砂塵を払った。やはり……できた！

今、華茂はリリーに通用している。イアが凶弾に倒れたあの日……頭の中が真っ白になっていた

あの時とは違う。しっかりと考え、相手を敵と認識しながら戦えている。

（イア師匠、できたよ。教えてもらったことが、今、できたんです）

長い旅を続けて。たくさんの魔女と出会った。その中で華茂は、生きている。

生かされている。その単純な事実を、強く胸に刻みこんだのだ。だから——!!

「負けないいッッッ!!」

再びリリーの方を向く。だがそれと同時に、華茂の目の前を赤茶色のなにかが横切った。

これは……、星石《ほしいし》だ。そしてこの色からして、おそらくは石鉄隕石《せきてついんせき》。宇宙の古き住人が、五メートルほどの陰《かげ》で華茂とリリーを分断する。その壁の中心が——、紅く。じわりと、溶けて——、

「!!」

えぐりとられた。ど真ん中だ。リリーの炎弾が飛来する。華茂は咄嗟に下方によける。そのまま星石の壁へと近づき、気配を殺した。

この壁の向こうに、リリーがいる……。そしてリリーもまた、こちらが張りついていることを知っているだろう。先に動くべきか。それともリリーの挙動を待つべきか。

二つの選択肢の間で迷っていると、背中が急にぞわりとした。

「えっ!!」

リリーが、いた。

いつの間にか、星石《せいせき》のこちら側に音もなく回りこんできていた。華茂との距離、柄杓《ひしゃく》一本分。

リリーはその麗しい手で、華茂の横髪をぐしゃりと掴んだ。痛い！　頭部の皮膚が、悲鳴を上げる。

「本当に……小賢しいですわね!!」

ボギイッ!!　頬骨《ほおぼね》が、本来鳴ってはいけないような音を鳴らす。リリーは華茂の髪を掴んだまま、余った拳を顔面へと叩きつけてきた。

「本当に！　あなた!!」

ドボギッ!!　さらにもう一発。華茂は骨伝導《こつでんどう》で着弾の音を聞いた。脳みそがシェイクされる。口内の粘膜から血が滲《にじ》み出る。

ゆら、と、少しよろめいて。片目を閉じながら手を伸ばす。視線は、常にリリーを逃さない。

――ガシッ。

「うっ!!」

リリーが小さく叫ぶ。華茂もリリーの三つ編みを掴んだ。これでともに、髪を掴み合った状態となる。華茂は頭部を大きく後方に反らし……、

「うあぁぁぁぁぁぁぁぁぁぁぁぁあっっ!!」

ガボギイイイイ――――――ッッッ!!

渾身《こんしん》の頭突きだ！　リリーの眉間に、ひたいをめり込ませる！　頭蓋《ずがい》がミシリと音を立てた。

リリーは鼻筋に血の川を流す。だがまだ離さない。華茂もリリーも、まだ相手の髪を離さない。

このいっときを逃してはならない。そう思った。感じた。自分が自分に呼びかけた。勝手に左拳

が動いた。鳥の飛び立ちにも似た迅《はや》さで横殴り。これがリリーの肋骨に、もろに入った。骨を破壊した感触を覚えた。華茂とリリーの痛覚は今、繋がっている。

「どぇっ……ふっ……」

リリーの瞼がひきつる。華茂の髪を掴む手が緩んだ。こ、――ここだァアアッッ!!

華茂の脚が撃鉄《げきてつ》を起こす。関節をしならせ、斬線一発《ざんせんいっぱつ》の浴びせ蹴りだ！　だがリリーは瞬時の判断でこれを回避した。再び華茂と距離をとり、十本の指をこちらへと向ける。あ、あれは……。

『五臓六腑の間欠泉《ジャクリアン》ッッ!!　十殺《じゅっさつ》ッ!!』

リリーの全ての指先から。どす黒い砂が、シャアアアアアアッッッ!!　と吐き出される。それらは伝説に聞いたことのある大蛇の、波状攻撃にそっくりだ。ひと噛みすらも受けてはならない。冥《めい》土《ど》への切符を持った砂塵が、流星群と化してコンマ単位で迫ってくる！

それでも……。それでも、華茂の心は落ち着いていた。

やる、と決めたのだから。

自分で決めたのだから、そこに迷いなど一分《いちぶ》も生じなかったのである。

『うわあぁぁぁあああぁぁッッ!!　火龍《ひのたち》……火龍火龍火龍っ……あああぁぁあああぁぁあああ
あっああぁあぁぁあああぁあああっっ――――――ッッッ!!』

正眼の構えから、火龍の連打。殴る。殴る殴る殴る。殴って殴って殴り抜ける。もう目の前は、宇宙なんかではなかった。リリーの像も、アニンの姿も、大量の砂が全て覆い隠した。華茂は殴る。

殴る。殴る。殴る。もう戦略もなにもあったものではない。ただただ、狂気の集合を打ち払う。その拳で。炎を巻き上げ。やたらめったら、五里霧中。息という息を肺に落とした。殴る殴る殴る。

「あああああああああああああ!!」

やがて。――やがて! 砂の攻撃が、次第に少なくなってくる。視界が再び晴れてくる。ようやく捉えることのできたリリーの影が、華茂に向かって驀進《ばくしん》してきていた。

砂に続いてなにか仕掛けてくるのか!? と、思ったが、リリーは妙な位置で片手を振り上げた。

たしかにリリーは華茂に急接近している。しかしまだ間合いはある。あの位置から殴ろうとしたって、華茂にはかすりもしないだろう。その思考がすなわち、――油断だった。

リリーの手にブゥン、と生じたのは、それ。バイオリンの、本体……、

ばぎぃいいいいいいいいいいいいいいいいいいいッッ!!

バイオリンが、大破した。ネックも弦も。顎当てもペグも……。全てがその構造を捨てた。

だが同時にそのバイオリンは、華茂のこめかみに直撃していたのである。

三半規管が壊れる。意識が混濁《こんだく》する。眼前はブラックアウト。頭の中で何本かの電気信号が走った。なんだか時間が、ゆっくりと流れているような気がした。

自分は致命傷をくらった。それだけは、わかった。

(負けちゃったの、かな?)

自問した。負けないと決めていたのに、事実は残酷だ。

（今、負けたの？）

もう一度訊いてみる。すると今度は、どこかから答えが返ってきた。

（負けてないぞ、遠野）

この声、この声は……。忘れはしない。忘れようがない。朗々《ろうろう》とした、この声は。

（イア、師匠……？）

（ああ。待たせて悪いな）

（し、ししょおおおおおお!!　でも、こ、これってわたしの妄想？）

（なんちゅう情けない声出してんだ。違うよ、私は本物のイアだ）

（師匠、無事だったんですね……）

（まあな。それより遠野、零式を護れるのはお前しかいないんだぞ）

（わ、わかってますよぅ。でも、今、わたし……）

弱音を吐くと、イアの小さな鼻息が聞こえた。

それは華茂の弱音を責めているような、あるいは、華茂を信頼しているような息だった。

（ハートだよ、ハート）

（わたし、たくさん心を使いましたよ？）

（そうかぁ？　お前はまだ、本当の力を出していないと思うぞ）

本当の力。本当の、魔力。

それはかつて、イアが引き出してくれようとしたものを差しているのだろうか。

(お前が最強の魔女たるゆえん。それはな、お前のハートは一つじゃないってことさ)

(ハートが、一つじゃない……?)

(そうさ。よーく耳を澄ませてみな。お前だけの詠唱が聞こえてくるから)

イアに言われたとおり、心を静めてみる。そうしたら。たしかに、耳の奥でいくつかの声が交差した。耳の奥……いやこれは……自分の、心の奥から聞こえてくる声たち。

(任せたぞ遠野。私も、間もなく着く。……借りを返しにな)

そこでイアの言葉は、ぷつりと途切れた。

目の前がぼやつき。宇宙の香りが鼻腔《びくう》を流れる。それらは鼻から舌へと落ち、華茂は、宇宙を呑《の》みこむ。そして心から吹き出した言葉たちは、今。一点で、結ばれた――。

『水面《みなも》を指でつつけば出立《しゅったつ》の鐘が鳴った。靴を新たにし、羽ばたく鷹《たか》を見上げよう。街が夜《アムト》を呼び起こす。ブラックチェリーの香が漂う。洞穴《どうけつ》の奥にいた、私の運命は簒奪《さんだつ》された。嗚呼、私は焔《ほむら》。貴女は氷《ラクト》。手を繋ぎ、明日の音楽《ディッフェ》を奏でるの』

腕が勝手に動いた。リリーの腹部に拳をねじこむ。「う、ぷっ」と声が聞こえた。知らない知らない知らない。そんなものは知らない。

砂の嵐を抜け出す。リリーが距離をとるように遁走《とんそう》の飛行を開始していた。高速で。それはもう、音の速さをも超えていくほどに。

逃がさない。…………。逃がさないッッ!!

「勝負だ、リリーさん!!」

腕を横一線に振る。たちまちに生じたるは、風の刃《やいば》。それらが自動追尾となってリリーに襲いかかる。両腕を使って防ごうとするリリー。その腕から、鮮血が舞い上がった。

(お、おめー。それは、うちの魔法じゃんか!!)

えらく楽しそうな、明るい声が聞こえた。

華茂はその隙を縫ってリリーへと流線を描く。そこへリリーが砂弾《さだん》を射出《しゃしゅつ》。ドウン! ドウンドウン!! 華茂の航跡《こうせき》で、砂の爆発が生じる。それは華茂を撃墜すべく放たれる砂の爆薬。だが強く念じれば、それらの砂は華茂の身体へと吸収された。

(ニーウがいなくても使えたのね、それ)

深みがある、それでいてのほほんとした声が頭に響いた。

するとリリーは両腕を掲げた。華茂の頭上に、炎の気配。高熱のマグマがぼとりぼとりと降ってきた。華茂はマグマに向けて、炎の波を発射する。その波をマグマの吐き出し口でクロスさせる。カカッ、と光が輝き、大爆発が生じた。おびただしい煙が塵《ちり》を散らす。

(やったぁ、ブースト！ 今度、ライラが秘密特訓してあげるよ!)

開けっ広げで、それでも思慮深い声が心に届いた。

その時、チッ、という舌打ちの音がした。

「あたしの邪魔をするなぁあぁぁっ!!」

蘭麗が四本の番傘を投擲《とうてき》してくる。シュルシュルと回転する傘から、刃がぎらつく。華茂がそれらを順番にかわすと、後方で番傘の開く気配がした。軒紙《のきがみ》から吹き出す、酸の雨。華茂は炎を纏った手を、酸にスウッとかざす。ある一点を通過するなり、炎は氷へと変化した。酸の粒は凝固点へ落ちこみ。中空でその動きを止める。

（炎という。一つの魔法だけを。見て。油断する。馬鹿の。見本市）

冷酷だけれど、どこかに夢を宿した声が耳朶《じだ》を打った。

「くそっ！　くそっくそっくそっ！　まだか！　早く燕を取りこんでしまえ!!」

蘭麗は右手を斜め上に、左手を斜め下へと伸ばす。刹那、無数の番傘が、バン！　バン！　バン！　バンバンバンバン！　と開いた。そしてそれらは、リリーと蘭麗の姿をすっぽりと隠す。

（あははははは！　どれか一つでも突いてみな！　そしたら大爆発だよっ！　あははは！）

どこかから、蘭麗の勝ち誇った声が聞こえる。でもね――。


【その未来は、不採用】

「うっ⁉」

蘭麗の番傘が瞬時にして消えた。……いや。元々なかった世界へと移行したのである。華茂は蘭麗の驚愕《きょうがく》を。滑り飛びながら、聞いた。蘭麗の頬の、わずか数センチ隣。

華茂の拳が、あった。

ボギィイイイッツ――――――‼‼‼

渾身のストレートが蘭麗を殴り抜いた。

華茂に迷いはない。それと同じように、蘭麗に身構える暇はいっさいなかったのである。

蘭麗の魔力が弱まっていく……。今の一撃は芯の芯を捉えた。蘭麗は口端《くちは》から血を流しながら、宇宙空間を自然遊泳する。間違いなく捉えた、という確信が、華茂にはあった。――その時。

「ぎぃいいいいいいっっ‼」

黒い炎が華を咲かせた。圧倒的、かつ圧殺的なその衝動。正体はやはり、リリーだった。怨嗟《えんさ》、憤怒《ふんど》、憎悪。それら全てをぶつけるがごとく、ぎろりと目を剥いた。

「あたしの魔力の粋《すい》、喰らうがよいでございましょう‼」

リリーが身体を、くの字に折る。必然、手と足がこちらを向く格好となる。そしてリリーは両手両足全ての指から、砂弾を発射した！　さっき火龍《ひのたち》の連打で回避した量の、二倍。……違う。リリーがその魔力を限界まで注ぎこんできたわけだから、どこまでの威力になるのか想像もつかない。

それでも、やはり。やはり。――勝負だ。

華茂が肩をいからせて構えるのと、その隣を白い稲妻が通り過ぎていくのは、同時だった。

『突き刺せ時空《ソルエ》ェェェ――――――――――ッッッ!!』

……わずか。わずかの細い線上。それは少しでもずれると、なにもかもを台無しにしてしまうほどのタイトロープのようだった。しかし誇り高き電撃は寸分のズレもなく進み、進み!!

砂塵を次々と吹き飛ばし――、リリーの両肩に、鮮やかに突き刺さった。

「きゃあぁあぁぁぁあぁあぁぁぁっっ!!」

高らかな悲鳴とともに、リリーの魔力も消えていく。あの大魔女の魔力を、一瞬で無に還《かえ》した。

そんな偉業を達成できるのはこの世で、ただ一人。ただの一人しかいないだろう!

「遠野!　がんばったな!」

「し、ししょおおおおおおぅぅぅぅ!!」

もう一人の大魔女――イア＝ティーナが、指で鼻をすする真似をした。深紅のドレスはまるで、薔薇のよう。切れ長の瞳。こぼれんばかりの胸。なにもかも……なにもかもが、懐かしい。

「借りは返したよ、フローレス」

イアはサムアップして、小さく笑う。

その仕草がもうかっこよすぎて、華茂はイアに飛びついてしまうところだった。

しかし二人の再会に、低くよどんだ声が水を差す。

「もう一人の大魔女様まで、来てしまったんじゃ、仕方、ないわね……穢れは、ある程度、燕の魔力を取りこんだ、でしょうし……」

苦しそうに、本当に苦しそうに言葉を漏らすのは、蘭麗だ。

「ナンドンランドン、いいわよ。人間に穢れを祓わせなさい」

途端、華茂の全身が寒くなった。――いけない。

蘭麗は大災害を引き起こすため、人間に穢れを祓わせて穢れを暴走させようとしていたはずだ。しかしここから海上のナンドンランドンまでは距離がある。今から彼女を止めに行っても間に合わない。このままでは、人間が……そして惑星アニンが終わってしまう。

なにかないか。なにか。自分のできること。対抗策。たとえ、どんな代償があってもいい……。

暫時《ざんじ》……経過する。

(蘭麗……こちら、ナンドンランドンじゃが……)

ナンドンランドンの声が、華茂の頭の中に響く。これは魔法だ。海の上を漂うナンドンランドンから、通信魔法が送られてきている。

「よく聞こえるわよぉ。どう？　人間どもはちゃんと穢れを祓ってくれた？」

(い、いや、それが……)

「なにをグズグズしてるのよ。うまく穢れを祓えたら、貴女の国の人間を世界中に紹介してあげるって約束したでしょう。貧しい貧しいと、いつまでも蔑《さげす》まれたままでいいの？」

（違う……やろうとしとるんじゃが……）

「じゃあ、さっさとやってよ。なにがあったのよ」

蘭麗のその問いを受けて、ナンドンランドンは声を震わせた。

（おかしいんじゃ！　何度やっても元に戻る！　誰かが、ボクの魔法を乗っとっとるんじゃ!!）

「……え？」

（じゃから！　穢れを祓うっちゅう未来を！　全部、祓わんかった未来に変えとる奴がおるんじゃやって。どういうことじゃ、蘭麗？　キミ、なんか知っとらんか？）

蘭麗がゆっくりと華茂の方を見る。そして視線を、一点で定めた。

（蘭麗？　なんか知っとるんじゃったら教えんせ！　蘭麗？　蘭麗？　ら……）

ナンドンランドンとの通信魔法は、そこでプツリと切れた。

蘭麗は頬を押さえながら、その瞳に真剣を宿《やど》す。

「貴女ね」

華茂は、大きな唾を飲みこんだ。

「貴女がナンドンランドンの魔法を、彼女自身にかけた。だからもう、あの子の魔法は発動しない。でもまさか、ここまでの大きさの未来を変えてくるなんて……」

蘭麗の推測はまさに、そのとおりだった。華茂は、ナンドンランドンの魔法を曲げることに成功した。これで、人間と文明が即座に終わることはない。——しかし。

「まあわかってると思うけど、あの穢れが燕を吸いこんだらそこそこの暴走が起こるでしょう。でも、もう、やめにしない？」

意表を突かれる。訥々《とつとつ》と語る蘭麗の声は、本気の色に満ちていた。

「人間は死ぬでしょうね。ただ、魔女なら生き残れる。いえむしろ……魔女を中心とした世界をつくれるかもしれないわ。迫害も魔女狩りもない。魔女同士で恋をして結婚をして、楽しくやっていける。貴女の好きなお茶会だって続けることができるわ。もう、それでよくないかしら？」

蘭麗の申し出は、けして一方的に有害なものではなかった。人間にいじめられている魔女は少なくない。今まで街に住んでいたのに、山や森の中に追い出されたという話もライラから聞いた。魔女はこれまで人間を護ってきたのに、科学が少し進んだだけで全ての過去を忘れられたかのような扱いを受けている。だから、もしかしたら。蘭麗は全ての魔女の代弁をしていたのかもしれない。

「……違う」

だけど華茂はポツリと返す。たくさんの、これまでに出会ってきた人間の顔を思い返しながら。

人間は魔女を迫害しようとしてきた。人間は魔女と仲良くしようとしてきた。どちらの可能性だってあるのだ。だったら、その未来を切り開くのは自分たちの問題だ。悲しい過去があったからといって、未来を閉ざしてしまうのはあまりにも単純だろう。それはやはり、愚かな行為なのだと思った。そして華茂にとっては、どうしても失いたくない人がいる。

蘭麗の描く未来には、その人がいないのだ。

「燕さんは、死んじゃうじゃない……」

半分泣きながら華茂が呟くと、蘭麗はあっけにとられたような顔をした。

それから。どうしてか。

「あはっ」

緩《ゆる》やかに、笑った。それは、無人の草原に吹く、あゆの風のような笑みだった。

「あたしもリリー先生も、もう戦えない。あの穢れに入ることができるのは、心を司る魔女である貴女一人。だったら、行くんでしょうね」

「……うん」

強く、うなずく。それは決意の心。華茂は、腹を括《くく》ったのだ。

「でも、死ぬわよ」

蘭麗が、再び唇を引き結ぶ。

「あの中で渦巻くのは、百億の心。それに巻かれたら、貴女も燕も死んでしまう。それでも行くの？　貴女は、どうしてあの子のことをそこまで好きになれるの？」

蘭麗が目で問うてくる。しかしそんなものは愚問だった。

どうして好きか、って？

どうして好きになれるの、って？

そんなこと。そんなこと……、

「好きなんだから、仕方ないじゃないっっ‼」


叫んでやった。宇宙の全てを、ぶっ飛ばしてやるくらいの勢いで。

喉の底から、声を張り上げてやったんだ！


「負けたわ」

蘭麗はひとこと呟いて、それから、つまみ食いを見つけたかのように笑う。

「なにがおかしいのよ……」

「いちおう言っておくけど。貴女の声、あの中の燕にも聞こえてるから」

蘭麗が指さすのは、邪悪にうごめく穢れの塊《かたまり》。

つまり。つまり……その……、そういう、ことで。

「ひええっ！」

華茂は頭を激しくかきむしる。その様子を眺めていた蘭麗はもう一度、「ははっ」と笑った。

くぅー、と声を漏らし。こんなのも自分らしいかな、と諦める。

華茂のボブカットに、惑星アニンからの光が燦々《さんさん》と輝く。

全ての外連味《けれんみ》を一気に真実へと変えてしまいそうな。そんな、光だった。

ディープブルーの空が、華茂を試している。命じている。

お前の全てを費やせ、そして、溶かせ――と。

行こう。この世界の、分岐点へ。


穢れの内部には、漆黒の世界が広がっていると思っていた。

しかし華茂の身体を照らすのはただ、まばゆいばかりの光。息はできる。苦しくない。気分が悪くなることもない。それでも華茂は警戒しながら、一定のスピードで中心部へと飛んでいく。ちょうど、トンネルを抜けるような感じだ。ただこのトンネルはちょっと変わっていて、側面にいくつかの映像が浮かび上がっている。そしてそれらは、華茂が見たことのない世界のものだった。

道を埋め尽くす四輪の機械。これは、自動車だろう。空を飛ぶ鉄の塊。華茂が知っている飛行機より、格段にでかい。学校が木造ではない。レンガ造りでもない。この白い壁の材質はいったいなんだろう？　華茂はそのうち、一人の男子の生活に注目した。

少年は、音の鳴る時計を使って起床する。寝ぼけまなこをこすり、朝食の席につく。パンと野菜と……あと、あの白いものはなにかな。固形と液体の中間のような感じ。とにかく子供はそれらをおいしそうに食べながら、祖父に渡すお土産について母親と話をした。その会話内容を聞くに、どうやら夏に長期休暇があるから旅行に出かけるらしい。

少年は家を出て、同じ歳くらいの子供たちと学校に向かう。学校では国語や算術などを習っていた。緑色の板に書かれていた内容については、意味不明。小さいのに難しいことを学んでいるのだなぁと感心した。運動の時間には、球を投げて遊んでいた。

授業が終わったら、楽器の教室へ歩いた。ピアノを習っているらしい。あれは、そんなに上手くないな。まだ初心者みたい。でも華茂は楽器をいっさい弾けないわけだから、あの子供の方が華茂よりもできているわけで。どちらかというと、一生懸命努力するその姿に賞賛を送りたくなった。

――あれ？　華茂は気づいてしまった。楽器教室から一緒に帰っているあの女子と、すごく仲良さそうだ。話も弾んでいるし、二人とも笑っている。これは……もしかしたらじゃありませんか？

夜になると、少年の父親が帰宅していた。父親は日中仕事に出て、夕食に間に合うように帰ってくるらしい。食卓に上がったのは豚肉の炒めものだ。おいしそう……。コクのある香りを想像して、華茂のお腹がググウと鳴る。それから家族で順番にお風呂に入り、それぞれの部屋で自分の時間を過ごす。少年は学校から与えられた課題をこなした後、長方形の機械に映ったキネトスコープらしきものを鑑賞していた。ん……今、画面の中で傷害事件が起こったぞ!?　あ、でも、頭のよさそうな人が事件を解決した。悪人が野放しにされなくてよかった。

少年が部屋の灯りを消すと、壁がぼんやりと光った。あの灯りといい壁といい、どこから火を入れてどうやって消しているのだろう。謎だ。ただ、部屋の壁でうっすらと光るのは、どうやら宇宙の星々のようだった。宇宙……。この穢れの中にいる人たちもまた、アニンに住む人々と同じように宇宙に思いを馳せたのだろうか。

どこかの家で風鈴が、ちりん、と鳴った。夜が深くなる。この星の月は、一つだけだった。まんまるで、優しそうで。華茂は飛びながらその映像を見、口元をほころばせる。

そしてその月光は。——二つに。分かれた。

突如現れたその光。認識する暇などない。

あっという間に夜を呑みこみ。全て、全て、白の……世界へ、と。

……。……グウ、ン……ン……。

華茂の像ガ、ぶレた。

ザザザ……ザザ……。ザザザ……ザザザザ……ザザ……。

ここはどこなの。なにが、あったの。華茂は、カクニンヲ、試みる。

ここは……まだ。穢れの中だ。

そうだ。そうだった。燕を助けるために、飛んでいるのだった。

この穢れのどこかに、燕の姿を探しているのだった。

歯をくいしばる。目を見開く。その華茂の首に、なにかがかすった。いたっ！　なんか、血が出たような気がする。途端、華茂の身体が前転し、何者かにつまみ上げられ、後転し。そこからはもう、体勢がどうにもこうにも——、わからなく——なっ、た。

ごちゃごちゃになった世界の中を。華茂は飛ぶ。進む。

そして華茂は見た。一瞬で変えられた世界の、全てを。

あるところに子供がいた。その子はまだ、かろうじて算術ができるくらいで、毎日母と絵本を読んで笑っていた。ぬいぐるみが大好きで、いつも犬のぬいぐるみを抱いて眠っていた。しかしその絵本は炎に沈み、登場人物の顔は奇妙に曲がった。ぬいぐるみの目が飛び出て、中の綿はドロドロに溶けた。大好きだったそのぬいぐるみと同じように、その子供の眼球は硝子によって破壊され、その子は最期まで手を伸ばして、暗闇の中、大事な大事なぬいぐるみを探していた。

華茂はたしかにその光景を見た。目に、強い痛みが、走った。

あるところに大人になりかけの少女がいた。少女は想いを寄せる相手に、機械で言葉を送った。その返事は、少女の想いに応えたものだった。少女には、この世界が輝いて見えた。窓を開けた。ベランダに出た。貴女の好きな人は貴女のことが好きなのだ。夜はそう告げてくれた。

その夜が牙を剥いた。少女は大熱に焼かれた。可憐な姿はどこにもない。ただ残ったのは、焦げた、髪の毛の束だけだった。

華茂の内臓の一部が、潰れたような気がした。ギリギリと痛む。脂汗《あぶらあせ》が出る。

都会で暮らし始めた男女がいた。二人とも田舎から出てきて、初めての都会だった。立ち並ぶ高層建築、そしておしゃれな人々に、二人は戸惑った。それでも無事に部屋を借りることができた。困った時には助けあおうと決め、部屋は隣同士にした。そして二人は毎晩眠る前に、壁越しに話をした。それはちょっとしたいたずら心と喜びを満たす取り組みだった。

爆風が吹いた。二人は壁ごと圧縮され、ただ一つの肉の塊となった。

これは、いけない。華茂は思う。しかし華茂の足の爪が三枚弾けた。ついに、悲鳴が出た。

間もなく出産を控えた女性がいた。

（もう、見たくない）

だが予期せぬ難産に、女性は二日間苦しみ、自然分娩《しぜんぶんべん》から帝王切開《ていおうせっかい》に切り替えた。

（もう、聞きたくない）

彼女の夫はずっとそばにいて、妻の手を握り続けた。

（やめて）

手術は見事成功し、かわいい丸々とした赤子が生まれた。

（やめてやめてやめて）

赤子が彼女の乳房に唇を当てる。夫は涙ぐみ、窓から秋空を眺めて子供に「秋菜」と名付けた。

（やめてよぅ……）

赤子は名付けられたと同時に、両親とともに、蒸発した。

華茂は脇に手を挟み、かばう。この手は、この手だけは、燕のために……。

その代償として、肘の骨が粉砕した。

どうして。どうして。どうしてなの。

それでも華茂は飛ぶ。飛び続ける。悪夢の中を。理不尽の中を。燕の元へ。燕の、元へと。

もういっそのこと、眠ってしまいたい。だけど、眠ってはいけないと、自分で自分に警笛を鳴らす。脳に一枚靄《もや》がかかっている。振り払え……振り払え……。

するとそこに、ぼんやりとした人影があった。

ザザ……。晴れる。

ザザザザ……ザザ。晴れてくる。


だ、誰？　目の前にいるのは、誰だろう？

どうやら男性らしかった。深緑色の、作業員のような格好をした男性は両腕を広げ、華茂をガッシリと受け止めた。隆々とした筋肉。だけど見た目はごつくない。どちらかというと細身に見える。

その男は華茂を身体から離し、『よくがんばったね』と誉めた。

「誰？　もしかして、穢れの中の人なの？」

男は少し迷ってから、うなずく。だけど華茂がこれまでに見てきた地獄とは違う。あれらの光景は華茂を包みこむように汚染してきたが、この男は華茂の目の前に存在しているのだ。それは確実だ。男はじっと華茂を見つめ、そして、口を開いた。

『俺の名前は、クラント』

「クラント？　知らないなぁ」

『敵じゃないよ。その証拠にほら、君の身体の痛みは消えているだろう？』

「……あ」

本当だ。さっきはあちこちに深い傷ができていたのに、それらがきれいに治っている。

「あなたが治してくれたの？」

『ま、一時的なものに過ぎないけどな。それより君は、まだ先に行くつもりなのか？』

そう問うクラントの瞳は本気だった。華茂はゆっくりと腕を伸ばし、穢れの奥を指さす。

「この先に、わたしの好きな人がいるの。だから、行くよ」

華茂は迷いなく言った。それはまるで、決定事項のように。

『そうかい。じゃあ俺は、君の幸運を祈るぜ』

クラントは華茂を止めようとも説得しようともしない。ただ、華茂を信じたように目を細める。

「少し楽にしてくれてありがとう。じゃあね！」

再び飛行を開始しようとすると、クラントが華茂の手首をギュッと握った。

「え、なに？」

『行く前に、君の力をちょっとだけ分けてくれないかな。頭の中にこの穢れをイメージして、魔力を込めてほしいんだ』

よくわからない依頼だ。しかし断る理由もないので、華茂は言われたとおりに力を込める。

そこで……。

（…………!?）

華茂は気づいてしまった。この心は。この、存在は。

「あなた、アニンの人間ね。穢れの中にいる人たちと気配が違うわ」

『ふっ、そういうこったな。ご名答だ』

「なんで、一人だけ穢れの中にいるの……？」

『俺は穢れに乗せて連れてこられたのさ。君が想像もできないだろう、遠い遠い場所からな』

わからない。クラントの言っていることの意味がわからない。だがそれを明らかにしている時間も、ない。華茂が魔力の転送を確認すると同時に、クラントは華茂の手首を自由にした。

『ありがとう、おちびさん』

クラントはそう言って、幻の笑みを携える。

よし、今度こそ。燕の元へ——。華茂は飛行魔法を心に念じながら。……念じながら。

首だけをクラントに向け、視線を合わせた。

「最後に教えて。あなた、どうしてわたしに話しかけたの？」

『さあて』

クラントは腰に手を当て、顎を上げる。

『俺にもいるからさ。もう一度……会いたい奴が』

華茂はニッ、と笑った。クラントもニヤッ、と笑った。

そして後ろ手でバイバイをして。華茂の瞳に、またも地獄が映り始める。

背後には、何者の気配もしなかった。

行くよ、燕さん。必ず行く……から！

ザザザ……ザザザザ。ザザ……ザザザ……。

――必ず。

完治を告げられた、病室の少年。工場で働く従業員の、笑顔。球技を楽しむ高校生たち。水着を選ぶ少女。就職面接に臨む若者たち。菓子職人になるため修行に励む人。

――アツイ。――アツイヨウ。

華茂は飛ぶ。行く。全てをその目に、覚えて。

部屋に人形を飾る女の子。機械を操り資料をつくる社員。大学にて民族研究を行う、学者の卵。夕食に、卵料理を調理する母。キネトスコープを楽しむ人たち。ハンモックをつくる学生グループ。

――クルシイヨウ。――ドウシテ？

華茂の目に涙がたまる。でもけして、流さない。

華茂の皮膚が、次々にめくれた。こんなもの。……こんなものっ！

友人の下宿で酒を交わす大学生。初めて、一人でレストランに行く男子。娘のために、服を織る父。歌が好きで、夢に挑む少女。受験勉強が終わり、好きな人に告白する男。そして、うなずき。

――アツイ。――ミエナイヨウ。――ナニガアッタノ。――コワイヨ。

（華茂）

…………？　今のは？　待て。華茂は、耳をすます。

――ヤメテ。――セッカク、イキテイタノニ。――オカアサン。――シナナイデ。

（華茂……来てはだめ……）

燕さん？　……燕さん！

（どうか、ここに来ないで……）

燕さん、どうして!?　わたしは燕さんに会いたいんだ！　もう一度、おしゃべりしたいんだよ！

また一緒に暮らしていこうよぅ……!!

――コワイヨ。――シヌノハイヤダ。――イキタイヨ。

（だめなの、華茂……）

なんで！　どうして！

――アツイノハイヤ。――モットモット、イキテイタイヨゥ。

（だって……）

燕さんっ！

「華茂が、私の全てだから。華茂に、生きていて、ほしいから――」

う。あ。ああ…………。

うああ
ああ
あッッッッッッッッッッッッッッッッッッ！！！！！！

誰が誰が誰が止まるものか、自分の宝石を宝石を明日を明日を明日を、明日を生きるための光を、誰が諦めるものか。諦めてなるものか。誰が誰が誰が、止まるものか。明日を明日を明日を！

華茂の腕に三本の傷が入る、出血、おびただしい出血、血が頬に飛んで、その頬がまた切れて出血、くるぶしの骨が砕ける、目の前が明滅明滅明滅、悪魔が鬼がいや人の思いそのものが鋭利な刃となって切りつけてくる、死ね死ね死ね死ねと語りかけてくる、その気になりそうになって、やはり明日が華茂を呼んでいる、呼んでいる。

（だめ、華茂。本当にだめ。私だけでいい。私だけで、いいのです）

（傷つかないで。あなたが傷つくのだけは、見たくない……）

なにを言っているんだ、それは間違いだ、大いなる間違いだ、行く行く行く行く、燕のためならどこまでも行く、霞んだ天上にでも地の果てにでも行こう、たとえこの身がどうなっても、全てをかけて行く、全てを、全てを全てを全てを全てを、それが好きだということなのだ、愛しているということなのだ、必要だと、いうことなのだ！

華茂の首に裂傷が入る、手で押さえる、ぬるりぬるりぬるりぬるり、（ザザザザ……）傷口からもう一枚皮が剥がれる、あうあああああああああああああああああ！　眼球に指を突っこまれたよう、百億の心が華茂を絶命させようと、刺す刺す刺す刺す、破る破る破る！　死が手招きをするがやはりそんなものは燕の手招きと比べようもないのだ！

（私など、大した存在ではないのです。華茂には、もっといい人が現れます）

（だから華茂、生きて。私を忘れて。どうか、生きて……）

好きだ、自分は燕のことが好きだ好きだ好きだ、どうしようもなく好きで好きで好きで、たまらなく好きで好きで好きで好きで、こんなにもこんなにも好きなんだ！　ここで終わってもいい、だけど最後の最後まで、好きでいさせてほしい！　あなたの笑顔、あなたの背中、それが自分の全てなのだ、好きでい続ける、自分の全てなのだっ！

華茂の内臓に猛毒が流れこんでくる、胃は破れ、腸は何者かに（ザザザザ……）ねじり潰される、骨を丁寧に（ザザザ……）砕かれ、それでもこの手への浸食だけは（ザザザ）回避する、心臓を掴まれ（ザザザ……）肺胞のいくつかを（ザザ）それでも、それでも。

（華茂、もう、苦しまないで。私の……私の……）

（大好きな、魔女）

身体中の！　痛覚を、痛覚を（ザザザザ）粘膜を破られ（ザザザ）それでも死守する、手と、そして（ザザザ！）顔を！　死なない（ザザザ……死ね死ね）死なない、死なない死なない、（蒸発しろ）爪がめくれていく、ゆっくりと、味わわれるように、ゆっくりゆっくりゆっくりゆっくり（死ね死ね死ね死ね死ね死ね）死なない死なない死なない死なない死なない死なない！　（ザザザザザ……）黒が黒が黒が、光と交わり透明と化して、それがあの世の色だと華茂に告げる、が、あの世など見たこともないし見たくもないし、（死ね死ね死ね死ね）まだまだ生き続けるのだ、燕と一緒に（一緒に死ね）まだまだ笑い合うのだ、この世に生き続けるのだ（ザザザ！　ザザザザザザ！）

　わたしは、燕さんと一緒に！

　生きるんだッッッ‼

（死ね）届け。

（死ね死ね死ね死ね！）届け届け届け届け届け！

　届けよおおおおおおおおおっっっ　！！！！！

――――――――――――――。――――――――――。――――。

　ザザザ…………、ザザ……、ザ。

（し、ね）（し……）

――――――――――――――。――――――――――。――――。

　――そして。

　華茂の手に。柔らかい感触が、あった。

　それはまるで、光の粒を集めてできたようななめらかさで。

「ほら、届いた」

「……届かれた」

華茂は願う。静かな祈りを込めて、こう願った。

星に思いを馳《は》せた人たち。あなたたちの身体はもう、ありません。あなたたちが歩くはずだったいのちは、もうないのです。

あなたたちの人生というものは、ささやかなもので満たされていました。力をもつ者、弱い者、それぞれの立場があったことでしょう。だけど誰もがただ、幸せになろうとした。それだけでした。そしてそれらの幸せとは、ささやかなものの積み重ねだったと思うのです。

朝早くに鳴る時計。おいしい朝ご飯。お味噌汁の香り。ランドセル、通勤鞄《かばん》。いってきます、という元気な声。いってらっしゃい、と手を振る人。友達とのおしゃべり。好きな人とのすれ違い。高鳴る心。一生懸命に取り組む仕事。野菜の買い出し。季節を映す空。大人になることを想像して。たくさん楽しみで、ちょっぴり不安で。手を繋ぐ親子。神様がくれた時間を味わう人たち。家々から漂う、夕食の匂い。犬の散歩。ただいま、という優しい声。面白いことを言い合って。笑ったり。たまには叱られたり。お風呂で身体を温める。一日の疲れを癒やす。夢をもつ人。夢に向かって、努力を続ける人。やがて報われる瞬間。星が、そんなあなたたちに目配せをする。

それは、なんとささやかだったのでしょう。

人間という存在はなんとささやかで、それがゆえ美しかったのでしょう。

わたしは思います。それらは全て、生きることで支えられていたのだと。辛い時。どうしようもない時。大きな不幸に見舞われた時。そんな境遇もあったことでしょう。しかし人はささやかであるため、ささやかな幸せを胸に宿すことができたのです。それはもしかすると。あなたがたの全てだったのかもしれません。その全てはある夜、一瞬にして失われてしまった。

だけど、わたしは。わたしはけして忘れません。あなたがたの思い。喜び。やるせなさ。この身の傷をもって、心に刻みました。あなたがたの足跡《あしあと》と未来を、わたしの心に刻んだのです。

わたしはあなたがたが求めたささやかさを、一人でも多くの人に与えます。与えようと、決めたのです。ここにいる、わたしの大好きな魔女と一緒に。アニンに生きる、全ての者に与えていくつもりです。それは言い換えると。あなたがたの心を繋いでいくということではないでしょうか。

だからどうか、信じてください。わたしと一緒に、わたしの愛する人たちを信じてほしいのです。

かつてこの世で、同じいのちを受けた者として——。

華茂の願いは、ここで結ばれる。

すると。華茂の皮膚が、爪が、骨が。肺が、目が、そして、ハートが。

全て、元どおりに戻っていった。それはもしかしたら、百億の心を身体全体で受けとったということかもしれなかった。心を司る、魔女として。

大いなる穢れの群れはやがて、わずかな塊を残し、宇宙の粒となり散っていった。

目の前には、大好きな燕の姿。

華茂と燕は黙ったまま、きつくきつく抱き締め合った。ハートを一つに溶かすように。ただ。きつくきつく、互いの身体を引き寄せたのだった。

きらきらと。それはもう、きらきらと。穢れが無数の粒となり舞い上がる。

華茂と燕は今、光の粒子の中にいた。

袴と白衣が空気に揺れ、ふわふわと膨らむ。なんだか透き通った水中に身を任せているような感覚だ。夢みたいにきれい。正面を向くと、すぐそこに燕の微笑みがあった。

「人のいのちって、輝いているんですね」

「うん。すごいよね」

二人でしばし、光の群れに目を奪われる。すると燕が不意に華茂の手を握ってきた。華茂は心の中で、でへへへー、とだらしなく舌を垂らす。燕は遠くの空を眺めるように、視線に楔《くさび》を打った。

「でも、華茂」

「ん？」

「この世は、楽しいことばかりではないはずです。やりたいことができなかったり、うまくいかなかったり。誰かと争ったり、虐《しいた》げられたり。それでも、どうしていのちは輝いているんでしょう？」

「うーん……」

難しいことを訊くなぁ。

華茂は空いた方の手を顎に当てて熟考《じゅっこう》する。

黙って考えを巡らせていると、どこかから、たくさんの声が聞こえてきた。

(二人は仲良しですね)

(私たちのことを、忘れないでくださいね)

(お母さん、ぼく、なんだか、眠たいよぅ)

(待ちなさい。あの二人に、おめでとうと言ってあげなさい?)

(うん。おねえちゃんたち、おめでとう! ……もう、眠っていい?)

(ええ。えらいわね。おやすみ、しゅんちゃん)

(さようなら)

(ばいばい)

(ありがとう)

(ばいばい……)

それは、いのちだった。まごうことなく、いのちだった。この世は不思議なところ。宇宙の謎はけして解けない。だけど時折、少しばかりのヒントを与えてくれたりするものだから憎めない。

「この世ってさ」

華茂はこましゃくれた感じで、燕に言った。

「パズルみたいなものじゃないかな。どういう絵になるかは最初から決まってる。その中には、いくつもの色が入ったピースもあれば、真っ白なピースや真っ黒なピースもある」

「では、そのピースがいのちというわけですか？　でも、真っ黒なピースになるのはちょっと……嫌ですよね」

「うん。そりゃね。だけど、どのピースが欠けてもパズルは完成しないんだ。完成しないパズルなんて、もうパズルじゃない。最初からないのと同じだよ。もしもいのちが一つでも欠けていたら、この世は存在することができなかった。そういうのがわたしの答え……なんてどうかな？」

「つまり、この世を成り立たせるための存在ということ……」

「勝手な考えだけどさ！　だってわたし、燕さんのいない世界なんて想像できないもん！」

その言葉は自然と出てきた。

華茂は燕の手を強く握る。燕の唇がほころぶ。

難しいことはよくわからないけど、ちょっぴり恥ずかしいことを堂々と言えるくらいには成長したみたい！　やるじゃん！　ねっ？

すると燕が目を閉じた。そしてそのまま相好《そうごう》を、華茂の顔へと近づけてくる。

あ、あれっ？　いやもしかしてこれ、あのその……えーっと、ですね。

そういう、ことなのかな？　でへへっ！　華茂もまた、目を閉じる。

燕の唇の位置は、感覚でわかる。野に咲く花のように素朴で、職人によってつくられた百年家具のように凛然《りんぜん》とした唇。自分は今から、それを贈られる。自分も同じように、贈り返す。

嫌われなかったらいいな。嬉しかったって、喜んでくれたらいいな――。

「よくやった、遠野！　零式っ！」

きつつきの一撃のような、声。がっくーん、と肩が下がったと思って目を開ける。そこには、華茂と燕の肩を両腕で抱き、ニッコニッコと笑うイアの姿があった。

いやあ、よかったことはよかったんだけど……。このタイミングですかぁ……とほほほほ。

華茂が苦笑して周囲を見ると、ほぼ全ての穢れは消え去っていた。どこかへ、どこかへ。この世のどこかかもしれないし、この世ではないかもしれない彼方《かなた》へと旅立っていった。

だが残った穢れが、竜巻のように回転し始めた。かと思うと、一本の線になって下方へと伸びていく。その行く先を熟視《じゅくし》する。穢れの帯《おび》は、銀色の瞳を擁《よう》する魔女――、

「ああっ!!」

胡蘭麗の身体へと絡みついた。蘭麗は穢れに締めつけられ、しばらくもがく。しかし抵抗が無駄だとわかると、彼女は力を緩めた。拘束された状態で、華茂たちを恨めしそうに見上げてくる。

「ふ。あたしにも、帰る時が来たみたいだわ」

誰に発せられたともわからない、やけっぱちのひとこと。

華茂は宙に身体を遊ばせ、蘭麗の前へと近づいた。

「蘭麗さんは、どこに帰るの？」

「さぁて。もう一つの地獄に、かな」

「地獄……」

「貴女と燕は生きているかなぁ……いや、甘ちゃんの貴女たちならきっと、一番先に泡になっているだろうね」

「…………」

華茂はすぐに言葉を返せない。

そこへ、何人もの魔女が集まってきた。桎梏から解放された、ライラとアルエ。リリーに受けた傷をなまなましくさらす、マロンとチャーミ。そして、華茂を追ってきた燕とイア。

みんなで黙ったまま、蘭麗の身体を見る。彼女の胸から下は完全な黒に封じられていた。もう身体の七割方が穢れの中だ。残った部位も、少しずつ少しずつ呑みこまれていく。

蘭麗は「あっはっは！」と笑った。投げやりな、笑いだった。

今から彼女はどこかに帰るという。その場所は彼女にとっての地獄。おそらくこの魔女は、その地獄を認めたくないがために華茂たちの前に現れたのだろう。そう考えると、華茂にはなんだかやるせないものがあった。これまで自分たちをひどく痛めつけ、最後にはアニンに住む人間の全滅を企てた、とんでもない魔女。だけど華茂は、心の底から蘭麗を憎む気にはなれなかったのだ。

それでも、華茂から蘭麗に与えられるものはない。ただ、蘭麗の狂ったような高笑いが響くのみ。

誰もが眉をひそめたその時、蘭麗の前に一つの影が悠然《ゆうぜん》と落ちた。

パッシ――――ッッ!!

全員の視線が集まった。蘭麗の頬に平手を打ちつけたのは、リリーだった。

蘭麗は一瞬、目をまんまるにする。そしてすぐに元の眼光を取り戻し、リリーの顔を見やった。

「あ、はは……。あたしの魔法、解けちゃったか」

……『あたしの魔法』？　そうか。今のリリーからは、狂気を感じない。リリーは蘭麗の魔法で戦わされていたということなのだろう。きっと、心の傷を肥大化させるような魔法で。

蘭麗はリリーに対し、悪びれずに続けた。

「貴女とも、お別れね。いやぁ、それにしても、リリー先生はよく働いてくれたなぁ」

挑発するような言い方だ。捨て台詞《ぜりふ》みたい。それでもリリーはただ真っ直ぐに蘭麗を見つめている。自らの愚かさと怒りを、目をもって蘭麗にぶつけているようでもある。

「最後にいいこと教えてあげるわ！　貴方の心は私が操っていたのよ！　まんまとあたしの魔法に引っかかってさ！　ほんとよくやってくれたよ。あっはははははは！」

するとリリーがもう一度手を振り上げた。

リリーはさっきよりも強烈な一撃を蘭麗にお見舞いするに違いない――。華茂はそう確信した。

いや、華茂だけではない。その場にいる魔女全員が同じ未来を予想していたことだろう。

しかしリリーは、その手を。そっと、蘭麗の頭に乗せた。

「……なんのマネよ」

「蘭麗」

「なに、よ……」

そしてリリーは、蘭麗の頭をゆっくりと撫でる。

「弟子の失態は、師匠であるこのあたしの責任でございます」

「はっ……今更、師匠とか。あたしはね、自分の出自をつくるために魔女学校に入ったのよ。全部……全部ね、嘘だったんだから」

「そうでございましょうか……？」

そう問うて、リリーはバイオリンと弓を出現させる。そしてバイオリンを肩に構え、透明な音色を丁寧に奏でた。

疾風は春の祖となるも　そのひと吹きに春あらじ
珂雪は冬の祖となるも　そのひとひらに冬あらじ――

演奏を終えたリリーは、新雪《しんせつ》のように柔らかく笑む。

「蘭麗。あなたがどこから来たかをあたしは知りません。あなたがどのような道を歩いてきたかも知りません。だけど、蘭麗。……胡蘭麗」

リリーのロングドレスがかすかに揺れる。それはまるで、遠国に落ち延びた姫君が泣いているみたいだった。フォグブルーのドレスが泣いている。震えて、震えて、涙を流しているのだ。

「あなたはあたしを、師匠、と呼んでくれたでございましょう。あなたはあたしの弟子。ゆえにあなたの罪は、全てあたしが引き受けました。あなたのゆく先に大きな幸せが待っていることを、あたしも……それから、この世を去った多くの魔女も……願っていることでしょう」

そしてリリーは、バイオリンの弓を振った。ビシッ！　という音が、華茂の耳を震わせる。

「どれだけ苦しくても歩きなさい。幸せを目指して歩き続けなさい！　胡蘭麗！」

「う、うっ……」

蘭麗の唇が引き結ばれる。彼女の首から下はもう、穢れに吸いこまれた。

蘭麗は瞼を閉じようとして……、なにかに気づいたように、もう一度目を開けた。

「……こ、これはっ!?」

蘭麗は魔女たちの顔を順番に見て、最後に、華茂のところで視線を止めた。

「貴女ね……」

蘭麗はおそらく気づいている。この穢れが、かつての構造と異なっているということに。

ならば、語らねばなるまい。

「わたしじゃないよ」

「い、いや、これはあたしを連れてきた穢れじゃない！　だからあたしは元の時代に戻れない！

貴女、なに？　あたしをどこへ転送しようっていうの？」

「だから、わたしじゃないって。それに穢れを変えたわけでもないよ。クラントっていう人にね、穢れに力を分けてほしいって頼まれたんだ」

「どうして、その名前を……」

「穢れの中で、会ったんだ。クラントさんは言ってたよ。もう一度会いたい人がいるって。それってきっと、蘭麗さんのことでしょ？」

華茂は答え合わせをするように訊く。穢れたちは光の粒となり宇宙に消えた。しかし一部が残り、蘭麗にまとわりついた。つまりクラントが乗り移っているとするならその先は、目の前にあるこの穢れ以外に考えられない。

「うっ……」

しかし蘭麗は、華茂の問いには答えなかった。喉の奥からうめき声を上げるのみ。それらは悔恨《かいこん》の声のようにも聞こえたし、クラントを想って導かれた声のようにも聞こえた。

「クラント……まだ、こんなあたし、を……こんなふうになった、あたしを……!!」

蘭麗の瞳から水分があふれた。それは直ちに頬から顎へ、銀の線を滑らせる。蘭麗の顔がくしゃくしゃになった。涙はだらだらとあふれ、蘭麗の目尻からほっぺにかけてを赤く染めていく。

「うわぁん。クラントぉ。また会いたいよう。うわぁん、うわぁん……また遊んでよう。折り紙つくってよぅ。いやだよういやだよう。ぐすっ、ぐすっ。会えないのは、いやだよう……ああん、うっ、あぁぁん……」

蘭麗の身体が、穢れごと透明になっていく。彼女の帰る時間が、きたんだ。

蘭麗はずっと泣いていた。子供のように、泣いていた。目を強くつぶったまま、大きな口を開けて泣いていた。白い、きれいな歯並びだった。

それを見て、華茂の眼球にも薄い膜ができた。だけど今泣くわけにはいかない。華茂は防波堤《ぼうはてい》を守ろうと、白衣の袖で自分の瞼を押さえつけた。蘭麗だって元から誰かを傷つけたかったわけではないと思う。きっと彼女も幸せを求めてきたのだろう。なのにどうして、蘭麗は他の人にいじわるをしてしまったのだろう。罪を背負ってしまったのだろう。どうして。どうしてなんだろう……。

華茂の涙が目から鼻へ、鼻から舌の根へと落ちた時。

蘭麗の姿は透明になっていた。気配ごと、完全に消えていた。

でも、最後におかしな光景が見えたんだ。

それは幻だったのかもしれない。クラントが蘭麗に、ひと粒の飴を渡していた。

(はい、蘭麗ちゃんの分もあるよ)

(ありがとう、クラント――)

その直後、だった。目に強い刺激を受けた。涙が喫水線《きっすいせん》を越えてしまったのだろうか。華茂はそんなふうに思った。だけど、涙は晴れていた。その刺激の正体は、惑星アニンの海の向こうからゆっくりと現れた、恒星の光だった。

アニンの夜明けだ。華茂たち――その場に残った魔女たちは全員で、同じ方へと身を向ける。

負けん気の強そうな瞳の、ライラ＝ハーゲン。

いつだって眠そうにした、レティシア＝アルエ。

豪快な笑みを爆発させる、イア＝ティーナ。

風に遊ばれる髪を撫でる、リリー＝フローレス。

かわいい犬歯《けんし》で唇を噛む、ロール＝オブ＝マロン。

冴《さ》え冴《ざ》えとした面持ちの、エントレス＝チャーミ。

そして。零式燕は華茂の方をじっと見やり、両手を腰の前で結ぶ。

「お、おいおい、どうなっとるんじゃ!? 穢れは？ ここで、なにやっとるんじゃ？」

そこへ海上から、ナンドンランドンが猛スピードで到達。要領を得ない顔で首を振りまくっているものだから、みんなして笑った。

華茂はアニンを一望する。青いその星の清天には、マシュマロを溶かしてこぼしたような雲が流れている。あの赤茶けた色は、それぞれの大陸の大地だ。鮮やかな緑色も見える。寂寞《せきばく》の中で朝露《あさつゆ》を点し、あらゆる生命の睡夢《すいむ》の紐をほどいていくことだろう。

誰もが喜びを求め。かけがえのない一瞬を生きる。そんな試みが可視《かし》となったもの。

それこそがいのちであり、華茂の愛するこのアニンなのだろうと思う。

耳が少し、冷たくなっている。その耳に、燕の手がそっとかかった。

二人して向き合う。ちらりと周りを確認すると、茶化すような魔女はいなかった。ライラは、あちゃー、というように自分の後ろ髪を掴み、イアからは意味深なウインク。なんだかよくわからないけど、合格のご褒美をもらっているような気がした。

「華茂」

「燕さん」

互いに名前を呼び合う。ただ、それだけでよかった。

それだけで、華茂はいつも満たされている。

また燕が、しとやかな瞳を閉じた。だけど今度は待たせない。

華茂は呼吸を止めて――――、止めて止めて止めて止めて。

えいやっ！　の勢いで、燕の頭を両手で押さえ、
燕のひたいに、小さなキスを贈った。

唇に、生きる温度が伝わってくる。

「ええー」

燕はちょっと文句を言っているようだけど、これが今の自分のせいいっぱい！

燕は、仕方なさそうな顔をした。華茂は燕の手に自らの手を寄せた。だけど偶然、彼女も同じことをやっていた。二人の手が、中間点で結ばれる。見えないノートに、約束の言葉を書いた。

必ず明日を生きる。そして、必ず今日を生きる、という絶対不滅の約束だ。

華茂の心に、アニンからたくさんの声が届く。

その多くは感謝であったりねぎらいだったりしたのだけど、その中によく知った声を見つけた。

(小娘《ロワンエ》が無事でよかったよ。みんな、あんたを待っているからね)

この声はたしか、アルエと一緒に住んでいたサジャンノのものだ。

やがてアニンからの声は引いていく。みんな、新しい一日を始めるのだろう。だったら……自分たちも、今日のために、今日を始めていかなければならない。新しい世界と、挨拶を交わして。

「とりあえず、魔女のお茶会、しよっか！」

誰かが言った。たまらずに言い放った、という感じだった。

誰だ？　誰だ誰だ誰だ？　華茂は魔女の顔を、一人ずつ確認する。

みんな、その提案に反対しているようには見えなかった。

さっきまで生死をかけての戦いを繰り広げていたというのに、なんて不謹慎な！

だけどそれを簡単に提案した、ポンピキウィードゥーな軽い魔女。

それは。それは、それは。よく考えたら。

自分、だった。

遠近感を狂わせてくれるほどの光の束《たば》はまるで。華茂の頭をポカポカポカと叩いているようで。

そして、華茂の鼻をキュウとつまんでいるようでもあったのだ。

さあ。楽しい楽しい、魔女のお茶会の準備をしなきゃね！

エピローグ――魔女のお茶会――

ここは――『魔女のお茶会』

惑星アニンの上空百キロに浮かぶ、空中庭園だ。

このお茶会のために設けられた複数のテーブルは一様に、白く巨大なボードの上に乗っている。その様子はちょうど、結婚式の披露宴会場に似ていた。眼下に望むは、そのほとんどがシアンブルー。遥かなる彼方《かなた》が、星特有の緩《ゆる》やかな曲がりを見せる。ざわ、ざわと揺らめく海の鼓動。ところどころで、お茶を楽しむ魔女たちのかしましい声が響いている。

響いている。……はずだった。しかし今、円卓に座っているのは華茂《かも》と燕《つばめ》だけだ。華茂は疲弊しきった顔で椅子の背に身体をぐだらせる。一方の燕は目を無にし、乾いた笑みを浮かべていた。

華茂は、一時間前のことを思い出す。

あれはたしかに、楽しい楽しい魔女のお茶会の開演だった。

みんなで好きなお菓子を持ち寄った。黒ごまもなかに栗ようかん。シュトーレンにシナモンロール。ピーナッツバターチョコレート、蜂蜜クルミ、マカロン、ココナッツクリームケーキ。リリーなんかは、いちごジャムクッキーと月餅など、二つもお茶菓子を用意してくれた。どれもこれも、舌がとろけるほどにおいしかった。緑茶、ハチミツティー、椿茶。ハーブティーにジャスミンティーにストロベリーティー、そして水仙茶。世界の地域ごとに味は異なる。あっさりしていたり、深みがあったり。甘かったり、渋みがあったり。だけどどのお茶からもコクのある香りが漂っていたし、ふんわりと上り立つ湯気はどれも優しい感じがした。

みんなで今回の出来事について、思い出すように語り合った。

アニンが救われたからといって、魔女と人間の関係が劇的に改善されたわけではない。魔女を嫌う人間もいるだろうし、人間を嫌う魔女もいるだろう。それに魔女と人間で仲良くしようとひとことで唱えたとしても、完全に同一の存在ではない以上、これから生じるかもしれない課題を認識し、お互いによき未来を目指そうとする姿勢が必要なのだ。

ただ、誰も、深刻になったりはしなかった。

あくまで現状を把握し、今時点での意見を交換した。「人間など、実に厄介な存在でございますわ」とリリーが漏らしても、イアはその考えに反対しなかった。魔女と人間が同一でないのと同じように、魔女と魔女だって別個の存在なのだ。その分違った考えがあったとしても、なんらおかしいことではない。ただ、問題はその後だった。

ある程度の議論が終わると、今度はめいめいが個人的な話をするようになった。

まず、大人げないことにイアとリリーが喧嘩を始めた。

「そういえばお前には殺されるとこだったぞ、フローレス！」

「なにをおっしゃる。自らの力量にあぐらをかいていた結果でございますわ」

「なんだとコラァ……もう一度やるか!?」

「ふうむ……では、逢魔掃討《ジャム・ホルヴァル》でございましょう」

イアは雷魔法をバリバリバリと響かせ、リリーはバイオリンを肩に構える。

だから、そのバイオリンはやめなさいって！　危ないから！　全員死ぬから！

「なんじゃ、試合か!?　修行か!?　そういうのはボクも混ぜんせぇー!!」

そこへナンドンランドンが手首から先を虎に変えて参戦し、テーブルやら椅子やらなにやらが無茶苦茶になった。

黙ってお茶をすすっていたアルエだが、大破したテーブルの欠片がヒュン！　と頬先を掠《かす》めるやいなや悠々と立ち上がった。肩には白猫のニーウ。やばいやばいやばい。

すると静観を決めこんでいたマロンが「このババアどもがぁー!!　アルエになにやってくれてんのよ――っ!!」と叫んで風の刃《やいば》を爆発させる。こめかみには怒りのマーク。この辺りで華茂と燕は目で合図をし合った。逃げよう、燕さん。うん、華茂。

「全員を。死刑に。処します」

さっきまで冷笑していたチャーミまでがチェーンソーをうならせ、もう大乱戦の大混戦。華茂と燕は四つん這いになってコソコソとお茶会を抜け出し、別のお茶会の舞台へと逃げてきたわけだ。

背後では、ドカーン！　とか、ギャアアアアア！　とか、なんかよく知った音が響いていたけど……大丈夫だよね？　う、うん。きっと大丈夫。

……たぶん。

そして華茂と燕。二人で向かい合わせに座る。

青碧色《せいへきしょく》のリーフスと、泥炭《でいたん》がごとく茶に燻《くすぶ》ったハーバル。二つの月が、音もなく空を漂っている。

「華茂」

名前を呼ばれて、身体を起こした。燕は華茂に、緑茶を勧めてきた。ひと口、舌に転がしてみる。

華茂と燕が一緒に住んでいた時、毎日楽しんだ味と同じだ。燕の、味だ。

「おいしいですか？」

「うん。おいしいよ！」

そう言って。二人、黙る。無音の、ピーンという響きが耳に封《ふう》をする。

どうしよう。久しぶりに二人きりになって。なんか、照れる。前はこんなんじゃなかったのにな。

「華茂、どうしましたか？」

訊かれた。

「え、ううん。……いや、ちょっと、恥ずかしいなって思ってさ」

「恥ずかしい？」

「黙ってたら、だんだん恥ずかしくなってきて……」

正直に答えると、燕はとても嬉しそうな顔をした。

「そうなんですか」

「うん」

「恥ずかしいんですか……ふふっ」

「え？　え？」

すると燕はテーブルに頬杖をつき、顔を斜めにした。

「でも私、黙ったままなのも、嫌いじゃないですよ」

そして、斜めになった表情のままで、ニッコリと笑ったのである。

……そっか。華茂は知らなかった。燕が、沈黙が嫌いではないということを。

そんな単純なことを、今の今まで知らなかったということに気づいたのである。

「ね、燕さん」

どうしても伝えたいことができた。だから華茂は、あえて言葉を紡《つむ》いだ。

「わたしね、燕さんのことを知ってるとは、言わないよ」

「……はい」

「知らないことが、たくさんあるよ」

「ええ。私もです」

「だから、もっともっと」

華茂はそこで視線を落とし。もう一度、しっかりと燕を見て言った。

「いつまでも、ずっとずっと。知っていきたいよ。燕さんのこと」

燕もまた、下を向いた。目を指でゴシゴシとやって。緑茶を少し、飲んで。

やっぱりまた、どこまでもどこまでも澄んだ双眼《そうがん》を、華茂に向けてくれたのである。

「ありがとう、華茂」

「こちらこそありがとう、燕さん」

「それなら早速、教えてあげたいことがあります」

「えっ、なに⁉」

「私の裁縫《さいほう》の技術です！　いえ、私が縫ってあげてもいいっていうかむしろやってあげたいのです
が、一緒にできたらいいなっていうか、その、とりあえず袴《はかま》のほつれを直しましょう！」

さ、裁縫⁉　へたくそなやつだ！　やばいぞこれは！

「まずは、まつり縫《ぬ》いからです」

「と、とほほほほ！」

「やればできます。華茂なら、絶対にできますから！」

「わかったよ、燕さん！　やるよぉ〜〜っ！」

というわけで、二人して裁縫をやることになった。

アニンの未来を救ったのと同じ日に裁縫練習開始ぃ!?　なんだか拍子抜けした感じだけど、やっぱりこれも大切なことだし、それに燕のことを一つ知れるような気がするのでいいんじゃないかな！　怠惰な自分との決別の一歩、ここにあり！　うんっ！

とびっきりの笑みで、宇宙を見る。

リーフスとハーバルが、空を流れていく。

そうそう。さっき、燕のことを知っていきたいって決意したじゃない？

実はあの後、続きがあったんだけどさ。でも今は、勇気が出なくて言えなかったんだ。

この言葉はしばらくとっておきたいの。

だからどうか、この声の届いた人たちだけの、秘密にしておいてね。

あなたを知ることが、私の喜びの全てだってこと——。

華茂は二つの衛星を眺めながら、唇にそうっと人差し指を当てた。

木野 かなめ
（きの かなめ）
奈良県生まれ、千葉県在住。
ペンギンとぬいぐるみをこよなく愛する。
ぬいぐるみを自宅の押入に並べ、
『押入小学校』なる学校を創設している。
校歌も作曲。

魔女のお茶会

2025年2月26日　初版第1刷発行

著　者　木野 かなめ
原　作　LAUGH SKETCH Inc.
発行人　中村 航
発行所　ステキブックス
https://sutekibooks.com/
発売元　星雲社（共同出版社・流通責任出版社）
住所：〒112-0005 東京都文京区水道 1-3-30　電話：03-3868-3275
印刷・製本　シナノ書籍印刷株式会社

本作品は小説投稿サイト「ラノベストリート」に掲載された同名作品に加筆・修正を加えたものです。
https://ln-street.com/

ISBN:978-4-434-35274-4 C0093